一念永恒 5

耳根 著

时代出版传媒股份有限公司
安徽文艺出版社

图书在版编目（CIP）数据

一念永恒. 5 / 耳根著. — 合肥 : 安徽文艺出版社,
2020.9（2023.4重印）
ISBN 978-7-5396-7005-8

Ⅰ. ①一… Ⅱ. ①耳… Ⅲ. ①长篇小说–中国–当代
Ⅳ. ①I247.5

中国版本图书馆CIP数据核字(2020)第129243号

YI NIAN YONGHENG 5

一念永恒5

耳根 著

出 版 人：姚 巍
责任编辑：胡 莉 曾柱柱
装帧设计：周艳芳

出版发行：安徽文艺出版社 www.awpub.com
地 址：合肥市翡翠路1118号 邮政编码：230071
营 销 部：(0551)63533889
印 制：湖南天闻新华印务有限公司 电话：(0731)88387856

开本：710 mm × 1000 mm 1/16 印张：18 字数：280千字
版次：2020年9月第1版
印次：2023年4月第7次印刷
定价：32.00元

目录
CONTENTS

目录

CONTENTS

第 215 章

掐指一算

白小纯正瞪着吕天磊，忽然听到宋君婉提起自己，立刻竖起耳朵去听。

不仅他如此，血溪宗其他修士也安静下来，看向宋君婉。

白小纯在血溪宗名气极大，他在陨剑深渊击败各宗强者，还夺走了宋缺的天道之气，这一切都使得众人对“白小纯”这个名字格外敏感。

“宋长老来得不巧，白师弟正在闭关。”许媚香遗憾地说道。

“早就听说白小纯神秘莫测，乃绝世之才，可惜，此次我们见不到了。”宋君婉笑了笑，摇头一叹。

宋君婉容颜绝美，再配上这惋惜的神情，散发出惊人的魅力。尽管许媚香容貌不俗，可与宋君婉一对比，也黯然失色。

血溪宗修士想起宋君婉的可怕，赶紧低头。可灵溪宗修士显然没有什么准备，不少人看去一眼，立刻神情恍惚，吕天磊更是陷入深思。

“宋长老，平日里血溪宗中峰的弟子都无心修行吧？”许媚香眼中闪过一丝厉色，声音传遍四周，众人这才清醒过来，顿时心惊。

白小纯心中得意，此刻他很想摘下面具，告诉宋君婉：“妖孽，收起你的招式，你家白爷爷就在这里。”

白小纯扫了一眼仍有些失魂落魄的吕天磊，心中鄙视，暗道若非自己英明，让宋君婉改变衣着，估计吕天磊会喷血。

白小纯正感慨，宋君婉掩口一笑，仿佛没有察觉到许媚香言辞里的讥讽，看了看灵溪宗南岸，提议道：“听说白小纯出身香云山，不知许掌座可否带我们去香云山看一看？”

许媚香这次的任务就是带血溪宗的人参观灵溪宗，因此，她闻言点头，走向香云山。

众人刚靠近香云山，就有一道长虹飞出，化作一个女子，向着众人抱拳。她容貌动人，穿着一身水蓝色长裙，如同仙子。正是周心琪。

血溪宗不少人立刻认出了她，神色变得凝重起来。

“拜见许掌座。”周心琪平静地开口，目光扫过血溪宗的修士。

“心琪，这位是血溪宗中峰大长老宋君婉。你带着大家参观一下香云山。”许媚香微笑着开口。

周心琪点了点头，带着众人走上香云山。

他们走的路线是灵溪宗早就定好的，一路上血溪宗修士看到的，都是灵溪宗故意让他们看到的。

白小纯看着香云山的一草一木，看着周心琪的背影，内心唏嘘。

“我白小纯的名气实在太大了，宋君婉千里迢迢来到灵溪宗，就是为了看我一眼。唉，以后我要低调，名气太大了，很烦恼啊！”

他正感慨，参观到一半的宋君婉眉头微微一皱，笑着开口。

“许掌座，周道友，不知可否带我们去看看白小纯曾经居住的洞府？”

周心琪听到这话，皱起眉头，看向许媚香。

许媚香眨了眨眼，笑了起来，与宋君婉对视。

“听说血溪宗中峰有位神算子，擅长补天之法，在同辈中很不俗，想必这位道友就是。不如你亲自算一算，我那白师弟的洞府所在。”许媚香说着，看了神算子一眼。

神算子表情冷漠，一言不发，心中却极为得意。

宋君婉眯起双眼想了想，随后朝神算子点了点头。

神算子干咳一声，暗道自己的机会来了，一定要把握住，让所有人看到自己的本事。

“我虽不擅长斗法，但说到补天之法，在血溪宗的同辈中，我称第二，便没人敢称第一！”

神算子轻蔑地扫了白小纯一眼，迈出几步，抬起右手掐诀，口中念念有词。

随着掐诀的速度越来越快，神算子眼前仿佛有画面急速闪过，却总被一团迷雾遮挡，让他看不清楚。

“果然有阵法！”

神算子冷笑，他早有准备，此刻一拍储物袋，手中立刻多出一块蕴含岁月之力的灰色骨片。他将其狠狠一捏，再去推衍。

阵阵灰气从骨片内升起，瞬间被神算子吸收。一旁的许媚香等人神情凝重，静静看着。

渐渐地，神算子面色苍白，额头直冒冷汗。很快，他就发现自己的手段居然没用。即使是这块上古时期的算骨，也无法破开阵法。灵溪宗的阵法太过强大，对他形成了干扰，推衍失败了。

如果他继续推衍，必定遭到反噬，甚至会瞬间耗尽心力，心神枯竭。他不敢继续算下去，正要放弃，余光忽然扫到不远处看热闹的白小纯。

神算子心生杀意，他后退一步，抱拳向着宋君婉一拜。

“夜葬师弟在路上曾说自己上知天文，下知地理，挥挥衣袖，方圆万里皆在心中，我神算子自叹不如，算不出白小纯洞府的位置，不如让夜葬师弟来算吧，想必以师弟的推衍仙法，一定能轻而易举地算出来。是不是啊，夜葬师弟？”神算子冷眼看向白小纯。

白小纯蒙了，他正在看热闹，没想到这无耻的神算子算不出来，竟将自己拉下水。而且，方才神算子面色苍白，满头冷汗，可见这推衍不但艰难，而且危险。

许媚香等人心神微动，齐齐看向白小纯。周心琪冷冷地扫了他一眼，血溪宗修士也纷纷向他看去。

宋君婉皱起眉头，正要开口时，神算子冷笑道：“夜葬师弟，路上你明明说自己知晓方圆万里之事，怎么如今却不敢算了？莫非你与我说的那些话都是在吹嘘？你若能算出白小纯洞府的位置，我神算子甘拜下风，从此对你夜葬俯首称臣！”

神算子此话一出，四周一片寂静。

灵溪宗乐于看到血溪宗修士不和，夜葬与神算子名气都不小，两人不和，对灵溪宗而言是好事。

至于血溪宗弟子，他们本就乐意看到夜葬出丑，况且神算子已经说出这番话，他们自然不好出言相劝。

宋君婉眯起双眼，神算子的行为让她恼怒，她的目光越来越冷。

白小纯发现周围的人都看着自己，他眨了眨眼，心想自己的洞府，自己当然知道在哪，带人看看也无所谓，反正里面什么都没有，而且洞府早就坍塌了。

于是白小纯傲然抬起下巴，轻蔑地扫了神算子一眼，干咳一声，向前走了几步，淡淡开口。

“也罢，原本我夜葬想低调些，不欲在这里展露真正的本领，因为我知道，一旦我展露真正的本领，一定会引起麻烦。可既然你神算子许下重诺，好，我算给你看！”

白小纯袖子一甩，气势爆发。

他没有掐诀，也没有默念口诀，而是闭上双目，抬起双手，仿佛正在与天地沟通，与整个世界融合。

神算子看到这一幕不禁冷笑，他觉得白小纯在装神弄鬼。

“我没有察觉到丝毫波动，看你如何算！”神算子心想。

时间流逝，很快就过去了二十息。就在神算子越发不屑时，白小纯蓦然睁开双眼，露出奇异之色。他抬起右手，指向远方。

“跟我走！”

说着，白小纯朝着所指的方向走了过去，众人跟在后面，很快就来到一片碎石区域。

“白小纯的洞府就在这里！”

白小纯斩钉截铁地开口。

“笑话，这片废墟是白小纯的洞府？”神算子讥笑起来，可正笑着，突然觉得不对劲。看到灵溪宗修士的反应后，他猛地睁大了眼。

周心琪目瞪口呆，许媚香倒吸一口气，张大胖更是身体一震，其他灵溪宗弟子呼吸急促，齐齐看向白小纯，眼中充满惊讶，觉得夜葬深不可测！

尤其是周心琪与许媚香，她们知道此地有阵法，没想到对方居然如此强大，能够无视阵法，直接算出白小纯洞府的位置。

血溪宗修士看到灵溪宗修士的神情，顿时明白夜葬算得没错，不禁心神大震。

虽然很多血溪宗弟子都学过补天之法，但学的仅是皮毛，很少有人会像神算子那样仔细研究。如今，夜葬居然碾压了神算子，这让血溪宗修士很惊讶。

宋君婉也呆了一下，看向白小纯时，赞赏之意更浓，她也没想到白小纯居然真的能算出来。

神算子难以置信，身体一颤，整个人都傻了。

“不可能，这怎么可能……”

第 216 章

无所不知

此刻，负责监视白小纯的北寒烈与吕天磊瞳孔骤然放大，对于夜葬的推衍之力心惊不已。

四周瞬间安静，所有人的目光都聚集在白小纯身上。白小纯得意地抬起下巴，很享受这种感觉。

神算子失魂落魄，整个人都快崩溃了，他那难以置信的神情，让白小纯无比受用。

“小小哼哼子也敢和我斗，哼！若是在别的宗门也就罢了，这里可是灵溪宗，是我家，还用我算吗？闭着眼睛都不会走丢！”

白小纯心里美滋滋的，正要功成身退时，神算子突然面目狰狞，猛地大吼了一声。

“不对，夜葬，你方才是瞎蒙的！此地紫气东升，一眼就能看出这洞府绝非寻常，我不信你是算出来的！”

神算子声音尖锐，宋君婉听到后秀眉皱起，灵溪宗的人迟疑了一下，他们也不相信有人能算得如此准确。

白小纯不干了，眼睛一瞪。

“你不服气是吧？行，我让你服气！”

白小纯冷哼一声，闭上双眼。这次他用的时间长了些，就在众人惊疑不定时，他蓦然睁开双眼。

白小纯目露奇异之色，表情严肃。他看向不远处的另一个洞府，干咳一声，抬起右手一指。

“这个洞府被雷劈过！”

此话一出，周心琪瞳孔猛地放大，她还是内门弟子时就住在这里，这个洞府当年的确被白小纯炼丹时引来的天雷劈过。

不仅她知道这一点，在场的其他香云山修士也知晓，他们都不由得脸色大变。

血溪宗修士一愣，他们看不出这里有被雷劈过的痕迹，可眼看灵溪宗的人没有说话，他们知道，白小纯又算对了。

神算子咬牙正要反驳，可发现白小纯的推衍还没有结束。白小纯仔细看了看那个洞府后，靠近闻了一下。

“这里有胭脂气，如果我夜葬没有算错，那么，这里应该是一个女弟子的洞府！我再算算……嗯，这个女弟子是个美女。我来算算此女叫什么名字！”

白小纯袖子一甩，傲然开口，眼看众人纷纷傻眼，他内心得意，右手掐诀，几个呼吸后，再次开口。

“这女子……姓周！”

白小纯蓦然转身，看向目瞪口呆的周心琪，仔细地打量她几眼后，一指周心琪。

“这里曾经是你的洞府！”

四周的灵溪宗弟子顿时哗然，难以置信地看着白小纯。北寒烈与吕天磊倒吸一口气，一旁的张大胖更是浑身一抖。

许媚香目光冷厉，对夜葬起了杀意。不管对方是算出来的，还是提前得到了资料，这样的血溪宗修士都让她心惊。

周心琪沉默片刻，冷冷地看着白小纯，点了点头。

她这一点头，血溪宗修士顿时睁大了眼。神算子脑海中响起阵阵嗡鸣，如天雷滚滚，他彻底蒙了。

“这怎么可能……”

神算子身体一颤，脑中嗡嗡作响。即使到了这一刻，他也依旧无法相信自己看到的一切，他分明没有感受到白小纯推衍的气息，可对方竟把一切都算出来了。

宋君婉眼睛一亮。她之前调查过夜葬，知道夜葬还是内门弟子时就掌握了补天之法，可她没想到在这方面夜葬竟比神算子还要强。

眼看众人如此，白小纯更得意了。他精神抖擞，快走几步，竟反客为主，开始向众人介绍香云山。要知道，这原本是许媚香与周心琪等人的事情。

白小纯每走几步，就闭眼片刻，睁开双眼后再开始介绍。他说出的话，让灵溪宗的人惊讶不已。不过白小纯也有分寸，该说的说，不该说的一律不说。

白小纯脚步一顿，凝重地看着一块石头，仔细推衍后，开口道："这里……咦？这些石头的缝隙不对劲啊，我算一算……嗯，这里出现过蛇，很多蛇，非常多的蛇！

"这里竟然也被雷劈过，天啊！香云山到底有多少地方被天雷劈过啊？！"

白小纯带着众人走走停停，时而发出惊呼。

"这里有强者的气息。我依稀感受到，曾有一位绝世强者站在这里，睥睨天下。此人在草木方面的造诣应该是第一！"

白小纯带着众人来到万药阁外，他背对着万药阁，闭目发出赞叹，似乎对这位绝世强者极为佩服。

很快，众人来到了任务阁，刚到来，白小纯就失声惊呼："这里是任务阁吧？我感受到曾经有一个人完成了很多任务！咦？我在这里感受到了鸟的气息，这里曾经有一只大鸟！还有这里……不对劲，我算算……这里丢过鸡！"

白小纯带着众人在香云山行走，他的话竟全部正确。灵溪宗的人纷纷傻眼，觉得夜葬仿佛来过灵溪宗，且在这里住了很久一般。

周心琪呼吸急促，吕天磊与北寒烈看到周心琪的表情后，心中更为惊讶。许媚香的目光越发冰冷，鸾尾峰的老妪心神微震。不过，好在夜葬说的都是些鸡毛蒜皮的小事，没有道出什么隐秘。

灵溪宗众人心中产生无数想法，甚至有人猜测，夜葬极有可能曾潜入灵溪宗！

血溪宗众人以为夜葬没有来过灵溪宗，更是难以置信。尤其是神算子，彻底蒙了。

神算子发现香云山各处都有大阵，自己连碰都不敢碰，只要尝试施展推衍之法，就会有种窒息的感觉。

可白小纯居然如此强大，一路走，一路算，用的还是神算子看不出端倪的推衍之法。神算子甚至开始怀疑自己的能力了。

在血溪宗修士看来，这一切只有一个解释——夜葬的推衍造诣极高。

眼看香云山都快走完了，白小纯仍在侃侃而谈，而其他人都精神恍惚，心神不稳。

就在这时，张大胖呼吸急促，看了一眼身边的许媚香后，猛地跳了出来，指着白小纯，低吼一声。

“夜葬前辈，既然你这么能算，那你来算算我！”

此话一出，四周立刻安静下来，血溪宗修士看向白小纯，神算子更是精神一振。

“算物之法容易，算人之法艰难，我就不信夜葬在推衍人的命格时也毫不费力！”

白小纯神色古怪，看了张大胖一眼，琢磨着不能说实话。他沉思片刻，闭上双眼。

张大胖心里紧张，他也不想跳出来，可许媚香让他试探夜葬，他又不敢不听命。此刻他心脏怦怦直跳，看到夜葬闭上眼后，就更紧张了。

十多个呼吸后，白小纯蓦然睁开双眼，望着张大胖，淡淡开口。

“小兄弟命不错，一生富贵，未来必定有极大的造化。”

张大胖有些呆住了，不知道如何反驳对方，只能看向许媚香。

许媚香看似在笑，实际上更加在意夜葬了。其他灵溪宗修士神色有些古怪，夜葬说的都是好话，他们总不能说其算得不准吧。

“你算的……”张大胖一咬牙，正要开口。

白小纯一指张大胖，严肃地开口：“你以前是个胖子，非常胖，出身火灶房，机缘巧合之下成了外门弟子……我来算算，嗯，你成为外门弟子的过程颇为曲折，与利有关！”

张大胖听后倒吸一口气，被夜葬看得有些发毛，似乎夜葬只需瞟一眼，就能看穿所有秘密。

灵溪宗众人都安静下来，心惊不已。

眼看夜葬一个人就震慑住了灵溪宗修士，宋君婉掩口一笑，笑声清脆如铃响，在山间回荡。

“都说灵溪宗的白小纯乃天道筑基修士，实力惊人，不过，在我看来，我血溪宗的夜葬，不论是悟性还是修为，无一不是绝佳，足以与白小纯媲美。可惜白小纯尚在闭关，否则，他们若能切磋一二，必定十分精彩。”

白小纯一听这话，心脏就怦怦直跳，想着自己怎么能和自己切磋，莫非左手打右手……

想到这里，他低头看了看自己的双手，眨了眨眼。

第 217 章

王兽之威

此刻，灵溪宗众人神色如常，可有不少人在心中冷笑，暗道：白小纯厉害的不是修为，也不是战力，而是他的灵药！

“夜葬一看就是个只知战斗与推衍的魔头，怎能和白小纯比？两人如果切磋起来，夜葬一定会被白小纯打败！两人若对战，白小纯只需扔出一枚灵药，就可让夜葬死无葬身之地！”张大胖心想，并且轻蔑地扫了夜葬一眼。

白小纯有些尴尬，瞥了灵溪宗众人一眼，他当然知道这些人的想法，不由得有些郁闷。

“两个身份真头痛……唉！都怪我太优秀了。”白小纯心想。

他摇了摇头，叹了口气。

许媚香微微一笑，没有接宋君婉的话，而是带着血溪宗的人简单看了看紫鼎山与青峰山。

这两座山，白小纯说什么也不介绍了，他默默跟在后面，任由许媚香震慑血溪宗的人。宋君婉等人心情沉重，对于灵溪宗的强大，有了一定的了解。

一行人参观完南岸之后，径直去了北岸。

北岸这边不再由许媚香主导，而是换成了鸢尾峰的老妪。

老妪一路沉默寡言，带着宋君婉等人走向北岸。北岸所有战兽一齐仰天大吼，吼声震天动地，使得血溪宗众人心神震动，脸色大变。

宋君婉感受到北岸战兽爆发的气息，更是瞪大了眼，表情越发凝重。

尤其是四大山峰的守山灵兽，尽管它们没有出现，可依旧形成了阵阵威压，竟使得血溪宗一行人无法踏入北岸半步，停留在种道山与北岸之间。

“不好意思，我灵溪宗北岸不好客，所以以往都是南岸接待来访的宗门。这次宋长老提出参观北岸，让老婆子我着实有些为难。”

鸢尾峰老妪淡淡地开口，眼神冷厉。

白小纯站在一旁，心惊不已——以夜葬的身份看灵溪宗，看得更为清楚。灵溪宗给人的感觉是柔中带刚，外柔内刚，一如南北两岸，南岸柔和，北岸刚猛，结合之后，足以震慑敌人。

宋君婉面色有些苍白，她知道灵溪宗强大，却没想到其强大到了这种程度。

在南岸时，她就感受到了慢慢扩散的阵法，十分心惊。

如今她来到北岸，更是寸步难行。那些战兽的气势之强，足以让灵溪宗的所有敌人望而却步。

而这一切只是灵溪宗希望血溪宗看到的……

“柔中带刚，威慑八方，底蕴深不可测……”

宋君婉沉默，其他血溪宗修士也不说话，他们心中掀起了滔天大浪。

白小纯内心生出一股豪情，他看着灵溪宗，从内心深处笑了。他遥望北岸，想从那无数气息中寻找铁蛋的气息。

“所以……还请血溪宗的诸位道友见谅，这次怕是不能参观北岸了。我北岸粗放，若战兽失控，伤了诸位，那就不好了。”鸢尾峰老妪咧嘴一笑。在血溪宗众人看来，她的笑容有些阴森。

“也好……”宋君婉沉默片刻，微微一笑，可她刚说到这里，北岸猛然传出一声咆哮。

咆哮声冲天而起，引起阵阵波动，气势压过了北岸大半战兽。

北岸弟子惊讶地发现，他们的战兽听到这声咆哮后，身体一抖，全部抬头，发出比方才还要凶残的嘶吼，就连气势也比方才更强。

大地震动，嘶吼之声排山倒海，传入血溪宗众人耳中。

血溪宗众人面色一变，纷纷后退。就连鸢尾峰的老妪也吃了一惊，猛地朝北岸看去。

只见在北岸四峰下的一片丛林中，一道紫色长虹冲天而起，速度极快，带出破空之声。

那是一头数十丈高，如同一座小山峰的巨兽。此兽拥有马身、龙头、蜥鳞、穿山甲爪，更为惊人的是，它的牙齿居然散发出了七彩光芒。

它头顶的独角锋利无比，四只爪子上还有紫色火焰，令周围百丈化作紫色火海。

紫色火海上的战兽，其他人只要看一眼，都会骇然失色。

它如同战兽中的王者，当它出现后，北岸战兽放声嘶吼，气势更强，仿佛这王兽只要低吼一声，北岸战兽就会全部冲出去，即使是它们的主人也无法控制！

它，正是铁蛋！

白小纯的铁蛋！

在铁蛋出现的刹那，血溪宗修士倒吸一口气，脑海中阵阵嗡鸣，目露骇然之色。宋君婉更是脸色大变，她身后多人失声惊呼。

“王兽！”

“这怎么可能？居然……居然是王兽！”

“天啊！不是说东脉下游修真界只有两大王兽吗？一是沉睡在通天河的通天神鳄，二是大地深处的死亡之虫！”

“它不是王兽，而是幼兽，可它一旦成长起来，就会成为王兽！”

“从来没听说过有哪个宗门可以饲养王兽……”

血溪宗众人头皮发麻，被眼前的一幕震撼了。白小纯也愣住了，他揉了揉眼睛，看着气势逼人，修为堪比筑基初期的铁蛋，有些傻了。

他记得，自己离开灵溪宗时，铁蛋的修为才到凝气十层左右，眼下居然达到了筑基境界。而且，北岸的战兽竟然都听它的号令。铁蛋出现，让鸾尾峰老妪始料不及。

如今在灵溪宗，铁蛋就是北岸崛起的征兆。

它还在凝气境界时，众人只是觉得它潜力很大，谁也没想到，它居然能自行筑基！不需要任何人的帮助，不需要筑基丹，不需要地脉之气，就自然而然地达到了筑基境界。

这件事惊动了灵溪宗老祖，他们惊讶地发现，自己当年确实小看了铁蛋。

铁蛋拥有七阶血脉的潜力。七阶凶兽，在通天大陆上被称为王兽。也就是说，铁蛋若能健康成长，日后很有可能成为王兽！

此事轰动灵溪宗，宗门极为看重铁蛋，甚至还为它准备了新的住处。可偏偏铁蛋哪儿也不去，只想留在百兽院，因为那里才是它的家。

很多时候它玩累了，会失落地遥望远方。看到这一幕的灵溪宗弟子都知道，铁蛋在等一个人……

此刻，鸾尾峰老妪不舍得训斥铁蛋，只是心底诧异，平日里铁蛋都在百兽院内，就像看家一样，就算外出玩耍，也不会如此咆哮，更不会主动飞到半空之中，释放出王者气息。

就在这时，半空中的铁蛋再次仰天怒吼，紫色火海轰然爆发。它心中狂喜，直奔血溪宗众人而来。

随着铁蛋靠近，紫色火海慢慢扩散，北岸的战兽也飞了起来，跟在铁蛋后面。

远远一看，无数战兽形成了兽潮，铺天盖地而来，使得血溪宗众人头皮发麻，他们感受到了前所未有的危机。

宋君婉呼吸急促，即使是筑基后期的她，在这一刻，也被铁蛋的王兽气息吓得心神一颤。

"灵溪宗果然有王兽！"

对于宋君婉来说，这不是什么秘密。她早就接到了密报，知道灵溪宗出现了王兽。

在她看来，眼前这一切分明就是灵溪宗安排好的，想震慑血溪宗。

"铁蛋，你干什么？回来！"鸾尾峰老妪吃了一惊，想阻止铁蛋。此刻，铁蛋眼中只有一道身影！

尽管他戴着面具，尽管他的样子变了，可铁蛋还是认出了他，因为那是它这一生最亲的亲人！

第 218 章

谈判破裂

白小纯心情激动，他看着铁蛋，面具下的脸露出开心的笑容。铁蛋越强大，他就越高兴。

尤其是听到众人的惊呼之后，白小纯更是激动，他很想告诉所有人，那是我的铁蛋！

可白小纯明白，现在铁蛋不能过来。他站在血溪宗修士之中，遥望铁蛋，用眼神传达信息。

“乖乖的，回家去，等老爹我办完事就回来找你。”

铁蛋很聪明，当年跟着白小纯学会了很多东西。此刻，它眼珠一转，立刻懂了白小纯的意思，于是脚步一顿，向着血溪宗众人龇牙，露出凶残之色，目光不经意间扫过宋君婉……

这目光，别人看不懂，白小纯又岂会看不懂？他叹了口气，狠狠地瞪了铁蛋一眼。

铁蛋赶紧低头，再次咆哮一声，转身离去，速度之快，刹那间就没影了。四周那些战兽也发出嘶吼，重新回到主人身边。

没有任何人注意到，在鸢尾峰上，有一道身影，遥遥望向白小纯。

那是一个女子，一个衣着朴素、容颜秀美的女子。她面色苍白，可这丝毫没有令她黯然失色，反而令她有种楚楚可怜的感觉，让人忍不住心生怜惜。

“哥哥，原来你去了血溪宗呀……”

女子掩口一笑，气氛诡异。

她正是当日在陨剑深渊失踪的公孙婉儿，在白小纯去血溪宗的这段日子，她回到了灵溪宗。

在公孙婉儿望向白小纯时，白小纯体内的天道气息突然微震。他有些诧异，隐隐觉得有人盯着自己，四下看了看，却一无所获。

就在这时，鸾尾峰老妪深吸一口气，脸上露出笑容，她觉得这些年自己对铁蛋的好果然没有白费，自己一开口，铁蛋就乖乖离去了。

“不好意思，诸位还是离开北岸好了。”

鸾尾峰老妪内心喜悦，可语气还是生硬。

宋君婉深吸一口气，好半晌才压下内心的不安，虽然她早就知道灵溪宗有王兽，但如今亲眼看到，还是有些心惊。

“根据密报，这王兽是白小纯培育出来的。此子天道筑基，习得水泽国度，又培育出了王兽……他到底是个什么样的人？这种人，若是我血溪宗的修士就好了。”宋君婉心想。

宋君婉心底叹息，没了继续参观的心思。她听到鸾尾峰老妪的话，正要开口时，一声冷哼从空中传来。

天空中，宋家老祖迈着大步，走出旋涡。在他身后，灵溪宗老祖李子墨满脸遗憾，快步走出旋涡。

宋家老祖面色阴沉，回头看了旋涡一眼，又看了看李子墨，淡淡开口：“灵溪宗诸位道友莫要自误，一旦开战，就不能回头了！”

“宋道友给出的条件太过苛刻，我灵溪宗……宁愿一战，也绝对不愿残喘千年！”

回答宋家老祖的，不是李子墨，而是旋涡内一张沧桑的面孔。此人神色肃然，目光深邃，散发出无尽的岁月之气。他开口时，天空泛起道道波纹。

此人正是灵溪宗一代老祖——寒宗！

宋家老祖睁大眼，冷哼一声，大袖一甩，周身的血光顿时化作血云，向外扩散，右手向着下方的血溪宗众人一抓。

“我们走！”

他右手一抓，所有血溪宗修士便飞了起来，刹那间就到了血云之上。这片血云不断翻滚，朝远处轰然而去。速度之快，瞬间无影无踪！

这一切变化太快，令灵溪宗众人心神震动。寒宗遥望血云远去的方向，若有所思。

李子墨缓缓开口："我们要不要留下这宋老怪？"

"这宋老怪修为不俗，论战力，在血溪宗八位老祖中，他可位列前三。他既然敢单独来访，必定有所准备，其中恐怕有诈，况且，此事实非道义之举。"寒宗沉吟片刻，慢慢说道，至于主因是前者还是后者，唯有他自己知晓。

"寒兄……李某觉得，血溪宗也不愿开战，不如考虑一下……"李子墨稍作迟疑，不忍看到宗门弟子在未来的大战中丧命，轻声开口。

"子墨，你心软，可在这个时候，心软是没用的。老夫也知道，一旦开战，我灵溪宗恐有灭门之灾，所以宋文云给出的条件，我是同意的。能不开战自然最好，即便我们错过了这次晋升为中游宗门的机会也无妨……"

寒宗沧桑的声音在空中回荡，带着一丝疲惫。他的话，外人听不到，只有李子墨与另外几位老祖能听到。

"所以，我们承诺，不会趁机攻打血溪宗，也不会与空河院联手，但是，我们不能让对方以通天河为引来布置阵法！一旦为了避免眼前的灾祸，同意对方布置阵法，那么灵溪宗的通天河就会枯竭，灵气大减。千年内，灵溪宗所有人都无法提升修为。只怕用不了几百年，灵溪宗就毁灭了。就算熬过了一千年，到时候宗门实力太弱，又能支撑多久呢？这就是把主动权送给了别人，把灾难留给了后人，相当于把刀悬在了自己脖子上！

"千年后的血溪宗将是中游大宗，不知比现在强多少倍，而我们则脆弱不堪。到那时候，如果他们怜悯我们，则会遵守约定，解开封印；若他们不想守约，便可轻而易举地灭了灵溪宗！"

寒宗目光深邃，仿佛看到了千年后灵溪宗的惨状，声音低沉。

"答应他们的条件，看似避免伤亡，实则留下了灭门大患。尽管血溪宗比我们更强，可如今局势多变，倘若真的开战，我们也不是没有胜算。

"子墨，身为老祖，我们遇事不能只看眼前，要看得长远！灵溪宗的人……宁可战死沙场，也不愿如狗一般残喘千年。千年后有希望也就罢了，可这分明是条绝路！"

寒宗神情疲惫，说完后，他的脸渐渐消失在旋涡中。

很快，空中的旋涡也消散了。

李子墨沉默片刻，目中浮现战意。他明白，寒宗说得很对，拼死一搏，还有希望活下去，若妥协退让，下场一定很惨！

不久后，掌门郑远东的命令传遍南北两岸。

“开启宗门大阵，引动落星山脉阵法，立刻召回在外的弟子，所有修士……备战！”

此刻，血云从空中呼啸而过，血溪宗修士胆战心惊，他们看到坐在最前方的宋家老祖面色铁青，皱着眉头，似有无限心事。

众人想起宋家老祖走出旋涡时说的那些话，纷纷明白了，很显然，这次血溪宗与灵溪宗的谈判失败了。

两宗之间的大战随时可能爆发，在这样的情况下，他们觉得回去的路充满凶险。

神算子面色苍白，低头推衍。

白小纯沉默，他知道事情的始末，也明白灵溪宗的顾虑，不禁暗自叹息。这种关乎宗门生死存亡的大事，不是他可以左右的。

他遥望灵溪宗的方向，心中满是担忧。

宋君婉坐在宋家老祖身边，不时警惕地看向四周。在回血溪宗的路上，众人一直保持沉默。

时间流逝，很快，血云就靠近了落星山脉，只要飞过此地，他们就进入血溪宗的势力范围了。

宋家老祖睁开双眼，目光深邃，还带着一丝冰冷。

可直到这片血云飞过落星山脉，进入血溪宗的范围，众人也没遇到灵溪宗的埋伏。

只是他们离开后，落星山脉轰然一震，一道光幕瞬间爆发，与苍穹相连。放眼看去，一道壁障出现在两宗的边界之上。

“好一个灵溪宗……”

宋家老祖沉默片刻，轻叹一声，眼底有遗憾，也有尊敬。

他右手一挥，袖口内立刻飞出三个光点，化作三道虚幻的身影，其中一人正是无极子。

“灵溪宗居然没拦截你们？”

这三道虚幻的身影都是血溪宗老祖，众人见状纷纷拜见，白小纯抬头看向三位老祖，暗自心惊。

“老夫亲自作饵，灵溪宗竟让我离去，不管是因为道义还是有所怀疑，这都是一种无畏的表现！灵溪宗……将是我们的劲敌！”宋家老祖轻叹。

其他三位老祖沉默不语。

无极子遥望灵溪宗的方向，许久之后摇了摇头，也轻叹一声：“可惜，我们信不过他们，他们也信不过我们……”

第 219 章

筑基中期

众人带着心事回到了血溪宗。一路上没有人说话，白小纯时而抬头看向灵溪宗的方向。

白小纯回到中峰的洞府时已是黄昏，他默默坐在洞府内，看着天色变暗，明月高挂。他明白，两宗开战之事不是自己能左右的，那是两宗老祖之间的博弈。

白小纯觉得有些疲惫。他打心底里不愿参与这些打打杀杀的事情，可碍于立场，有些事情不是想避就能避开的。

白小纯有些烦躁，使劲摇了摇头。他能做的，只有在两大宗门开战前，拿到永恒不灭之物，回到灵溪宗。

他深吸一口气，让自己平静下来，开始打坐吐纳。四周的血气不断涌入他体内，使得不死金刚第一层逐渐提升，力量慢慢增强。

不死金刚第一层是十象蛮鬼身，在白小纯的修炼下，他的力量越来越强，已具备二鬼之力。

等他具备十鬼之力后，就能突破不死金刚第一层，蛮鬼身将化作天妖身！

与此同时，白小纯体内第一层灵海的那滴通天河水，也逐渐融入灵海，此刻只剩下半滴，看样子，用不了多久便可完全融入灵海。

时间流逝，转眼间过去了两个月。

这两个月来，血溪宗一直在备战。战争不是儿戏，一旦开始就很难停下，尤其是关乎宗门未来的战争，更是如此。

血溪宗老祖并非全都主张与灵溪宗开战，八位老祖中，宋家老祖、无极子以及另外两位老祖立场一致，那就是能不战便尽量不战。

可还有三位老祖是强硬的战争派，尤其是旱炎真人，他是老一辈的强者，在宗门内的地位与宋家老祖相当，故而他极有话语权。

旱炎真人与另外两位老祖主张开战，在这段日子里，他们不断与宋家老祖等四人在此问题上发生摩擦。

而拥有决定权的血溪宗这一代老祖始终保持沉默。他的决定至关重要，他还在迟疑。

尽管宗门老祖之间出现了分歧，可血溪宗依旧在备战。

这一天，白小纯体内的通天河水终于完全融入了灵海之中。轰鸣之声在他体内回荡，外人听不到，只有他能听到。

白小纯身体一震，在这一刻，他清楚地感受到，自己的第一层灵海金光万丈，传出咔咔之声，竟慢慢开始结晶！

灵海结晶！

白小纯身体一颤，呼吸急促，双手掐诀，向着丹田一按，第一层灵海的结晶速度立刻加快，咔咔之声更为响亮。随后，第一层灵海竟瞬间凝固！

灵海不再是液态，而是成为了透明的晶体！

第一层灵海结晶的瞬间，灵海之力增长至原来的十倍，扩散到白小纯全身。

白小纯身体颤抖，这一刻，他感受到了自己的变化！

凡道筑基者只有一层灵海，海水不多，其实只能说是一个灵湖。唯有地道筑基修士，体内才会出现真正的灵海，一次潮汐一层灵海！

灵湖与灵海的差距，就是凡道筑基修士与地道筑基修士的差距！

而结晶，则是修士达到筑基中期的标志。灵海一旦结晶，如同蜕变，可以爆发出十倍之力。

因为地道筑基修士的灵海本就比凡道筑基修士的灵湖大，所以结晶之后，差距将再次拉开。

同样，地脉潮汐次数不同，体内灵海层数不同的修士，他们之间的差距也会鲜明地体现出来。

达到地道筑基中期巅峰的标志，是前三层灵海全部结晶！而地道筑基后期的标志，是前六层灵海全部结晶！当地道筑基修士的前九层灵海全都结晶后，就表示其达到了筑基大圆满！

可毕竟具备九层灵海之人凤毛麟角，所以这一标准，只是针对那些以九次地脉潮汐筑基之人。

每个人的灵海层数不同，导致凡道筑基修士与地道筑基修士之间有不可跨越的鸿沟。

凡道筑基修士即便达到了筑基大圆满，也只有一层灵湖结晶，最多只能达到地脉一层灵海结晶的程度，无法与地道筑基修士相提并论。之所以说凡道筑基修士几乎不可能成功结丹，正是因为这一点！

而地道筑基修士，哪怕只是一次潮汐，可因其拥有完整的灵海，在不断积累之下，也不是没有可能结丹，只是概率很小罢了。

而以两次潮汐筑基的修士，结丹的概率就略大一些。五次潮汐才算稳妥，若能达到八次，则结丹的可能性更大。如果达到九次，则有九成把握可以突破筑基境界。

至于罕见的天道筑基修士，因其拥有天道的气息，故而在灵海结晶时，将对地道筑基修士产生强烈的威压。

尤其是白小纯，他以九次地脉潮汐筑基后再天道筑基，可以碾压所有同阶筑基修士！

这一点，在筑基初期时还不明显，随着白小纯修为提升，才会慢慢体现出来，等他达到筑基大圆满时，他就会成为筑基境界无敌的存在。

“化海成晶，这是踏入筑基中期的标志！”

白小纯很激动，深吸一口气。体内第一层灵海结晶后，一切没有停止，他看到自己的第二层灵海也出现了结晶的征兆。咔咔之声更为响亮，回荡在他的体内。

时间流逝，数个时辰后，白小纯体内的灵气轰然流动，第二层灵海彻底结晶后，第三层灵海也开始结晶！

“轰轰轰！”

巨响在白小纯的脑海中回荡，他看着第三层灵海逐渐凝固。

直至第二天清晨，第一缕阳光落下时，白小纯体内的轰鸣声才停止，他猛地睁开双眼，一道耀眼的光芒从他眼中射出。

他感觉到体内的灵力比之前更强，这股力量大多来自前三层灵海的晶体，甚至他每一次呼吸，都会发出雷霆般的轰鸣，似乎只要抬抬手，就能释放出无尽威压。

此刻，白小纯眉心一阵酸麻，通天法眼仿佛即将睁开。

他有种强烈的预感，这通天法眼一旦睁开，将爆发出更为惊人的波动。

白小纯眨了眨眼，身体微动，体内灵力爆发，轰的一声，他化作一道残影，再次出现时，已到了远处的一棵血树上。

血树颤抖，不断阿谀奉承。

白小纯毫不在意，抬起右手掐诀一指，丝丝血气瞬间凝聚，化作一把血剑，飘浮在他面前。

“凝聚血剑的速度也快了很多。”

白小纯精神振奋，脑海里浮现出中峰秘术血杀界的功法介绍，右手掐诀一挥，体内血气再次凝聚，他面前居然又出现了一把血剑。

很快，第三把血剑也幻化出来。三把血剑环绕着他，一股血煞之气从他体内散出，形成威压，使得四周所有血树瑟瑟发抖。

“果然……到了筑基中期，血剑的数量不再是一把，而是三把……甚至可以三剑归一！”

白小纯右手掐诀一指，三把血剑瞬间融合在一起，形成一把血色大剑。

这把血色大剑刚刚凝聚出剑身，就散发出阵阵波动，气势逼人。白小纯压下心中的激动，甩袖挥散血色大剑。

“按照秘术的介绍，若能凝聚出六把血剑，就可踏入筑基后期……尽管我修行的是紫气通天诀，可因为不死长生功的关系，只要我的修为到了，就可以施展血杀界！”

白小纯很高兴，他从筑基初期到筑基中期的提升速度很快，一方面是因为神秘宗门的白袍使者给的灵药大有助益；另一方面则是因为血溪宗血气旺盛，对他而言如同补药。

白小纯背着手，抬起下巴，很得意，琢磨着三层灵海结晶就如此厉害了，等到九层灵海结晶时，自己岂非所向披靡？

第 220 章

圣丹残壁

趁着夜色，白小纯离开中峰，去了圣手山下，血溪宗外的通天河岸边。

以他如今的身份，想获得一些通天河水并非难事。他随意找了个理由就过了关卡，取回了十多滴通天河水。

这些通天河水正好一盅，白小纯小心翼翼地将其带回洞府，沉吟片刻后，开始吸收通天河水。

数日后，直到将这一盅通天河水吸入体内，使其漂浮在第四层灵海上，他才结束修行。

“接下来，就是让这些通天河水慢慢与灵海融合，等到它们完全融合，我就能踏入筑基后期了！”

白小纯精神振奋，背着手在院子里走来走去，自言自语。

“我现在达到筑基中期了，已经很厉害了！既然我这么厉害，那么成为大长老，也不是不可能的事……”

白小纯瞄了一眼中峰上指区域，明明知道永恒不灭之物就藏在那里却得不到，让他有些郁闷。

他已经打消了潜入宋君婉的洞府，偷走永恒不灭之物的想法，因为那里防卫森严，他实在没有把握。

“怎样才能成为大长老呢？挑战宋君婉？”白小纯摸了摸下巴。

“挑战宋君婉还是其次，最主要的是我要服众啊，让血溪宗高层知道我的重要性，知道我是一个不可缺少的弟子，对我越来越重视。这样的话，我去挑战宋君婉也就顺理成章了。”

白小纯点了点头，觉得自己的想法很对，于是得意地抬起下巴。

“现在我已做到一半，想让高层更加重视我，还差一个步骤……”

白小纯觉得此事没有任何难度。他来血溪宗已有一段时间了，早就打探得清清楚楚。

血溪宗的药师很少，而宗门高层对药师极为重视，曾定下门规，试图让弟子走上药师之路，可效果始终不好。

毕竟血溪宗乃魔宗，在血溪宗弟子看来，炼药耗费时间，不如去学功法增强战力。需要灵药，可以去丹溪宗“借”；需要法宝，可以去玄溪宗“借”；需要灵兽，可以去灵溪宗“借”。

因此，血溪宗很少有人专注于炼药，只有少数弟子钻研药道，比如假夜葬。

“好久没有炼药了……

“不过，在炼药前，还有一个问题需要解决，之前我曾多次显露炼药造诣，可若一下子变得太强，难免惹人怀疑，所以需要一个契机……”白小纯眯起双眼。

“血溪宗内有一处圣丹残壁，据说是千年前从丹溪宗抢来的……弟子可在圣丹残壁前感悟药道……哼，我假装感悟一番，然后开始炼药，就不会引人怀疑了……”

白小纯得意地笑了笑，此事早在他的计划之中，他琢磨着时机成熟了，于是不再迟疑，在第二天清晨离开洞府，走下中峰，直奔内门区域。

不多时，他就看到了那座三人多高的巨大石碑。这是他第二次来到这里，第一次路过时遇到了血梅，被血梅不屑地扫了一眼。

此刻，白小纯远远看到几个内门弟子正目不转睛地凝望石碑，冥思苦想。

白小纯出现，让那些内门弟子面色大变，他们赶紧起身拜见，随后快速离去。当白小纯走到石碑下时，四周再也没有别人。

白小纯对于这一切早就习以为常，他摸了摸下巴，干咳一声，盘膝坐下，抬头看着圣丹残壁，想起了假夜葬曾和自己说的话。

八千年前，血溪宗也出现过一个药道奇才，他在圣丹残壁参悟药道后，炼药之术得到了显著提升。

“这么看来，当初血梅在此打坐，也是想参悟药道？”

白小纯不屑，在炼药方面，悟性的确重要，但他始终坚信，药道绝非一朝一夕就能明悟的，需要不断积累，不断摸索，方能大成。

至于这圣丹残壁，在白小纯看来，即便真的有些用处，让一个什么都不懂的弟子去看，也是徒劳。

“我做做样子，让人觉得我收获很大就可以了。”

白小纯咳嗽一声，抬头看着圣丹残壁，脑海里所想的，却是当初在灵溪宗观察巨兽雕像的情景。

“得好好模仿一下……”

白小纯打定主意，装模作样地睁大眼睛，盯着圣丹残壁。

这石碑极为奇异，白小纯一看就发现有些费神，心中诧异，但他没有停下。

就这样，三天过去了，很多内门弟子路过圣丹残壁时，都看到了白小纯。

白小纯目中甚至出现了血丝，他还盯着石碑，不停地手舞足蹈，那些内门弟子大感诧异。

“夜葬前辈，他这是……”

“莫非感悟到了什么？”

“天啊！好久没人成功了，夜葬前辈竟感悟到了药道吗？”

这消息立刻传开，血溪宗四峰的不少筑基修士都听说了此事，有些人甚至还过来看了一眼。

又过去了七天，白小纯眼睛都花了，为了装得逼真，他目不转睛地盯了十天十夜，甚至都有些神情恍惚了，这可不是装出来的。

他看起来失魂落魄的，外人便以为他感悟到了什么……

白小纯费了很大的心神，即便他已突破到筑基中期，也无法及时恢复。渐渐地，他精神恍惚的时候越来越多，直至他察觉大半时间自己都处于这种状态时，才觉得差不多了。

白小纯装出一副大有收获的样子，刚要收回目光起身，就在这时，他身体猛地一震，睁大了眼，死死盯着圣丹残壁。

他呼吸急促，不知是不是错觉，方才他要收回目光时，竟隐隐看到圣丹残壁上出现了一道模糊的身影。这身影似乎在炼药，用的方法与他所学的药道不同。

“嗯？”

白小纯身体一震，又缓缓坐了下来，直勾勾地看着圣丹残壁。这一刻，他更加费神了，而他的神魂似乎瞬间融入圣丹残壁之中，出现在那道模糊的身影旁。

他仔细观察，发现自己看到的确实是炼药的画面，尽管他不知道这药师炼制的是什么灵药，可其炼药手法匪夷所思。

这药师似乎没有固定的药方，而是随意取出两种药草，借助相生相克之法炼制。他没有尽量减少杂质，而是让药草产生一种新的药力，观察之后，不断加入其他药草，使药力改变。

药力时而猛烈，时而温和，可无论怎么改变，都在药师的掌控之中。

显然，白小纯在灵溪宗所学的药道与这药师的药道根本就不在一个层次上。似乎灵溪宗的药道只是初级，而这药师的药道更高级。

“他不是在炼药……而是在……炼制草木！”

白小纯忘记了时间，直至药师炼制完成，打开丹炉，拿出一枚青色灵药，白小纯才隐隐明悟。

“炼药之前，先炼草木，根据自己所需的药力选择药草，若找不到……那么就要自己炼出来！这是以草木之丹炼药的方法！”

白小纯心中如天雷滚滚，他身体颤抖，呼吸急促，对圣丹残壁产生了强烈的兴趣，再次沉浸其中。

与此同时，圣丹残壁散发出青色光芒，光芒越来越刺眼，最终化作一根青色光柱冲天而起，轰动整个血溪宗！

第 221 章

万物草木道

青色光柱冲天而起，使得云层翻滚，四周的血气瞬间扩散开来，这一幕震动了血溪宗。

中峰大长老宋君婉正在打坐，此刻猛地睁开眼，露出惊疑之色。她走出洞府后，立刻看到了青光，发现青光升起的地方正是圣丹残壁。

“夜葬在那里，难道……”

宋君婉内心一震，立刻飞了出去。

不仅是她，其他三座山峰也有长虹直奔圣丹残壁，甚至连祖峰内也有不少神识射向那里。

太上长老的神识立刻发现了白小纯，看到了他精神恍惚、如痴如醉的表情。这一切无不证明白小纯从圣丹残壁中得到了某些感悟！

“每隔百年都会有人成功，却很少有人能让圣丹残壁大放青光！”

“我记得典籍上记载，八千年前，那位血真人在圣丹残壁参悟药道时，也曾出现青光……莫非这才是真正的感悟？”

“这夜葬……在药道上，竟然也有如此天赋！”

“他以前就会炼药，如今又获得了新的感悟，说不定多年之后，我血溪宗会出现一位炼药大师！”

不仅是太上长老注意到了白小纯，这一刻，祖峰上还有两人也注意到了白小纯。

这两人一个是无极子，另一个则是宋家老祖！

无极子与宋家老祖都有些动容，仔细地看了半晌，发现白小纯四周出现了一道道身影，宋家老祖忽然开口。

“宋君婉，为夜葬护法，任何人不准打扰他，若有人抗命，格杀勿论！”

宋家老祖声音冰冷，在血溪宗回荡。

白小纯四周的那些修士听后脚步一顿，胆战心惊，立刻将原本的那些心思打消了。

宋君婉深吸一口气，立刻向着祖峰一拜，快步走到白小纯身边，盘膝坐下，为白小纯护法。

一些听令于宋君婉的中峰嫡系修士也陆续到来，盘膝坐在四周，冷冷地看着外围那些修士。

有宋君婉护法，又有宋家老祖警告，那些别有用心的修士看了白小纯几眼，随后相继离去。

很快，此地便安静下来。

可随着夜葬观察圣丹残壁之事传开，在之后的一个月里，每天都有不少修士过来观望。宋君婉也不时看向双眼布满血丝，如失了魂一般，眼中只有圣丹残壁的白小纯。

“夜葬达到了逆血返祖的境界，还拥有惊人的补天之法，没想到在药道上竟也有如此天赋。来圣丹残壁参悟药道的弟子很多，可即使他们成功了，也不会引得圣丹残壁大放青光！这夜葬到底感悟到了什么？”

宋君婉情绪复杂，她发现自己越来越看不透夜葬了。

她原本觉得夜葬很简单，一眼就能看穿，可如今她猛然发现，自己所看到的只是一点细节。

“这样的人，在凝气境界时，怎会那么默默无闻？难道真的是厚积薄发？”

宋君婉若有所思地看着白小纯，连她自己也没有察觉，她的心中慢慢对他多了一种特殊的情感。

时间流逝，又过去了一个月，白小纯早已忘我，他眼中只有圣丹残壁上那药师的身影，只有此人炼药的过程。

他一遍又一遍地观察，直到他对炼药的过程烂熟于心，圣丹残壁上的虚影才渐渐散去，再次出现时，换了一个人，那人也在炼药，只是手法和方式又有不同。可总体来说，药道的原理是一样的，都是以草木之丹炼药。通过不同的人、不同的方式，介绍同样的知识。

白小纯身体一震，看着一道又一道身影炼药，看着药师用同样的知识，创造自己所需的草木药力，他眼前仿佛打开了一扇新世界的大门。

白小纯呼吸急促，不自觉地抬起双手，不断模仿圣丹残壁上药师的炼药过程。

渐渐地，白小纯身上居然出现了一层青光，瞬间，圣丹残壁的光芒竟被吸引，直奔白小纯而来。

在这一刹那，白小纯脑海中响起一声轰鸣，似乎有无数药道知识，通过这青光，涌入他的脑海。

这一幕，再次震撼祖峰众人。以他们的修为，一眼就看出了端倪。

“这是……传承！”

“难怪丹溪宗多次不惜代价地要换回圣丹残壁，若非当年血真人归墟前下了命令，永远不可将圣丹残壁还给丹溪宗，我们怕是真的会让丹溪宗把圣丹残壁换回去。”

“这是丹溪宗的药道传承之物……我记得，丹溪宗似乎还有一半残壁？”

血溪宗几位老祖相互看了看，都看出了彼此眼中的心动。

此刻，白小纯脑中传来一阵剧痛，他身体颤抖，双眼赤红，口中发出低吼，强行承受。

他不舍得放弃，因为这些药道知识，他只是看了一眼就心神狂震。

“以天地为炉鼎，以万物为草木，念化魂种，炼造化之丹！”

白小纯思绪翻滚，脑海中掀起滔天大浪，这一刻，他想到了被自己消灭的方林，对方的天地炉鼎显然就是出自第一句！

同时，他还想起了方林死时，自己见到的阴阳脸青年。不知何时，那阴阳脸青年竟在方林体内种下了魂种！

当时白小纯就觉得此事诡异，他表面上不在意那阴阳脸青年，心中却很警惕。眼下他终于明白，对方所施展的神通正是念化魂种！

而此刻白小纯所传承的神通，则是万物草木功！

天地炉鼎、万物草木和念化魂种，这三种神通正是丹溪宗支撑宗门的根本之道！

只不过当年血溪宗抢走了这半块残壁，使得丹溪宗的万物草木功失传，或许，这正是丹溪宗逐渐没落的原因之一。

“以万物为草木，凝聚所需药力……这种药道，匪夷所思！”

白小纯呼吸急促，他无论如何也没想到，自己只不过是想装模作样一番，却真的从圣丹残壁上获得了传承之法。

圣丹残壁的光芒越来越弱，而白小纯身上的青光越来越强。

数日后，当圣丹残壁的光芒消散的刹那，白小纯蓦然睁开双眼，身上的青光冲天而起，空中顿时天雷滚滚，出现无数草木之影，不断融合，不断变化。

这种天地异象让血溪宗弟子无比骇然。可以想象，夜葬的名字必将再次传遍血溪宗，甚至会传到其他宗门，夜葬将成为东脉下游修真界声名赫奕的人物。

“夜葬……”

宋君婉起身，关切地看着白小纯。

此刻的白小纯瘦了一大圈，面颊凹陷，整个人近乎皮包骨，眼睛却很有神。

“我要炼药！”

白小纯向着宋君婉点了点头，来不及多说，此刻他需要消化脑海里的知识，需要通过实践来记住将万物化为草木的方法。

白小纯一闪身，直奔中峰而去，一路吸引无数目光，就连祖峰上的老祖也期待地看向他。

白小纯回到洞府立刻闭关，他身上的草木不多，可他毫不迟疑地取了出来，打开丹炉。他没有炼制灵药，而是开始炼制草木之丹。

在炼制的过程中，白小纯废寝忘食，对于草木的药力变化更加熟悉，收获极大。而血溪宗对白小纯的重视，也在这一刻体现出来。

在宋家老祖的安排下，大量药草被送到白小纯这里，其中不少都是罕见之物，放在外面可以卖出天价，宋家老祖却毫不犹豫地将其送给了白小纯。当然，除了药草，还有许多丹炉和血火石。

送药草来的童子还极为恭敬地对白小纯说：“老祖让弟子转告大师，这只是第一批，之后还会有更多药草陆续送来！”

看这架势，宋家老祖是打算用整个血溪宗的资源来让白小纯尽快掌握这个传承之法。

正是因为这批药草及时送到，白小纯熟悉传承之法的过程才没有被迫中断。他不断炼制草木之丹，双眼越来越亮。

白小纯狂喜地发现，现在自己居然能看懂寒门药卷第一页的一部分内容了！

“哪怕只是一部分，与万物草木功结合之后……”白小纯目露奇异之色，“我觉得，我现在终于可以炼制四阶灵药了，五阶灵药也不是没有可能！”

能否炼制出四阶灵药是一个分水岭，若能成功，白小纯将不再是药徒，而是药师！

第 222 章

我要炼药

“我要炼药！”白小纯抬起头，眼神坚定。

在圣丹残壁获得的感悟令白小纯的药道造诣突飞猛进，此刻，他有种强烈的预感，自己可以炼制四阶灵药了！

要知道，对整个东脉下游修真界来说，四阶灵药是无比珍贵的，是所有筑基修士都需要的灵药，而其中最引人注意的就是筑基丹！

筑基丹是四阶灵药，且成丹极难，药徒只要能炼制出筑基丹，就代表其成为药师了！

药师太少了，血溪宗曾有药师，如今却没了。玄溪宗同样如此。丹溪宗自然有药师，而且，据说丹溪宗内还有一位无限接近大药师的太上长老。

除了丹溪宗，只有灵溪宗拥有药师，那就是李青候！

现在，白小纯已站在三阶的巅峰，具备冲击四阶的能力，他的理论知识已足够支撑他冲击四阶。

他深吸一口气，抬起右手一挥，打开血溪宗送来的装满药草的储物袋。他看了一眼其中的药草，不由得心神震动。

“这是龙灵根？居然是七百多年的龙灵根……

“这是四百多年的泰魔叶……

“天机果，道仙花……”

白小纯不断吸气。这段日子血溪宗送来的药草一次比一次珍贵，一次比一次罕见。从这些药草能看出，整个血溪宗对他极为重视，甚至超出了他的预料。

他不由得有些纠结，一方面觉得血溪宗对自己实在太好了，另一方面又不断提醒自己，自己是灵溪宗的人……

紧接着，白小纯的目光落在他还没看过的两个储物袋上。一个里面是丹炉，另一个里面是血溪宗特有的血火石！

血火石类似于灵溪宗的火晶，只是效果更强。血火叠燃，对于炼药有很好的辅助作用，可以算是血溪宗特有的炼药之物。

白小纯仔细观察，发现血火石的火竟是三色火。

他感到有些可惜，琢磨着如果是四色火就好了。不过，即使是三色火，白小纯也很满意，他打算炼完药后，暗中留下一些。

至于那些四叶仙草，始终放在他的储物袋内，他不敢在血溪宗使用龟纹锅，担心出现意外。

此刻，白小纯又看了一眼装满丹炉的储物袋，他不禁呆住了。

“这……这是多少个丹炉？”

白小纯只觉得脑海中响起阵阵嗡鸣，这储物袋内居然有上百个丹炉，大小各不相同。有的明显有岁月的痕迹，有的还是崭新的，林林总总，看得白小纯眼花缭乱。

其中数十个丹炉甚至堪比法器，里面还带着药香，显然是某个药师的常用之物。

“都是抢的？”

白小纯揉了揉眼睛，仔细一看，发现这些丹炉都有相似的印记。这印记是一口鼎，是丹溪宗的标志。显然，这些丹炉都是这些年血溪宗从丹溪宗弟子手中抢来的……

除了丹炉，这储物袋内还有一些玉简。

白小纯一一查看后，心神一震，好半晌才恢复平静。这些玉简的价值更大，里面记录着大量药方！从一阶灵药到五阶灵药都有，极为全面……

白小纯感慨一番，看着这么多药草和丹炉，双眼亮了起来。

他眉飞色舞，搓了搓手，立刻取出一个丹炉放在面前，拿出血火石，将灵力注入其中，这血火石瞬间散发出血色的火光。

“炼药炼药！”

白小纯精神振奋，他没有先炼筑基丹，而是选择了一个叫作淬灵凝晶丹的药方，仔细研究之后，开始炼制。

时间流逝，转眼过去了半个月，白小纯足不出户，披头散发，沉浸在炼药之中。

一次又一次失败，他总结经验，不断尝试。每当有了新的思路，他就手舞足蹈，发出响亮的笑声。

这笑声传出洞府，使得那些血树颤抖得更厉害了。路过的中峰修士听到后也有些心惊，可更多的还是抱着看热闹的心态。

“从圣丹残壁上获得了感悟，就真以为自己可以炼出好的灵药了？”

“哼！我听说了，如今整个宗门的草木资源都被陆续送到了夜葬那里，他这是给自己挖了个大坑，若炼不出灵药，又或者炼出的只是寻常灵药，他定会倒大霉！”

“他只不过是会炼药而已，搞不懂宗门为何对他特别重视！”

中峰大半修士都与白小纯有过节，平日里不敢在他面前表露，只敢私下议论，使得风言风语在宗门流传。

不过，宋君婉和其他三座山峰的大长老，以及祖峰的太上长老却对白小纯满怀期待，宋家老祖也是如此，时常看向中峰。

很快，又过去了十天。中峰修士眼看白小纯还在闭关，暗中的嘲讽越来越多。这主要是出于对白小纯的嫉妒，嫉妒他与大长老之间的关系，嫉妒宗门对他的袒护，嫉妒草木资源的严重倾斜。

而且，白小纯达到了逆血返祖的境界，实力已然超过所有凡道筑基的修士，使得那些地道筑基的长老感受到了强烈的威胁，甚至连一些筑基后期的修士也有这种感觉。

就这样，又过去了三天。

洞府内，白小纯双眼赤红，状似疯狂，绕着丹炉走来走去。

这一个月来，他不断炼药，从草木中提取自己所需的药力，在多次失败后，终于看到了成功的可能。

“这一次，应该可以成功！”

白小纯声音沙哑，他舔了舔嘴唇，死死地盯着丹炉。

又过了几个时辰，丹炉猛地震动，药香散开，白小纯目露激动之色，可很快，激动就化作惊恐。

“这……这是这么回事？！”

白小纯睁大了眼，在灵药即将炼成的时候，整个丹炉突然散发高温，似乎是药力不稳，影响了丹炉，进而又影响了血火石，一股强烈的危机感在白小纯心中扩散。

砰砰之声回荡，丹炉剧烈颤抖，出现了一道道细微的裂缝，血色火焰从裂缝中蹿出，丹炉内仿佛有一股惊人的力量正不断膨胀，整个丹炉如同要爆开一般……

“炸炉！”

白小纯倒吸一口气，头皮发麻，这是四阶灵药，绝非三阶灵药可比。

本来三阶灵药炸炉的威力就很惊人了，如今可是四阶灵药……

白小纯瞪大眼，他感受到丹炉内的能量堪比筑基修士的自爆之力。

来不及思索太多，白小纯尖叫一声，调动灵气，卷起丹炉，立刻飞出洞府。眼看丹炉的裂缝越来越多，他头皮发麻，将丹炉向着天空狠狠地扔了出去。

“大家小心！”

在扔出丹炉的瞬间，白小纯大吼一声，声音传遍整个中峰。

与此同时，丹炉在空中爆开，巨响震天，仿佛天雷炸响，冲击波横扫四周。

丹炉四分五裂，更为恐怖的是，每一块碎片上的黑色药渣都带着火焰……

无数中峰弟子被生生震醒，面色大变，急速冲出。

“怎么了？”

“发生了什么事情？”

“灵溪宗打过来了？”

话音刚落，这些修士立刻看到，半空中的火焰如流星般落向中峰，传出巨响。

一时之间，巨响不断回荡，那些丹炉碎片掉落的区域全都燃起火焰，有些修士甚至连头发都烧着了，纷纷发出凄厉的嘶吼。

整个中峰都乱了，就连宋君婉也震惊不已，她呆呆地看着眼前的火海，突然闻到一阵焦煳的药味。

她仔细察看一番，确定那些碎片是丹炉的一部分后，不由得倒吸一口气。

“这是炼药造成的？炼药……能炼成这样？”

宋君婉觉得不可思议，在她的印象里，炼药应该没什么声响，就算发生意外，也不会造成如此严重的后果。

这一刻，倘若有灵溪宗弟子在中峰，一定会觉得这场面有些眼熟。如果灵溪宗弟子知道了真相，那么，他们一定会同情地看着血溪宗修士，在心底默默告诉血溪宗修士：

“从白师叔炼药的那一刻起，一切灾祸……才刚刚开始。”

第 223 章

丹炉满天飞

白小纯有些紧张，眼看炸炉居然如此惊心动魄，内心暗呼好险……

“要是方才慢了些，丹炉在我洞府内爆炸了，恐怕就不是洞府坍塌那么简单了，就算我能保住小命，下场也一定很惨。”

白小纯缩了缩头，带着歉意看了看远处暴跳如雷的一众修士，随后赶紧逃回洞府，加强洞府内外的阵法。

他做好了被人找上门来的准备，可等了一天，洞府外也没有动静，他有些诧异，继续等，还是没人来。

“好奇怪……算了，不管了，我继续炼药，可是，丹炉为什么会炸呢？”

白小纯摇头，盘膝坐下，托着下巴冥思苦想。

他不知道，之所以没有人来，是因为他那“夜魔”的名号早已传遍血溪宗，不是那些人不想来，而是他们一想起白小纯释放血剑，大杀四方的一幕，就咬牙忍住了。

还有一个原因是，尽管这次丹炉炸裂看起来惊心动魄，可真正受到影响的修士不多……

三天后，白小纯猛地一拍大腿。

“之前我炼制三阶灵药时，丹炉也曾炸开，不过，这次的原因不同。四阶灵药成丹时，会吸收四周的气息，使得药力不稳！与血火石没关系！”

白小纯呼吸急促，双眼亮了起来，他赶紧起身，袖子一甩，拿出一个新的丹炉，继续炼药。

这一次，他只用了一天的时间。

眼看灵药即将成丹，白小纯全神贯注。突然，丹炉变得赤红，再次出现裂缝，丹炉内，一股力量似乎正不断膨胀，甚至比上次还要惊人。

白小纯倒吸一口气，袖子一卷，赶紧将丹炉扔出洞府。这一次，他来不及提醒其他人了……

一声震耳欲聋、超越天雷的轰鸣，在中峰蓦然炸响。轰鸣声中，丹炉碎裂成数十块，带着紫色火焰向下坠落……

碎片落地时，又传出阵阵轰鸣，同时还有无数愤怒的嘶吼。

“又来了，夜葬，你要干什么？”

“夜葬，你这是在炼药吗？你要杀我就直接来啊！”

“这炼的是什么药？”

十多个修士怒火冲天，可冲出来的人太少，他们只能咬牙咽下这口气，不敢去找白小纯算账。

白小纯心惊不已，可等了半晌，发现还是没人来找麻烦，他顿时深受感动，静静地望着远方。

“我知道，你们理解我，所以没有来找我。你们放心，我保证……这是最后一次。”

白小纯觉得这里的人真的很好，他深吸一口气，继续炼药。

三天后。

“该死的，怎么回事？”

白小纯有些疯狂了，将丹炉狠狠扔了出去。

“轰！”

十天后。

“怎么会这样？”

白小纯如同疯了一般，这次扔出了一个更大的丹炉！

“轰！轰！轰！”

在这十天里，整个中峰彻底疯了，隔三差五就会响起丹炉炸开的轰鸣之声，无数碎片带着火焰如流星一样落下，使得中峰成了一片火海。

一个个新建的洞府燃起火焰，修士们纷纷发出凄厉的怒吼。神算子的洞府没有被烧毁，可他外出时被带着火焰的碎片击中……

中峰上指区域的情况虽好些，但草木也在燃烧，还有一些筑基中期、后期强者的居所也是如此。

这些天来，中峰修士的怒气越积越多，已然到了顶点……

“夜葬，你找死！”

“不杀夜葬，我誓不为人！”

“该死的，这夜葬是想毁了中峰不成？他这哪里是在炼药，分明是在炼我们啊！”

尤其是最后一次，那巨大的丹炉居然没有在空中炸开，而是砸在了瀑布中，轰鸣滔天。宋缺凄厉的嘶吼之声传遍四方，他全身着火，眉毛、头发都在燃烧。

“夜葬！”

宋缺猛地冲出，直奔白小纯的洞府。其他人也终于压抑不住心中的怒火，彻底爆发。

“杀了夜葬！”

“如果夜葬不死，我们早晚被他害死！”

“先是抢夺血气，然后是抓兔子，如今又是炸炉，夜葬，你就是个祸害！”

“你偷偷吸收血气时就把我的洞府毁了，抓兔子时又毁了一次，如今是第三次！”

中峰修士从来没有如此团结过，九成修士杀气腾腾地冲出，直奔白小纯的洞府，打算一起出手，以雷霆之势，连人带洞府，全部灭掉。

这样的话，就算宗门想责罚他们也会三思，总不能为了一个夜葬责罚这么多人吧。

白小纯察觉到了这一切，顿时头皮发麻。尽管他达到了筑基中期，自认为可以打败不少人，可对方人多势众，他实在没把握。

这里面，凡道筑基修士、地道筑基修士、筑基初期修士、筑基后期修士都有，不少人头发与眉毛都没了，为首之人乃是宋缺。

他们杀气腾腾，吼声如雷，蜂拥而来。

“你们听我说！”

白小纯吓得面色苍白，头皮发麻，一边后退，一边开口，可他的声音瞬间就被众人的嘶吼之声盖过了。

众人飞速靠近，散发出一股惊人的气势。这股气势化作怒浪，眼看就要将白小纯淹没。

就在这时，一声冷哼从祖峰传来。这声音如同冰水，瞬间涌入众人心中，使得他们心神一震。

只有太上长老与老祖才能让众人快速冷静下来，而方才那个声音，不管来自谁，都让众人忌惮。

与此同时，宋君婉的身影出现在白小纯前方，她冷冷地看着众人，皱起眉头。

“够了，夜葬并非故意如此，炼药难免出现意外！”

此话一出，四周的筑基修士一片沉默，他们虽敬畏大长老，但一个个都是桀骜之辈，心中有些不服。

“这也是老祖的意思！”宋君婉淡淡开口，目光冰冷。

那些筑基修士听了这句话，心中苦涩，长叹一声。哪怕是宋缺，也只能忍气吞声，咬牙离去。他们心里更恨白小纯了。

“夜葬不可能一直这么炼下去，老祖的耐心有限，若是他长久炼不出来，下场会很惨！”

众人冷笑，压下怒火，等待夜葬被宗门责罚的那一天。

直至众人散了，白小纯才心有余悸地走了出来，拍了拍胸口。

“这些人不讲理，我是在给宗门炼药！”白小纯瞄了宋君婉一眼，连忙开口。

宋君婉转身，古怪地看着白小纯，半晌之后摇了摇头，她也没想到对方炼药居然能闹出这么大动静……

“夜葬……你一定要炼出让老祖满意的灵药。”

宋君婉迟疑片刻，意味深长地提醒了一句，然后深深地看了白小纯一眼，转身离去。

她不能把话说得太明，相信夜葬能听懂。

血溪宗的高层大都只看结果，不看过程。如果夜葬最后炼出的灵药能让老祖满意，那么，过程中发生的一切事情，只要没有触犯底线，宗门都不会在意，甚至还会袒护他。

可若是他最终炼出的灵药无法让老祖满意，那么，他就成了废物，宗门定会秋后算账。

简单来说，只要你有用，就可以在宗门横行！

白小纯眨了眨眼，他自然懂得这个道理。在尸峰养尸坊时，他就明白了血溪宗的规则……

“只看结果，不看过程，这是一个多么适合我的宗门啊！”

白小纯感慨，干咳一声，转身回到洞府，继续炼药。

与此同时，祖峰上，宋家老祖坐在庭阁中，收回目光，微微一笑。两位太上长老陪在一旁，此刻也笑了起来。

“夜葬如此炼药，是不是有些过分了？”其中一位太上长老道。

“这才是我血溪宗的弟子，炼药都这么与众不同，一看就是魔道中人。别人炼药都如温水一般，而他炼药，天雷滚滚，气势惊天！”另外一位太上长老调侃道。

第 224 章

这样不算叛宗吧

时间流逝，一转眼便过去了十天。

丹炉又炸了两次，白小纯没办法，只能减少药草，使得药力变弱，这才让丹炉不再爆炸。他有些无奈，觉得这些丹炉都太脆弱了……

在他的努力下，终于成功炼制出了一炉四阶淬灵凝晶丹。

虽然只有五枚淬灵凝晶丹，而且都是下品，但其中蕴含的灵气极浓，超越了他之前炼制的任何一种灵药。

白小纯将灵药拿在手中时，甚至还可以感受到它们在震动，仿佛具备灵性，这是四阶灵药的特性。

白小纯仔细看了半晌，深吸一口气，眼睛亮了起来。凭借这些灵药，他有把握让血溪宗那些太上长老满意。至于老祖那里，或许这些灵药还不够。

“只要我的成丹率提升，就算是宋家老祖，看到后也会心服口服！”

白小纯傲然抬起下巴，心底得意，继续开炉。

他要熟练掌握所有四阶灵药的炼制方法，将成功率提升到极致，如同之前炼制三阶灵药时一样。

白小纯不理会外面的一切事情，沉浸在药道中，这次，他选择了另一种具有代表性的四阶灵药——飘渺灵香。

数日后，当炉中的灵药散发药香时，白小纯目光炯炯，右手掐诀一指，丹炉顿时开启，一股青烟升空，飘散开来。

“嗯？”

白小纯没理会那股青烟，扫了丹炉一眼，惊讶地发现炉中居然没有灵药！

“怎么会？”

白小纯诧异，仔细找了半天也没找到灵药，就连药渣都没有，丹炉内的灵药不翼而飞。

白小纯想起之前的那股青烟，四下看了看，皱起眉头，继续炼药。经过仔细观察，他找到了原因。

“化作了青烟？”

白小纯看着丹炉内的青烟升起后快速消散，几息就没了踪影，他试图截住青烟却没能成功。

“有意思，每种四阶灵药都有奇异之处。”

白小纯没有气馁，反而兴趣大增。在接下来的一个月里，他尝试了很多方法，炼制了十几炉灵药，依旧全部失败。

而在白小纯研究飘渺灵香时，中峰修士刚从炸炉的噩梦中苏醒，紧接着又落入另一个噩梦中。

第一个闹肚子的修士是神算子，在十几天前的夜里，他正在给人推衍，突然面色大变。在同门诧异的目光中，神算子满脸通红，急速远去。那一夜，他觉得自己要虚脱了。第二天清晨，他脸都白了。

“怎么回事？我辟谷十多年了，怎么还会闹肚子？”

神算子紧张地捂着肚子，继续推衍，可还没算完，就再次听到了肚子的咕噜声。

随后，所有住在中峰下指区域的修士都开始闹肚子……

若只是寻常腹泻也就罢了，可随着时间流逝，有些修士竟然一天如厕上百次……就算是症状轻微的，也有十几次。

中峰下指区域的修士全都疯了，他们无法想象，到底是什么样的毒，居然连筑基修士都无法抵挡。

“有人下毒！”

“该死的，这又是怎么回事？莫非还是夜葬？”

腹泻如瘟，急速扩散，中峰下指区域仿佛存在一片看不见的毒雾，但凡被毒雾笼罩的修士，不管是什么修为，都会受到影响。

很快，半座中峰几乎都看不到人影了，众人腹泻的症状越来越严重，都没什么力气了……

宋缺眼神茫然，身体都软了，他记不得自己一天如厕几次，这一刻的他，甚至觉得自己成了凡人。

“这是怎么了？”

“一定是夜葬，他在炼药，一定是药力扩散使得我们腹泻！”

越来越多的人猜到了原因，却没人去找白小纯算账，因为症状太严重，他们无法离开洞府……

慢慢地，就连中峰上指区域的修士也出现了这样的症状。宋君婉闻之面色大变，立刻逃出中峰，对于白小纯炼药这件事，她已是胆战心惊。

“他到底是一个什么样的家伙？只是炼药而已，怎会如此可怕？”

宋君婉倒吸一口气，同情地看着中峰修士。

此事甚至传遍了其他三峰，其他三峰弟子纷纷将此作为笑谈，还有一些人觉得传言太过夸张，亲自去了中峰，可回来后全都面色大变，开始闭关。

中峰弟子渐渐受不了了，他们就算是爬，也要爬出中峰，不敢在此逗留。只是他们中毒太深，哪怕离开了中峰，一时半会儿也难以好转，一个个都越发虚脱了。

众人看向白小纯的洞府时，眼中都露出强烈的恐惧，如果能选择，他们宁可选择炸炉……

“夜葬太狠了，他一定是在报复我们！”

“该死的，此人不是夜魔，而是瘟魔！”

“瘟魔夜葬！”

随着时间的流逝，中峰筑基修士已经不敢恨夜葬了，绝大多数人打定主意，再也不招惹夜葬……

他们觉得夜葬实在太恐怖了，这种杀人于无形的灵药让人崩溃。不少修士甚至因此不再轻视药道，准备以后也花时间好好研究一番……

就连祖峰也在关注此事，可这一切，白小纯浑然不知。他的体质与众不同，一点也没受影响，仍然沉浸在炼药中。

终于，在一个月后，他成功阻止青烟消散，将其留在丹炉内，凝聚成了飘渺灵香。

白小纯还炼制了其他四阶灵药，当成丹率达到七成时，他的药草也用完了。于是，他不得不停下，拿着灵药，走出洞府。

白小纯看着外面明媚的阳光，觉得四周太安静了，放眼望去，整个中峰鸦雀无声，看不到人影。

白小纯有些诧异，很快又感到欣慰，他觉得自己终于做到了炼药时不影响周围的人，于是得意地走在中峰，可他渐渐察觉到了不对劲。

“这里怎么这么安静？”

白小纯觉得不对劲，他都快走下山了，居然没看到一个人，中峰死气沉沉的，那些洞府都是空的。

“人呢？”

白小纯眨了眨眼，有些紧张，快走起来。直到他下了山峰，才看到一个中峰筑基修士在两个内门弟子的搀扶下路过此地。

那个筑基修士抬头看到白小纯后，全身一颤，睁大眼，露出恐惧之色。

“你……炼完了？”他呼吸急促，指着白小纯。

“啊？炼完了。”

白小纯有些发蒙，话音刚落，修士顿时激动地转身，向着内门区域，用尽全身力气，大吼一声：

“都出来吧，都回洞府吧，瘟魔……终于炼完药了！”

声音扩散出去，内门区域立刻有了回应。

很快，众人被内门弟子搀扶着，陆续走了出来。他们面黄肌瘦，双眼露出激动之色。

“真的？瘟魔炼药结束了？”

“苍天有眼！”

“我们终于可以回到自己的洞府了……”

宋缺也在人群中，他双腿颤抖，死死地盯着白小纯。与其他人不同，他至今不服气，目中杀意冲天。

白小纯挠了挠头，心虚地看着众人。那些筑基修士在内门弟子的搀扶下，快速绕过白小纯，直奔中峰。

一炷香之后，数百个筑基修士才全部离开。白小纯眨了眨眼，看到宋君婉从远处飞来，落在自己面前，情绪复杂地望着自己。

“宋姐姐……”白小纯小心地开口。

“炼完了？灵药给我，我拿给老祖。”宋君婉苦笑。

白小纯赶紧从储物袋内拿出五种四阶灵药，这些只是一部分，他自然不会全部交出去。

宋君婉接过灵药，仔细辨认后，抬头深深地看了白小纯一眼，露出笑容，让白小纯在这里等她，然后才化作长虹直奔祖峰。

白小纯有些紧张，他知道血溪宗的规则，虽然他有很大的把握，自己能得到血溪宗高层的重视，但还是有些忐忑。

一炷香后，宋君婉归来，目露奇异之色。她扔给白小纯一枚令牌，勾了一下白小纯的下巴，轻声开口：

“老祖让我告诉你，从此之后，你只要不叛宗，就能享有与宋家嫡系一样的待遇！”

白小纯精神一振，觉得自己现在可以在血溪宗横行了，顿时得意不已。他扫了宋君婉一眼，忽然抬起右手，在对方的下巴上勾了一下。

“这样不算叛宗吧？”白小纯嘿嘿一笑。

宋君婉愣在那里，她长这么大还没被人如此调戏过，脸上立刻泛起红晕，眼神却依旧冰冷。

“看来，我有必要让你知道大长老的威严！”

第 225 章

夜葬，跟我回家

令牌是宋家老祖所赐，有了这枚令牌，白小纯只要不叛宗，就能在血溪宗横行。

只是在宋君婉面前，这枚令牌没有用处。尽管白小纯已达到筑基中期，可也无法与宋君婉这样即将结丹的强者对抗。

出人意料的是，宋君婉并没有出手，而是狠狠瞪了白小纯一眼，转身离去。

之后的几天，夜葬成功炼出四阶灵药的消息在血溪宗传开，所有太上长老都知道了这件事情。

就连那些常年闭关的血擘都听说了夜葬的名字，血溪宗八位老祖也不例外。

尤其是宋家老祖，对白小纯更为看重，老祖的态度决定了宋家的态度。

与此同时，夜葬炼药的事情传遍了血溪宗外的各个修真家族，甚至连灵溪宗的人也听说了。

侯云飞等人听后瞠目结舌，立刻想起了白小纯……只是这一猜测太过荒诞，连他们自己都不相信。

夜葬的事情多次传遍其他宗门，使得他的地位在其他宗门眼中再次提高，很多人已经把他与宋缺相提并论。

而在大多数血溪宗修士眼里，宋缺已经不如夜葬了。夜葬不但战力强，而且心狠手辣，就连炼药也充满魔性，但凡靠近之人，都会受到影响。

尤其是他令中峰修士腹泻之事，让无数人恐惧。夜葬的外号很快就从“夜魔”变成了“瘟魔”。这种杀人不见血的手段，使人心惊。

白小纯很享受血溪宗众人对自己的态度。绝大多数中峰修士不愿再去招惹白小纯，已经打定主意，往后尽量避开他。虽然还剩下一些顽固的人，但他们也掀不起大浪。

内门弟子看见白小纯时，更是如同看见了洪水猛兽，双腿发软。平日里他们议论时，已然把白小纯当成能凭一己之力灭去一峰的恐怖存在。

可白小纯的好日子没过几天，宋君婉就以中峰大长老的身份下了一系列命令，比如让白小纯打扫中峰、修复所有坍塌的洞府等，简直是换着方法整治他，使得他愁眉苦脸。

“我为什么要勾她的下巴……”

白小纯唉声叹气。刚刚打扫完中峰，又接到宋君婉的命令，让他清理这段日子中峰的污秽之物。

“太欺负人了！她勾我的下巴，凭什么我不能勾她的下巴？”

白小纯愤愤不平，觉得以自己的身份，绝对不能帮人清理污秽之物。他正发愁，一道长虹从远处飞来，绕了一圈后，直奔他而来。

白小纯抬头一看，来人正是尸峰大长老。

“夜葬老弟。”

尸峰大长老哈哈一笑，骤然出现在白小纯身前。他看到白小纯拿着扫把，眼睛一亮。

“被惩罚了？老夫可是听说了，你居然敢勾引宋君婉！”他虽是尸峰大长老，但他知道夜葬实力不俗，入了老祖的眼，未来不可限量，而且夜葬又是桀骜之辈，于是尸峰大长老心底早就把夜葬看成了同辈。

“那有什么，是她先勾引我的！”白小纯一瞪眼，抬起下巴，不满地道。

“夜葬老弟，你听我说，宋君婉是什么人啊，那是血蝎啊！这些年来，所有招惹她的家伙，都没有好下场……当年我可是亲眼看到，凝气境界的她，把一个欲对她不轨的同门生生废了……”尸峰大长老看了看四周，低声开口。

“废了？”

白小纯倒吸一口气，不禁睁大了眼。

“少泽峰的血子司徒浩，你知道吧？前些年，他曾对宋君婉怀有歹意，也险些被废了！”

“宋君婉连血子都敢废？”

白小纯头皮发麻，他知道，血溪宗的血子地位相当高，与掌门齐平，在某些方面甚至超越了掌门。掌门无法直接命令一峰修士，血子却能！

而且，血子一旦结丹，就可成为血溪宗的血擘！要知道，除了老祖外，血擘是整个宗门的核心！

白小纯心惊肉跳，扫了一眼上指区域，赶紧收回目光，看向尸峰大长老。

“你来干什么？就为了吓唬我？”

尸峰大长老笑眯眯地开口：“夜葬老弟，我怎么会吓唬你呢？这些都是事实！你说，当你还是内门弟子时，咱俩就有交情了吧？感情多深厚啊！你看……老夫出面与掌门说，邀请你来我尸峰炼药，这样一来，你就不用听从宋君婉的命令了。怎么样？你考虑一下。放心，炼药所需的材料，我们都准备好了，事成之后还有重谢！对了，我尸峰血子说了，只要你来给我们炼药，你养出来的那具绿僵就是见面礼！”

尸峰大长老一拍储物袋，拿出一枚玉简，正是控制绿僵的玉简。

白小纯扫了一眼，当时他给绿僵下了命令，让其听从拥有玉简的人的话。其实，只要他一动念，就可以随时取消这个命令。

不过，对于去尸峰炼药，避开宋君婉的惩罚，白小纯还是很有兴趣的。但他没有立刻同意，而是有些迟疑。

“你也知道，我一炼药，身边的同门就会发火……”白小纯为难地道。

“谁敢发火，老夫就灭了谁！夜葬老弟，放心大胆地炼吧，只要给我们炼出一枚四阶逆血养尸丹，一切都不是问题！”尸峰大长老连忙开口。

白小纯干咳一声，正打算再谈些条件，就在这时，一声冷哼从上指区域传来。

“夜葬，还不去清理污秽！还有你，老东西，你不在尸峰待着，总是来我中峰干什么？”

说话的正是宋君婉，白小纯听到这话，连忙一把抓住尸峰大长老。

“我同意了！咱们什么时候走？”

“现在就走！”

尸峰大长老狂喜，仰天大笑，带着白小纯，化作长虹，直奔尸峰。

“夜葬，你要去哪里？”

宋君婉一愣，心底生出无名之火，瞬间飞出，要去阻拦尸峰大长老。

就在这时，一道血影突然从尸峰飞出，化作一个中年男子。

中年男子眼神锐利，拥有一头血色长发，穿着血色长袍，甚至连皮肤也是血色的。他明明也是筑基修为，气势却并不比太上长老弱。他跨出一步，直接来到宋君婉面前。

“君婉，夜葬师弟名震宗门，连老祖都看重他，你却让他做那些屈辱之事，本就错了。现在，夜葬师弟既同意为我尸峰炼药，你放心就是，我定不会亏待他！”

中年男子淡淡开口，抬起右手一挥，尸峰立刻震动，似与他产生了共鸣，散发出阵阵威压。

“风崖，哪怕你是尸峰血子，也没资格管我中峰之事！”

宋君婉眼中闪过一丝杀意。来人正是尸峰血子——风崖！

风崖走出一步，挡住宋君婉：“我不像司徒浩那般没用，今天，你过不去！”

这时，尸峰大长老带着白小纯已经快到尸峰了。

宋君婉气极，向着远处的白小纯喊道：“夜葬，跟我回家！”

白小纯眼看宋君婉被人挡下，知道自己安全了，于是使劲摇头：“不回去，说什么也不回去！”

宋君婉一跺脚，眼中露出怒意：“你回不回来？”

白小纯得意地摇头：“不回！”

“好你个夜葬，长本事了啊，今天你要是不回来，以后就别回来了，再也别回来！”宋君婉怒道，转身飞回中峰。

“不回就不回！”白小纯也怒了，哼了一声，转身直奔尸峰。

尸峰大长老有些冒汗，他看了看白小纯，又看了看远处的宋君婉。

“他们俩……”

两人的对话落在尸峰与中峰的人耳中，让人心底产生无数联想……

风崖眨了眨眼，怎么听都觉得两人的对话有些不对劲。

不单风崖有这种想法，其他修士也是如此，这段对话怎么听都像是夫妻吵架，丈夫一气之下要离家，而妻子则发出怒吼……

第 226 章

一切放心

中峰上指区域，宋君婉一脸怒容地归来，到洞府后，不等大门自行打开，便一脚踢了过去。

轰的一声，洞府大门震动，出现无数裂缝。

“死夜葬，翅膀硬了是不是，竟敢不回来！”

宋君婉又踢了一脚，直接将大门踢碎，怒气冲冲地走进洞府。

此刻，门前的四个童子瑟瑟发抖，他们从没见过大长老如此愤怒，居然将自家洞府的大门都踢碎了。

很快，洞府内传出砰砰之声。宋君婉又摔又砸，这口气才算出了一半。她坐在那里，眼中有一丝幽怨，连她自己都没察觉到。

“夜葬这个死人，让你清理中峰，让你修复洞府，是为了让其他人不再敌视你啊！风头正劲时，往往也最招人嫉妒。虽然清理污秽有些过了，但你来找我啊，你来求我啊，我不就不让你做了！”

宋君婉越想越生气。

“可你偏偏伙同外人，逃出中峰，还说不再回来。行，这辈子你都别回来了！”

宋君婉一把拿起身边的酒壶，直接砸在地上。

洞府外，四个童子面面相觑，随后低下头，装作什么也没听到。

此刻，白小纯在尸峰血子殿内也很生气，他觉得宋君婉太霸道了，凭什么让自己去做那些事情，而且，居然连自己给人炼药都要管。

“宋君婉脾气太大！”白小纯嘀咕道。

风崖正似笑非笑地看着白小纯，尸峰大长老则坐在一旁，神色怪异。风崖和尸峰大长老对视一眼，心中都确定夜葬与宋君婉之间一定有问题。

风崖微微一笑，开口道：“夜葬师弟消消火，咱们说说炼药的事吧。”

白小纯抬头看了看风崖，这还是他第一次看到尸峰血子。他打量对方一番后，点了点头。

“先说好，如果我炼药时出现了什么意外，影响到其他人，你们要负责！”白小纯骄傲地道，他觉得现在自己既然这么厉害了，就要学着有气势一些。

“一切放心！”

风崖微微一笑，递给白小纯一个储物袋。对于白小纯的傲慢，他不但没有反感，反而觉得本就该如此。他看重的是四阶灵药，如果夜葬真的能够炼出来，那么将对他炼尸大有助益。

“夜葬老弟，来来来，我带你去看看炼药的洞府，你有什么需求，尽管提出来。”

一旁的尸峰大长老哈哈一笑，与风崖对视一眼，起身带着白小纯离开血子殿。

尸峰极为看重白小纯，单独划出了一片区域，作为白小纯的炼药之地。此处算是上指的边缘区域，靠近下指，四周一片空旷，所有修士都已迁移出去了。而关于夜葬来尸峰炼药的事情，很快就传遍了尸峰。

大量尸峰修士听闻此事后脸色大变，联想到中峰同门的凄惨遭遇，众人有些担忧，满心警惕。

“听说血子与大长老邀请夜葬来炼药……此事我们要小心一些。”

“夜葬号称瘟魔，他炼药时的可怕，让中峰修士谈之色变……”

可还是有一部分修士不以为意，觉得传闻太过夸张，没有放在心上。

“炼药而已，能有多大的影响？至于中峰同门腹泻之事，是因为他们没有提防才会中招，我等只要谨慎一些，自然无碍。”

“哼！我倒要看看，夜葬炼药能有什么惊天动地之处！”

不过，无论如何，尸峰血子与大长老还是下了命令，在夜葬炼药的这段时间，其所在之地被列为禁区，一干人等不得入内。

白小纯很满意这样的安排，尸峰大长老离去后，白小纯在洞府内盘膝坐下。他的前方有一道高大的身影，同样在盘膝打坐。

这道身影全身长满绿毛，散发出阵阵煞气，那外露的尖牙、身上的骨刺以及锋利的指甲，令人触目惊心。

正是白小纯炼的那具绿僵！

很明显，这具绿僵比当初强大多了，尤其是它的皮肤，坚硬如铁，整体给人一种彪悍之感。

还有那双紫色的眼睛，其中似有一缕气息不断流转，使得绿僵有种诡异的灵动感。

白小纯看着也觉得毛骨悚然，尽管这具绿僵是他亲自炼出来的，可他依旧觉得恐怖。

白小纯一瞪眼，向绿僵大声道："一点都不可爱……把牙齿收回去，骨刺、指甲也收回去，还有那些绿毛，统统收回去。"

绿僵身体微震，牙齿、指甲和那些骨刺瞬间缩小，随即消失，就连身上的绿毛也越来越短，最后成了汗毛。

而在这一刻，绿僵身上的煞气也化作寻常气息，虽然全身上下还是绿色的，但看起来正常多了，只是神色略为呆滞。

"这还差不多。"

白小纯满意了，看了看洞府外，又看了看风崖给的储物袋，发现储物袋里有大量药草。虽不如宋家老祖之前给的，但品质同样不俗，尤其是里面一些特殊的药草，甚至比宋家老祖给的那些还要珍贵。

"尸峰血子也算是下了大本钱啊。"

白小纯还在储物袋内发现了大量血火石和丹炉，还有一枚玉简，其中记录着逆血养尸丹的药方。

白小纯拿着药方，仔细研究一番，渐渐色变。这药方写得模糊，很多地方似是而非，如果他的药道造诣不高，根本就看不懂。

其实，即使白小纯具备此等造诣，看起药方来也觉得有些晦涩。不过，好在他掌握了丰富的药道知识，甚至足以炼制五阶灵药，这才能看懂这药方。

慢慢地，白小纯倒吸一口凉气。

"这逆血养尸丹竟是以尸为炉，培养尸丹，尸枯丹成……需要七七四十九具尸体，形成七七四十九枚尸丹，融成一炉，炼出一枚逆血养尸丹！此丹不是给活人准备的，而是给尸体准备的，能让一具大成的黑僵成为堪比结丹境的飞尸！”

白小纯深吸一口气，看着药方，双眼一亮。

“这不是四阶灵药，而应该是六阶灵药，只不过有位药道大能将其简化，又分出了四十九个步骤，这才让药师勉强能以四阶之法将其炼出！

“这是经过简化的灵药，威力也会相应减小，不过依旧有一定的概率，使得黑僵进化……若是再配上一些其他手段，概率会更大。

“灵药……还可以这么炼？”

白小纯觉得匪夷所思，又仔细研究起来，时而看向面前的绿僵。

在尸峰大长老的培养下，这具绿僵已具备凝气大圆满的战力，若能进化为黑僵，则战力堪比筑基修士。

“这么好的灵药，给血子有些浪费了，若能炼出来，用在我的绿僵身上，岂不是更好……不过，这样的话，我没法对尸峰交代，容易被怀疑……”

白小纯摸了摸下巴，继续研究药方。

时间流逝，半个月后，白小纯突然抬头，他呼吸急促，目中精光闪闪，发出阴森的笑声。

“前面的步骤不变，只是在最后进行一些调整，炼出一种子母逆血养尸丹！四十九具僵尸成丹后，将绿僵当作炼制大丹的炉鼎，尸丹化为尸气，尸气在绿僵体内凝聚成大丹后，我分离出子丹，将其送给血子，他若真的能让黑僵进化为飞尸，飞尸便会被我的绿僵操控！”

白小纯眉飞色舞，精神振奋，一拍大腿，仰天大笑。他想赶快试试这种炼药的方式，下意识地看了看四周，不屑地笑了笑。

“他们是在考验我呢，逆血养尸丹可不是依靠丹炉与血火石就能炼制出来的。”

白小纯略一思索，就猜到药方是个考验，如果自己看不懂，自然就表示自己炼不出逆血养尸丹。只有确认自己能看懂后，对方才会开启真正的炼药之地。

于是白小纯起身外出，召唤尸峰大长老，告诉他自己需要四十九具僵尸，以及更多血火石与药草。

尸峰大长老毫不意外，反而振奋地哈哈一笑，朝着洞府掐诀一指，洞府立刻震动，出现了一个通道。

通道的尽头赫然是一座地宫！

地宫中有一个湖，四十九具僵尸绕湖而坐，散发出阵阵煞气。

白小纯看了看，背着小手，抬起下巴，一脸不悦。

“夜葬老弟，这里才是真正的炼药之处！”

尸峰大长老抱拳一拜，已完全认可白小纯的药道造诣。

要知道，风崖将药方给很多药师看过，可他们都看不懂，只有风崖与尸峰大长老，因为参阅了一些典籍，才知晓药方的门道。

而眼下，夜葬竟然只用了半个月就看透了其中关键，这让尸峰大长老激动不已。

眼看白小纯神色不悦，尸峰大长老连忙客气地抱拳，解释一番，又送出不少药草，这才让白小纯的脸色好看了些。

“你出去吧，没有我的允许，任何人不可进来。”白小纯淡淡开口。

第 227 章

神秘的黑气

尸峰大长老抱了抱拳，赶紧走了出去，心中对于夜葬能炼成逆血养尸丹的把握又多了几分。他走出这片区域后，迟疑了一下，索性盘膝坐下。

“老夫要亲自守在这里，以防发生意外！”

尸峰大长老深吸一口气，打定主意，随后还将尸峰的十位血色长老都召唤了过来。血色长老围绕此地盘膝坐下，为白小纯护法。

这种待遇，只有血子才能享受……

白小纯没理会外面的事情，在地宫内绕了一圈，心情有些激动，他炼药多年，还从来没炼过这种大药！

“六阶以上便是大药！”

白小纯深吸一口气，哪怕这里有四十九具僵尸，煞气逼人，他也不在意了。他先观察了一下湖。

湖里的水是通天河水与浓郁的血气融合之后形成的，其中还加入了大量珍贵的药草，成了尸峰特有的一种药液。

而四周那四十九具僵尸也经过精挑细选。尽管它们都是白僵，可战力堪比凝气巅峰修士，而且它们尸气浓郁，全身上下没有伤口。

白小纯观察之后，很满意，盘膝坐下，让自己平静下来。

他用了一天打坐，等到自身精力达到巅峰后，他蓦然睁开双眼，右手一挥，储物袋内的药草立刻飞出，飘浮在半空中。他隔空一捏，药草顿时碎裂，成为汁液。

一株株药草不断融入湖中，白小纯目不转睛地观察，并使用万物草木功分析研究，直至确保无碍后，才将药液滴在一具僵尸身上。

药液一碰触僵尸，就如同具备灵性一般，迅速钻入僵尸体内。

“四十九具僵尸的尸丹看似一样，其实每一枚尸丹都有细微的差别。总体来说，就是要让每一枚尸丹都出现一个缺口！

“这还不是最难的地方，最难的是，四十九枚尸丹的缺口都要不同，这样，它们凝聚在一起时，才能完美互补，最终形成大丹。”

白小纯的额头有汗水滴落，他没有去管，而是沉浸在炼药中。

时间流逝，很快又过去了半个月。地宫很安静，慢慢地，尸峰修士都放下心来，大多数人都觉得中峰是在小题大做，炼丹能有什么恐怖的……

又过去了一个月，尸峰依旧没有发生任何事，尸峰修士更放心了，就连中峰修士也开始感到诧异。

他们听说夜葬去了尸峰后，原本打算看热闹，可如今两个月过去了，尸峰一切如初，没有任何变化，中峰修士不禁有些不甘心。

“凭什么只有我们倒霉，瘟魔去了尸峰，尸峰居然没事！”

“为什么丹炉不爆炸了？为什么他们没有腹泻……我们不服！”

“难道瘟魔转性了？”

又过去了半个月，尸峰修士已彻底放心，不少人甚至都忘了白小纯还在炼药，可中峰修士没忘，他们眼巴巴地望着尸峰，似乎不看到尸峰倒霉就决不罢休。

就在这个时候，白小纯终于完成了炼制逆血养尸丹的第一步，他在四十九具僵尸体内放入了足够的药草，开始用血火石升温，使得湖内的药液翻滚，药液将四十九具僵尸浸泡起来。

又过去了一个月，中峰修士彻底死心了，他们悲愤不已，觉得不公平，痛斥夜葬实在不配被称为瘟魔。

就在这个时候，异变突生！

四十九具僵尸纷纷开始萎缩，白小纯精神振奋，不断掐诀，只见一枚枚灰色的尸丹从湖内飞出。

“关键时候到了！”

白小纯深吸一口气，意念一动，在他身后盘膝打坐的绿僵立刻睁开眼，身上的四十九根绿毛骤然伸长，直奔四十九枚尸丹而去。绿毛眨眼间便穿透尸丹，随后猛地一吸。

四十九枚尸丹立刻萎缩，化作飞灰，所有精华都被绿僵吸收，融入体内，形成四十九缕气息，不断游走。

白小纯神色凝重，立刻来到绿僵身边，右手不断隔空拍打，显然是以绿僵的身体为丹炉，将四十九缕尸气融成逆血养尸丹。

随着他的拍打，绿僵身体颤抖，面部扭曲。

白小纯头发散乱，心中忐忑，右手猛地一挥，绿僵立刻飞起，落在了湖内。

绿僵刚落下，药液立刻沸腾。

白小纯飞到半空，盘膝坐下后双手掐诀，不断指向绿僵，每次手指落下，湖都会响起一声轰鸣，大量血气钻入绿僵体内。

很快，三天过去了，绿僵体内的四十九缕尸气还是无法融合，每次快要融合时，尸气都会自行消散。而绿僵的身体急速萎缩，很多地方甚至出现了伤口，它痛苦地挣扎，牙齿、指甲、骨刺和绿毛全都长了出来。

“怎么会这样？”

白小纯着急了，如果继续下去，绿僵恐怕会全身溃烂，可若此时放弃，他实在不甘心。突然，白小纯抬起右手，一按眉心，眉心顿时出现一道缝隙，睁开通天法眼，白小纯立刻看到，绿僵体内除了那四十九缕尸气外，还有很多驳杂的气息。

这些驳杂的气息来自湖水。尽管这些水是尸峰珍贵的药液，可在白小纯眼中，还是不够纯净，使得尸气无法融合。

“该死的，这些药液怎会如此驳杂？！”

白小纯有些着急，他不知道，湖内的药液已经算极为纯净了，其他修士炼尸所使用的药液更加驳杂。

之所以会如此，是因为白小纯修炼的是不死长生功，他的不死血气是最正宗的，他自然会觉得药液驳杂。

“没时间了，只能想办法尽快净化药液了，得采取一些非常手段！”

眼看绿僵快要支撑不住了，白小纯狠狠一咬牙，右手一挥，上百种药草立刻出现。他目露精芒，施展万物草木功，不断让这些药草融合。

上百种药草全都融合在一起，按照白小纯的想法，形成了一股恐怖的燃烧之力，他向着下方的湖一指。

这上百种药草形成的药液立刻落下，与湖内的药液碰触的瞬间，两者之间仿佛产生了强烈的斥力，药液直接爆发，燃起黑色火焰，覆盖整个湖面。

不止表层的药液在燃烧，湖底部也在燃烧，药液飞速减少，大量黑气扩散开来，融入四周的墙壁内。

这种手段很粗鲁，存在很多弊端，尤其是那些黑气很难散去，后果极为严重。

可白小纯没时间考虑那么多，只能继续让药液燃烧。慢慢地，更多黑气融入墙壁之中，甚至扩散至整座尸峰！

湖内的火焰慢慢从黑色变成了紫色，最终变为红色。湖内的药液减少了九成，剩下的一成，尽管还是有些驳杂，可勉强能用。

白小纯掐诀一指，余下的药液立刻直奔绿僵而去，融入其体内。白小纯低吼一声，那四十九缕尸气便猛地凝聚在一起。

尸气融合之后，形成了一个旋涡，在绿僵的丹田内飞速旋转，似要化作大丹！

白小纯心中激动，目不转睛地盯着绿僵，将出现的问题一一化解。突然，他想起了那些黑气……

“应该没事吧……”

白小纯抬头看了看墙壁，有些心虚。那些黑气蕴含太多驳杂之气，就连他也不知道黑气扩散出去会造成什么样的后果……

可是，在他炼药之前，风崖与大长老一再保证，说一切都不是问题，让他放心。

白小纯想到这里，摸了摸储物袋内宋家老祖给自己的令牌，顿时觉得安稳了不少，于是他又低下头，沉浸在炼药之中。

在这一刻，整座尸峰出现了一些令人匪夷所思的事情……

一个面色阴冷的青年修士正在炼制僵尸，丝毫没有察觉到，一丝丝气息正从四周的墙壁内蔓延出来。

很快，青年修士身体一震，目露茫然，他不再炼尸，而是站起身，走出洞府，右手掐诀指向地面，挖了个坑。

他走到坑内，将四周的泥土拨拢，把自己埋了一半，半截身子露在外面。他神色肃然，双手抬起冲天，缓缓摇动……

第 228 章

请问你也是仙草吗

整座尸峰都开始出现诡异的事情，修士们纷纷走出洞府，有的神色肃然，有的放声嘶吼，有的满脸狂喜，还有一些手舞足蹈，仰天大笑。

一个修士面部扭曲，指着一棵大树不断嘶吼："不许动，再动我就灭了你！"

远处一个修士披头散发，仰天大笑："哈哈，我终于结丹了，从此之后，我就是太上长老！"

还有一个修士全身硬邦邦的，一动不动地站在僵尸面前，口中发出阵阵嘶吼，仿佛他成了僵尸，而他的僵尸则成了主人。

怪异的事情随处可见，一些还算清醒的修士看到这些，不由得面色大变，头皮发麻。

"这是怎么回事？"

"天啊！他们都怎么了？"

"该死的，出了什么事情？"

这些修士觉得自己要疯了，这怪异的一幕让他们很茫然。

许小山也在人群中，他觉得这一切太恐怖了。他神色惊恐地飞奔到一块大石头前，低头对着那块大石头开口。

"你看到了吗？我们这里出大事了，所有弟子都出现了幻觉。不行，我们得告诉大长老。

"咦，你怎么不说话？"

许小山愣了一下，凶狠地看向那块大石头。

“你……你也中招了？！”

许小山满脸悲伤，一闪身飞了出去，来到一具僵尸面前，忽然身体一颤。

“老祖！老祖您来了，这里出大事了，所有人都出现幻觉了！”

许小山不断惊呼，而不远处的一个修士忽然仰天大笑，目露轻蔑之色，傲然看着四周。

“小小血溪宗，也敢与我白小纯斗！告诉你们，我就是白小纯，天道筑基修士，白小纯！”这个修士猖狂地大笑，不断告诉其他人自己就是白小纯……

尸峰彻底大乱，尸峰大长老和那些血色长老看到这一幕后，倒吸一口凉气，又惊又惧。

“怎么回事？！”

风崖也出现了，他呆呆地看着这一切，脑海中响起阵阵嗡鸣。

“致幻！”

风崖感到不可思议，就在他喃喃低语时，几位血色长老脚步一顿，眼神也变得茫然起来。

一位血色长老抱着头哇哇大哭；另一位血色长老居然将双手放在耳朵上，蹲下身子，四下看看，随后蹦跳着向前冲去，如同兔子一般；还有一位血色长老跑了出去，来到一个洞府门口，看到一个青年修士把自己埋了起来，血色长老立刻凑近蹲下，一动不动。

这一切让风崖和尸峰大长老头皮发麻，他们不约而同地看向白小纯炼丹的地方。

“莫非是夜葬炼药所致？”

“不应该啊，炼药不至于造成此等后果……”

尸峰大长老倒吸一口凉气，话正说到一半，眼神忽然变得茫然。他低吼一声，整个人飞了起来，时而冲向地面，抓起尸峰修士，怪叫一声，再将修士狠狠扔出去。

他觉得自己成了一只老鹰，在天空中翱翔，盯着下方一众修士，不断俯冲。

风崖头皮都要炸了，他猛地飞起，不敢再靠近尸峰，目中露出深深的恐惧与震惊。

“怎么会这样？”

这一刻，最关注尸峰的，正是中峰修士。他们第一时间察觉到了尸峰的异变，纷纷飞近察看情况。

当看到那一幕幕诡异的画面后，所有人都倒吸一口凉气，齐齐后退，不敢再靠近尸峰。

“瘟魔终于爆发了！”

“太恐怖了，他们这是怎么了，好像都出现了幻觉。”

“应该是他们心底的某种欲望被激发了……”

“天啊！那个人居然说自己是白小纯，他心底的欲望是什么？成为白小纯吗？”

宋缺也飞到尸峰附近，一眼就看到了许小山。此刻，许小山神色恭敬，正跪在一具僵尸面前高呼老祖。随后，许小山来到一片空旷的地方，扑通一声倒下，不动了。

不单是中峰弟子觉得此事诡异，很快，就连无名峰与少泽峰的修士也察觉到不对劲，他们看到尸峰修士后，议论纷纷。

“尸峰的人疯了……那是谁？居然在调戏僵尸！”

“那不是尸峰大长老嘛，他怎么发出鸟叫，莫非他以为自己是老鹰？天啊！他还想抓住血色长老，咦？竟没抓到！”

“难道那位血色长老觉得自己是兔子？”

“还有那个把自己埋进土里的修士，他在干什么？旁边还有位一动不动的血色长老！”

其他三峰的弟子目瞪口呆。此刻，宋君婉也出现在半空之中，她看着尸峰，虽然惊讶，却并不感到奇怪。

这一刻，中峰的很多修士都很庆幸，他们觉得夜葬对中峰还是挺好的，只是炸炉，只是让他们腹泻，而非像尸峰这样恐怖……

风崖呆呆地看着这一切，欲哭无泪。

就在众人大惊失色，甚至连祖峰都察觉到尸峰的异变时，那个把自己埋起来的青年修士低头看了一眼身边那位一动不动的血色长老，迟疑片刻，开口问道：

“请问……你也是仙草吗？”

青年修士实在太好奇了，他已经注意对方很久了，辨认了半天也没认出来，非常费解。

血色长老闻言，平静地开口：“你错了，我是一个仙鸟蛋！”

就在尸峰大乱时，地宫内，白小纯低吼一声，那具绿僵全身一震，丹田的位置出现了两枚灵药！

一大一小，都是逆血养尸丹，只不过小的是子丹。

白小纯精神振奋，右手掐诀一指，子丹立刻飞出，被他收到一个丹瓶内，他仔细看了看后，颇为激动。

“成了！”

能炼制出此等灵药，让白小纯很自豪。此刻，他收了绿僵，开启洞府大门，走了出去。

白小纯先是四下看了看，听到外面很嘈杂，却没发现有人，于是放下心来。

“这么看来，那些黑气也没什么。”

白小纯走在路上，忽然脚步一顿，他看到远处有一位血色长老蹦蹦跳跳地过去了。

白小纯呆了一下，觉得自己好像出现了幻觉。他揉了揉眼睛，继续前行，看到一个修士一边狂笑，一边轰击一棵大树，又看到一个青年倒立走路……

他甚至还看到一个自称是白小纯的修士背着手走来走去，此人看到他后，居然一瞪眼。

“认识我吗？我是白小纯！”

白小纯傻眼了，觉得头皮发麻。

“他们这是怎么了……都疯了！”

白小纯觉得太恐怖了，正要离去时，突然看到前方躺在地上一动不动的许小山。

对于白小纯来说，许小山还算是朋友。于是白小纯赶紧过去，到了跟前，许小山忽然睁开眼。

“别动我，尸峰的人都疯了，一个个都出现幻觉了。我刚才居然对着一块大石头说话，还把一具僵尸认成老祖！好在我许小山资质不俗，宝物众多，这才及时恢复过来。”

白小纯惊喜：“你好了？！”

许小山低声开口，目光锐利地盯着天空：“你快点离开这里，不用管我。我怀疑，这一切都与空中那只鹰有关，我要把它引下来，干掉它，一切就好了。”

白小纯下意识地抬头，脑海中嗡的一声——他看到了天空上，尸峰大长老张开双臂，正飞来飞去，还不时发出嘶吼……

白小纯傻眼了，茫然地看着四周，此时，尸峰外的众人也看到了他的身影。

风崖杀气腾腾，猛地大吼：“夜葬！”

风崖吼声震天，全身血光大放，化作一道长虹，冲向白小纯，速度极快。

白小纯内心一惊，看到风崖的身影，心脏狂跳。他正要逃遁，地上的许小山忽然仰天大笑，双眼冒光，一跃而起。

“老鹰没引下来，引来一只血鸡，也值了！”

第 229 章

瘟魔之称，名扬天下

许小山大吼一声，瞬间跃起，向着风崖一把抱去。趁着这个工夫，白小纯赶紧逃遁，飞起时，他有些生气。

他向着风崖低吼：“风崖，炼药前我和你说了可能会出现一些问题，是你亲口告诉我一切放心，如今你要干什么？虽然你贵为血子，但莫非你真的以为我夜葬怕你？”

白小纯心中紧张，此刻强行装出一副怒不可遏的样子，身上散发出阵阵煞气，右手抬起时，手中出现了一个丹瓶。

“这就是你要的四阶逆血养尸丹！”

风崖制住了纠缠自己的许小山，目光在白小纯手中的丹瓶上一扫，勉强压下内心的怒火。

之前他的确是这么说的，可是他无论如何也没想到会出现这样的情况。此刻，他一咬牙，眯起双眼，怒意瞬间消散，脸上露出笑容。

“是风某鲁莽了，夜葬师弟，此事与你无关，只要灵药没问题，之前的承诺，风某必定做到。”

白小纯不怕对方食言，右手抬起一扔，丹瓶便飞向风崖。

风崖一把抓住丹瓶，打开一看，内心狂喜。至于尸峰的乱子，他虽头痛，但如今灵药已经炼成，其他事都是小问题。

“多谢！”

风崖笑着开口，一闪身，直奔祖峰，他要去祖峰找太上长老化解尸峰之乱。

白小纯看着对方远去，内心冷笑，觉得风崖不讲理，自己明明帮他炼了灵药，可方才他目中的怒意，白小纯看得清清楚楚。

“哼！我白小纯虽是个实在人，但也聪明，那逆血养尸丹你不用也就罢了，一旦用了，你的僵尸就要听我号令！”

白小纯心中得意，觉得自己到时候只要弹弹手指，就能让风崖灰飞烟灭，于是他抬起下巴，目光在众人身上一扫。

三峰修士感受到白小纯的目光，都内心一震，赶紧后退，露出善意的微笑，向着他抱拳。

他们很畏惧夜葬，在他们看来，夜葬的炼药之法超越了寻常的术法，可杀人于无形……

“哎呀，优秀的人，不管走到哪里，都会受人仰望，头痛啊！”

白小纯越发得意，忽然，他的目光与宋君婉的目光相交，看着宋君婉嘴角的冷笑，他觉得背后生出丝丝寒气。

“那个……宋姐姐……”

“现在知道叫姐姐了？”

宋君婉冷笑，瞪了白小纯一眼，哼了一声，转身走向中峰。

众人面面相觑，也相继离开。

很快，半空中只剩下白小纯了。

白小纯有些发愁，宋君婉的眼神分明在说“往后要你好看”，一想起宋君婉日后会换着花样折磨自己，白小纯不由得唉声叹气。

可他又不能不回去，没办法，白小纯愁眉苦脸地偷偷回到了中峰的洞府，坐在那里发愁。

“怎么办……宋君婉怎么这么记仇啊，我不就是当时没跟她回来嘛……”

白小纯揉了揉眉心，琢磨着该用什么方法缓和一下与宋君婉的关系。

数日过去，尸峰的致幻事件来得快，去得也快。那些修士陆续恢复过来，茫然地看着四周，渐渐回想起了发生的一切，不少人发出凄厉的怒吼。

“夜葬，我与你不共戴天！”

“啊！夜葬，我要干掉你！”

尤其是几位血色长老，更是悲愤欲绝，全部闭关。

尸峰大长老清醒之后，仰天悲呼，勒令众人从此不许在自己面前提起“老鹰”二字。同样，他也选择了闭关。

这还不算什么，有个弟子出现幻觉后，认为自己是一具僵尸，差点把自己炼了。他清醒之后，不断发出凄惨的叫声。

尸峰一众修士有心灭了夜葬，可他们进不了中峰，只能咬牙忍下。

在之后的几天，夜葬的瘟魔之名再次传遍全宗。

瘟魔之称，名扬天下……

白小纯也有一些感触，一方面觉得血溪宗弟子太过暴虐，另一方面又觉得血溪宗的高层对自己很好，出了这么大的乱子，都没责罚自己。

至于宋君婉的问题，白小纯想到了一个办法。

“只能送礼了……”

白小纯叹了口气，琢磨了好久，开始在洞府内炼药。

数日后，他成功炼制出一枚青色灵药，将其装在一个粉色丹瓶里，这才忐忑地走出洞府，直奔上指区域。

途中，遇到白小纯的中峰修士都恭敬地拜见，白小纯没心情理会他们，冷着脸飞速前行。

白小纯越是如此，众人就越觉得正常，如果白小纯冲他们笑了，他们反而会浑身发毛，坐立不安。

很快，白小纯就来到宋君婉的洞府外，他顺着小路直接来到瀑布前方，向着洞府抱拳一拜。

“夜葬求见宋姐姐。”

守在洞府大门外的童子睁大了眼，相互看了看，一个进去禀报，其他连忙出来迎接，客气地站在白小纯面前。

关于白小纯与宋君婉之间的关系，宗门内时有谣传，他们更是有诸多猜测，不敢得罪白小纯，生怕白小纯记恨。

这一等就等了一个时辰，白小纯心底愤恨，眼看快到黄昏，才得到宋君婉的允许，洞府大门打开，白小纯神情冷酷地迈步走入洞府。

他刚进来，就看到了那个巨大的水池，不过这次宋君婉没在水池内，而是坐在正厅的座椅上。她面无表情地看着白小纯，似乎还没消气。

“你不是不回来吗？怎么不但回来了，还来我这里？”宋君婉淡淡开口。

她穿着一条紫色长裙，头戴凤钗，衣衫上绣着一些暗纹，整个人极为端庄，只是那雪白的颈脖上还残留着水珠，似乎是刚刚出浴。

白小纯眨了眨眼，挺起胸膛，袖子一甩，眉头微皱，冷酷地开口：“够了！”

宋君婉愣了一下，没想到对方居然敢这么和自己说话。她一拍座椅，身体一颤，气势轰然爆发，正要喝斥，白小纯冷哼一声，右手一挥，一个丹瓶飞向宋君婉。

宋君婉怒气未消，冷笑一声，右手一挥，丹瓶立刻碎裂，里面的灵药飞出，落在了一旁。

白小纯平静地望着宋君婉，当他看到丹瓶碎裂，灵药落在一旁时，目光瞬间黯淡，露出自嘲之意。

“我夜葬此番回来，只有一件事情，就是把这枚灵药送给你。我身无分文，老祖给的药草已全部炼成灵药给了宗门，所以我只能去尸峰为风崖炼药，这样才能有足够的药草，炼制出这枚我最想炼制的灵药，把它送给……最想送的人！”

白小纯低沉的声音在四周回荡。

“药已送出，我会离开，从此之后，你是中峰大长老，我是夜葬。”

白小纯声音苦涩，似乎丹瓶破碎时，他的心也碎了。在灵药滚落的时候，他的心意也化作飞灰。

之后，白小纯抱拳深深一拜，转身走向洞府大门，留给宋君婉一个孤寂的背影。

宋君婉呆了一下，她原本以为这次白小纯前来，定会嬉皮笑脸地讨好自己。她方才让白小纯在外面等了很久，就是想磨一磨白小纯的性格，让他知道，即便老祖看重他，他也不能无法无天，自己这个中峰大长老，更不是他可以调戏的。

可是，宋君婉没想到白小纯一上来就喝斥自己，她心高气傲，地位尊贵，岂能不生气？她正在气头上，自然不会接受对方扔给自己的丹瓶，她也看到了灵药滚落在一旁，只是没预料到，对方接下来会说出这番话。

宋君婉看看地上的灵药，又看看白小纯孤寂的背影，不知为什么，心中有些空落落的。她这辈子从未有过这种感觉，于是下意识地开口。

“站住！”

白小纯背对着宋君婉，脚步一顿，转过身来，神色平静地一拜。

“不知大长老还有什么吩咐？”

白小纯神情冷酷，语调平缓，不带丝毫感情，仿佛将一切记忆都抹去了，对宋君婉的称呼也从“宋姐姐”变成了“大长老”。

“你……”

宋君婉面色苍白，她也不知道是怎么回事，此刻心里很乱。

“若无事，夜葬告辞。”

白小纯神色如常，转身走出洞府，直至下了上指区域，白小纯才长舒一口气，心脏怦怦直跳。

“这招应该管用吧……若还是没用，我就真没办法了。”

白小纯内心紧张，赶紧回了洞府。他觉得这位高权重的女人实在太麻烦了。

第 230 章

她若用强，怎么办

白小纯离去后，宋君婉有些烦躁，觉得胸口发闷，却难以宣泄出来，眼前都是夜葬转身时冷酷的表情。

“夜葬这个死人！”

宋君婉咬牙，目光落在那枚灵药上，右手一抓，灵药飞来，落在她的手心。

宋君婉仔细看了几眼，有些动容。这是一枚四阶灵药，不能增加修为，也不能疗伤，只是蕴含着一股清香，味道极好闻。

“四阶灵香丹……”

宋君婉十分惊讶，她虽不会炼药，但见多识广，立刻认出了这枚灵药，正是适合女修的灵香丹。

女修服下灵香丹后，身上会散发清香。灵香丹还有美白的效果，甚至可以去除一些老旧的疤痕。尤其是四阶灵香丹，更有改善根骨的效果，虽无法令女子脱胎换骨，却足以让其变得美丽动人。

这种对于男修用处不大的四阶灵药，在拍卖会上往往可以拍出惊人的价格，以宋君婉的身家，想买下一枚，也不轻松。

宋君婉拿着灵药，神色变得柔和起来。她想起了方才白小纯的那番话，不由得沉默起来。她发现，自己心中居然泛起了一些涟漪，但很快，涟漪就消散了。

“小鬼，这是变着花样地勾引我……哼！姐姐什么事情没遇到过，岂会被你这小鬼吸引？”

宋君婉哼了一声，拿着灵药仔细地看了看，确定里面没有什么其他物质，这才将其吞下。

数日后，白小纯正在洞府内发愁，不知道自己的计谋有没有奇效时，宋君婉来了。

白小纯立刻起身，将宋君婉迎入洞府，正要摆出硬汉的模样，宋君婉看了看四周，只说了一句话，便转身离去。

“你的那枚灵药脏了，被我扔了，给你一个任务，再给我炼一枚，我要幽香的。”

白小纯有些蒙，看着宋君婉来了又走，整个过程都不到半炷香的时间，似乎对方来此只是为了说这句话。

“这妖孽什么意思，出的是什么招式？”

白小纯诧异，半晌后眼珠一转，他仔细地闻了闻四周，立刻眉开眼笑。

“这分明是那枚灵香丹的味道，我炼制时放入了茉莉香，她吃下灵香丹后，自然会有这种香味。”

白小纯放心了，对方既然吃了灵药，又让自己再炼一枚，就说明之前的事情都过去了。

“不过，这妖孽的要求还真多，已经吃了一枚了，竟还觉得不够？”

白小纯摇头，可很快他内心咯噔一声，睁大了眼，目露惊恐。

“不对劲，她要我炼制幽香灵药干什么？莫非……天啊……这妖孽太可怕了……”

白小纯十分紧张，可转念一想，这样一来，自己或许不用成为大长老就能获得永恒不灭之物，只要自己能随意进出宋君婉的洞府，就能找到机会。

他精神一振，但很快就心肝一颤……

“不过，这样一来，我牺牲太大了啊！那可是个妖孽，我真的很担心，万一哪天她狂性大发，对我做出什么不好的事情，我该怎么办？我又打不过她，她若是用强……太可怕了！”

白小纯倒吸一口凉气，眨了眨眼，沉吟半晌后抬起下巴，小袖一甩，摆出一副大义凛然的表情。

“罢了罢了，这一切都是为了修炼，我忍了，若宋君婉真的做出那种事，我……我忍！”

白小纯觉得自己为了修炼，真的付出了所有，他内心忐忑，一边修炼，一边不忘给宋君婉炼药。

这次炼药，他格外卖力，数日后，一炉新的灵香丹炼成，虽然只有一枚，但它达到了中品的程度。

这枚灵药不但可以美容养颜，而且可以改善根骨，让女修更有魅力。

白小纯拿着灵香丹闻了一下，顿时一股幽香扑面，使人情不自禁地沉浸其中，不愿苏醒。

“成了！”

白小纯十分陶醉，好半晌才恢复过来。片刻之后，他又闻了一次，这一整天，他都是如此。

等到身体适应了这种香气后，他又炼制出了一枚能抵御香气的灵药，他将灵药吞下，确认自身对灵香丹的香气有很强的抵抗力后，才满意地拿着灵香丹，抬头看着天空，摆出一副壮士一去不复返的悲壮模样。

“一切为了修炼！”

白小纯深吸一口气，冲出洞府，一路上他觉得天空都是灰色的，满脑子都在想万一对方狂性大发，自己到底应该怎么办。

白小纯还没走到上指区域，突然，他神色一动，看到一个光头的人从不远处的山路上走下来。

此人没有头发，没有眉毛，就连睫毛都没有，整个人光秃秃的，很消瘦，正是宋缺。

他刚刚去拜访他的小姑，问了一些修炼上的问题，又被教训了一顿，此刻正郁闷。白小纯看到他的时候，他也看到了白小纯。

两人目光相交的刹那，白小纯一愣，他有些日子没遇到宋缺了，此刻多看了好几眼。

“咦？你怎么变化这么大，不但瘦了，而且连头发都没了？”

白小纯没忍住，诧异地问了一句后，猛地想起了原因，他觉得对方眼中杀意太浓，于是赶紧补充了一句。

“这样也挺好的，比以前好看多了，真的……”

宋缺瞪大双眼，下意识地摸了一下自己的光头，心中燃起熊熊怒火。

几个月前，他全身的毛发被丹炉之火烧得干干净净，偏偏那火焰带着药力，颇为诡异，几个月过去了，自己也没长出新的毛发。

在这几个月里，每当他看到铜镜内自己的模样，就郁闷极了。

仅仅是这样也就罢了，可他又想起那次持续半个月的腹泻，想起一天腹泻上百次的痛苦。而白小纯这两句话，在他听来，就是赤裸裸的挑衅！

血溪宗一向少有人敢招惹宋缺，如今他几次三番在夜葬面前吃亏，实在无法继续忍受，于是骤然爆发。

“夜葬，你欺人太甚！”宋缺拦住白小纯，开始怒吼，“自从你进入中峰，中峰鸡犬不宁，怨声载道，夜葬，这一次我……”

“你这孩子，闹什么闹，一边玩去，别挡我路。”

宋缺怒吼时，白小纯也生气了，他觉得方才自己都夸了宋缺，况且那些事情他又不是故意的，于是不悦地打断宋缺。

宋缺听到白小纯的话，顿时气炸了，夜葬摆出这副模样，俨然长辈训斥小辈一般。

宋缺仰天嘶吼，双眼赤红，右手一把抓向白小纯。

若是换了其他人，白小纯还会紧张一下。可还在陨剑深渊时，白小纯就吃定了宋缺，到了血溪宗后，更是如此。

在宋缺出手的刹那，白小纯向前一步，抬起右手，反手抓住宋缺的手臂，向着山下猛地一甩。

不死金刚的肉身之力轰然爆发。

宋缺感觉右手像被铁钳夹住，整个人被抡了起来，扔下山去。耳边有风声呼啸，他只觉得天旋地转。

“夜葬！”

宋缺发出一声凄厉的嘶吼，想要控制自己的身体，可这力道太大，他无法抵挡。

白小纯整理了一下衣衫，不再理会宋缺，径直前往宋君婉的洞府。

不多时，宋缺发狂一般从山下冲上来。他面色铁青，杀气腾腾，白小纯的力量让他有了很强的危机感，他绝对不允许血溪宗再出现一个可以压制自己的同辈之人！

“夜葬诡计多端，残害同门，中峰怨声载道，敢怒不敢言。他虽受老祖与小姑赏识，但只是个外人，与宋家没有血缘关系，而我是宋家嫡子，这次说什么我也要去找小姑，让她出手铲除此人。就算做不到，也要让夜葬给我下跪认错，从此知道主从尊卑！”

宋缺目中喷火，咬牙直奔上指区域。

第 231 章

我也有不对的地方

宋缺速度飞快，他相信小姑一定会为自己主持公道，要么除掉夜葬，要么让其从此屈服于自己。

“我是宋家嫡子，若非那灵溪宗的白小纯，如今我已成为天道筑基修士，可以争夺血子之位！”

宋缺深吸一口气，速度更快，化作一道长虹，直奔上指区域。

“不过没关系，小姑争夺血子之位也只是权宜之计，她暂时占据这个位置，不让血梅得逞，等我达到筑基后期，依旧可以夺回血子之位。区区夜葬，若能为我所用也就罢了，若他不识抬举，我定让他死无葬身之地！”

宋缺信心更强，气势爆发，踏入上指区域，靠近宋君婉的洞府。

瀑布内，四个童子正闭目打坐。宋缺到来的瞬间，四人同时睁开双眼，看向飞来的宋缺。

宋缺没有停下脚步，顺着小路踏入瀑布，正要进入洞府，四个童子面色微变，瞬间起身，挡在宋缺面前。

其中一个童子知道宋缺地位不一般，只能硬着头皮开口：“宋长老，还请等待片刻……”

宋缺本就怒气冲冲，此刻一看守洞府的童子竟敢阻拦自己，他立刻皱起眉头，低喝一声：“滚开，我找大长老有要事！”

宋君婉很喜爱这个侄子，平日里他来宋君婉的洞府，根本就不用通报，以他的身份，基本上可以随意进出。

可眼下，这几个童子居然敢阻拦自己，宋缺冷哼一声，直接推开前方的童子，踏进洞府。

四个童子面色大变，他们有心阻止，毕竟大长老在接待客人，可他们实在拦不住宋缺。

若是平日，宋缺也不会如此鲁莽，可今天他实在压制不住心中的怒火。不过，在他看来，这也不是什么大事。

宋缺还没进入大厅，就听到里面传来宋君婉的笑声，那笑声十分愉悦，更有嗔意。

宋缺一怔，快走几步，绕过屏风，踏入大厅，立刻看到了不可思议的画面。

他的小姑宋君婉坐在一张座椅上，左手掩口，笑声不断，而她的右手，被坐在一旁的夜葬抓在手中。夜葬甚至还闻了一下。

这一幕让宋缺傻眼，觉得这一切应该是幻觉，他都蒙了。

在宋缺进入大厅的刹那，宋君婉快速缩回右手，收起笑容，干咳一声，神色肃然，摆出长辈的姿态看向宋缺。

“怎么这么毛躁？算了，你来此有何事？”

尽管宋君婉努力摆出长辈的姿态，可她双颊上的余晕无法快速消散，使得她看起来既妩媚又严肃，美得不可方物。

宋君婉心底羞恼，若是其他人这么鲁莽地闯进来，她一定会重罚，可宋缺是自己的侄子，她也不好多说。

白小纯赶紧正襟危坐，宋缺突然闯入也吓了他一跳，他有种心虚的感觉。方才他送出灵香丹后，琢磨着自己应该主动搭话，于是提出给宋君婉看手相。

当日白小纯在灵溪宗展露的推衍之术，让宋君婉记忆深刻，她也就任由白小纯握住自己的手，听着白小纯换着花样不断赞美自己。

此刻，白小纯深吸一口气，神色肃然地坐在一旁，学着宋君婉的样子，看向宋缺。

宋缺呼吸急促，好半晌才恢复过来，还是无法相信自己看到的一切，他心目中高高在上、风华绝代的小姑，居然被人握着手，笑声愉悦，还带着嗔意。

这出乎宋缺的意料，若仅仅是这样也就罢了，可偏偏握住小姑的手的人，就是让他怒不可遏的夜葬。

宋缺的怒火猛然爆发。他呼吸紊乱，双眼赤红，死死地盯着夜葬，几乎疯狂。

“夜葬！”宋缺大吼一声，随即看向宋君婉，“小姑，夜葬诡计多端，残害同门，使得中峰生灵涂炭，一众弟子对他恨之入骨。我怀疑，此人是其他宗门的暗子，意在祸害我血溪宗，请小姑铲除此人，以儆效尤！”

此刻，宋缺脑中嗡鸣，吼声在洞府内回荡。

白小纯面色微变，内心大怒，原来宋缺来这里是要告他的状。宋缺的话说得太对了，让他心惊不已。

白小纯正要反驳，一旁的宋君婉面色沉了下来，右手一拍桌子。

砰的一声，旁边的石桌传出巨响，直接将宋缺的声音压了下来。

“闭嘴！”

宋君婉面沉如水，目带怒气，整个洞府瞬间寒气逼人，即便是宋缺也身体一颤。他从小就怕这个小姑，眼看小姑发怒，宋缺下意识地低头。

宋君婉看到宋缺这个样子，强行压下怒火，她一向喜爱这个侄子，此刻语重心长地开口，颇有恨铁不成钢之意。

“缺儿，你是我宋家这一代的嫡子，未来不可限量，怎能如此目光短浅？夜葬来历清白，对宗门有大贡献！他的确让那些同门受了些小罪，可他也不是故意的，他是为了宗门的药道。他的委屈，你们不知道！”

宋君婉心中痛惜，她觉得宋缺今天的行为实在太不理智。

白小纯坐在宋君婉身边，十分感动。他目光柔和，看向一旁的宋君婉，发现宋君婉完全说到了自己心里，那些事情都是意外，自己的确不是故意的。

这一刻，他觉得宋君婉是知己，血溪宗对自己真是好得没话说。

宋缺身体颤抖，他从小到大经常被小姑训斥，很少反驳小姑，可这次他无法忍受，尤其是看到夜葬看着小姑时的模样，他的脑海里猛然浮现出方才夜葬抓着小姑的手的画面。

宋缺喘着粗气，猛地抬头：“夜葬，你……”

宋君婉看到宋缺居然还不知悔改，面色更为阴沉，她怒喝一声：“缺儿，退下！”

说完，宋君婉又看向白小纯，轻声开口：“夜师弟莫要介意，缺儿小孩子不懂事。”

白小纯长叹一声，摆出一副长辈的模样，微微点头，苦笑着道：“无妨，缺儿年轻气盛，人之常情，我们做长辈的多多教导便是。”

宋缺听到白小纯口中说出“缺儿”二字，简直要疯了，杀气轰然爆发。

“夜葬，我要杀了你！”

宋缺怒吼一声，直奔白小纯而去。他突然爆发，距离又近，即使是宋君婉也来不及阻止。

宋缺掐诀，轰的一声，一个血色大手印落在白小纯面前，掀起气浪，轰碎了桌椅。

白小纯眼珠一转，没有闪躲，任由血色大手印轰在自己身上。他面色苍白，喷出一口鲜血，踉跄着后退。

眼看白小纯如此，宋君婉有些心疼，顿时大怒，右手猛地一挥，一股大力立刻扩散，牵制了宋缺，使得他无法前行。

宋缺双眼赤红，全身颤抖，他知道夜葬吐血是假，就算夜葬真的受伤，也不会如此夸张。

“宋缺，你好大的胆子！”

宋君婉气极，正要教训宋缺，却被白小纯一把拉住了。

“缺儿没错，作为长辈，我也有不对的地方，害得缺儿没了头发。等我回去后便立刻闭关炼药，定要炼出一种灵药，让缺儿重新长出头发。”

白小纯嘴角带着鲜血，望着宋君婉，凝重地开口，他甚至还在宋君婉手上用力地捏了一下，以示决心。

宋君婉脸颊又红了，夜葬当着侄子的面握住了自己的手，这让她心跳加速，有种异样之感。

“缺儿，还不向你夜……师叔道歉！”

宋君婉收回手，看向宋缺时，怒意又起。

这一幕让宋缺颤抖，他脸上青筋鼓起，狞笑起来：“你们这对奸……”

可还没等他说完，宋君婉目光冷厉，左手一甩，一股大风骤起，直接将宋缺卷出洞府。

“宋缺无礼，罚其闭关三个月，不得外出！”

第 232 章

四鬼之力

白小纯觉得自己无法继续留在洞府了，眼看宋君婉面沉如水，他轻叹一声，向宋君婉告辞。

宋君婉迟疑片刻，微微点头，安慰了他几句后，忽然想起了什么：“数月后，大战前，中峰会举行血子试炼，我希望到时候你来帮我。”

宋君婉看向白小纯，目露期待。

半晌后，白小纯深吸一口气，点了点头，离开洞府。

白小纯走出洞府，心中得意，对于自己教训宋缺的这番行为很满意。

“哼，缺儿，从此我就是你师叔啦！”

白小纯想到这里，心里更高兴了，可神色仍然保持冷峻，回到了下指区域的洞府。

他回到洞府后，感觉全身舒爽，想着自己已经是宋缺的长辈了，于是一挥衣袖，大度地道：“罢了罢了，身为长辈，我还是不和小辈一般见识了。”

白小纯盘膝坐着，不再理会今天这些事情，开始修炼。

同时，他也在脑海中推衍四阶灵药的改进方式，前段时间炼药虽然顺利，但他总是缺少一种酣畅淋漓的感觉。

“是因为丹炉的问题……”

白小纯轻叹，他发现如果自己放开手脚炼药，那么，任何丹炉都无法承受，最终都会炸炉，因此他只能减少药量。可这就好像是力气用了一半，总给他一种不上不下之感。

“可惜，眼下只能如此了。”

白小纯感叹，却没有解决的办法。他琢磨着等回到灵溪宗后，去问问李青候是否有解决的办法。

接下来的日子，白小纯没有浪费时间，而是整日吸收血气，修炼不死长生功第二卷不死金刚。

白小纯已修成不死金刚第一层，十象蛮鬼身，如今他在修炼不死金刚第二层，十鬼天妖身。

血溪宗血气浓郁，可以说是修行不死长生功的绝佳之地，在白小纯孜孜不倦的努力下，他终于有所突破，达到了四鬼之力！

对于自己的肉身之力，白小纯有了一些简单的判断。他的力量之大，似乎无坚不摧，能够撼动山河。与此同时，他的防御力也大大提升。

对于白小纯而言，之前宋缺那全力一击如同挠痒，而那口鲜血，还是他费力地强行撼动体内灵海才逼出来的。

还有撼山撞，白小纯虽没有机会多次尝试，可之前施展的几次，足以让他心惊。

他觉得，一旦自己全力施展撼山撞，甚至可以将一座坚硬的山峰撞出一个窟窿！若是撞在人身上，对方的下场可以预见。

“我觉得，现在我就是超越天妖的存在啊。”

白小纯抬起右手，抠了一下地面，地面如同豆腐一样，直接被他挖起一块。他轻轻一捏，手中的石块便化为飞灰。

实力与日俱增让白小纯精神振奋，他每次吸收血气时，都有种说不出的愉悦感。

同时，白小纯的血杀界也大有精进，凝聚血剑的速度不但快了很多，威力也更大了。他在施展血杀界时，甚至隐隐觉得自己与中峰连在一起了，似乎可以撼动中峰。

他不敢继续尝试下去，担心会引起一些无法控制的变化，招来祸患。

至于紫气通天诀，这是白小纯的基础功法，是灵溪宗唯一的隐藏之道。修炼初期极为艰难，他连获取通天河水都要人帮助，如今到了中期，灵海已与一滴通天河水融合，所以对通天河水有了一定的掌控力。随着白小纯的修行，那种霸道之意逐渐显露出来。

如今他已到筑基中期，一盅通天河水漂浮在第四层灵海上，融合的速度很快，再加上灵药的帮助，白小纯能明显地感受到，自己身上的气息与通天河的气息有些相似。

那是一种很玄妙的感觉，白小纯说不清楚，却能感觉到自己的强大，在筑基修士中，不说所向披靡，也能横扫大多数人。

至于通天法眼，白小纯很少施展，随着不断修行，他的眉心越来越痒。他隐隐觉得，通天法眼也在积蓄力量，一旦完全睁开，必定非同一般。

让白小纯颇为不满的，是驭人大法和元磁之力。虽然他修炼紫气通天诀后，驭力增强，但还是有限。

而元磁之力，白小纯已研究了很久，只不过还是不得要领，这让他很苦恼，可没有解决的办法，只能继续研究。

这段日子，还有一件事情，也是白小纯时常琢磨的，那就是当日宋君婉说的中峰血子试炼。

“一旦宋君婉成为血子，大长老之位就会空出来……按道理，应该由血色长老接任大长老，不过，若有人声望极高，也可直接接任大长老！”

为了提防学舌兔，白小纯只能在心中低语。

这段日子，他始终在思索这件事。他知道，这是一个绝佳的机会，一旦成功，自己就可以得到永恒不灭之物，然后就可以离开血溪宗了。

“如今我在血溪宗的名气，可以与宋缺齐名，但想要超越那些血色长老，直接接任大长老，还是有点难啊。在这几个月里，我得让自己名气更大，无论是好是坏，都要给所有人留下深刻的印象——尽管我是凡道筑基，可依旧要让人谈之色变！”白小纯下定决心。

就这样，一天天过去，玄溪宗与丹溪宗的战争再次升级，几乎到了举宗交战的程度。

每天都有大量消息传来，有真有假，让血溪宗弟子心惊不已。血溪宗也快完成备战了，大量弟子被陆续派了出去，不知去向。

白小纯发现，血溪宗空中的血云越来越厚，越来越多，使得整个血溪宗的血气更为浓郁，这种压抑的感觉让人发慌。

这段日子，尽管白小纯一直闭关，很少外出，可关于他的传闻丝毫没有减少，经过一段时间的发酵后，更为夸张。

尤其是宋缺被责罚的缘由，不知怎的被很多人知晓，似乎有人刻意操纵此事，使得众人对夜葬既愤怒又恐惧。

在这个时候，很多人都想起了血梅少主，想起血梅少主与夜葬不和，于是纷纷向她传音，希望她为他们出头。

“还请血梅少主出面，制裁夜葬！”

“夜葬极为恐怖，中峰、尸峰众人无比凄苦……”

“中峰大长老偏袒夜葬，请血梅少主除掉瘟魔！”

每天血梅都能收到不少传音，关于夜葬的种种凶残行径，她听了不少，不难看出，在血溪宗众人眼里，夜葬已经成了魔王一般可怕的人物。

只是血梅也没有办法，夜葬有老祖撑腰，还擅长药道，名气极大，甚至已与宋缺不相上下。

这样的人物，连血梅也不能明着出手，而且，她早就察觉到夜葬战力不俗，暗中对比后，她知道，想要击杀对方，绝非一时半刻能做到的。

血梅盘膝坐在洞府内，沉吟时，目中寒芒一闪，她自然看得出有人在暗中推动此事，想让自己出手灭掉夜葬。

不过，她不在乎这人是谁，因为她也有杀夜葬之心。

“不久之后，血子试炼就要开始了，这一代的中峰血子，会在我与宋君婉之间产生……而夜葬是宋君婉的一大助力。若能将其灭掉，对我好处更大。”

血梅冷笑，目中杀意更浓。

“之前夜葬籍籍无名，很普通，但他从陨剑深渊回来后，声名鹊起，极为不凡，如同换了一个人一般，很诡异！他的身份必定有问题，就算没有问题，我也要找出问题！”

血梅眼中杀意更浓，在大战即将爆发的敏感时期，自己不能明着出手，那么暗中调查，或许更有杀伤力。

第 233 章

咦？你怎么不说了

在血梅调查白小纯的身份时，血溪宗内出现了一些传闻。这些传闻来自尸峰，据说尸峰血子风崖拿到夜葬炼制的灵药后，立刻闭关，如今他虽尚未出关，尸峰血子殿内却不断传出强烈的波动。

这波动引起了不少人的注意，尤其是少泽峰血子与无名峰血子。他们和风崖实力相差无几，可眼下，尸峰血子似乎有所突破。

对于尸峰修士而言，一具僵尸进化，就能让自身战力突飞猛进。如此一来，少泽峰血子与无名峰血子就有些着急了。

数日后的清晨，少泽峰大长老化作一道长虹，急速来到白小纯的洞府外。

“老夫少泽峰韩春东，夜师弟可在洞府内？”

韩春东高大威武，声音浑厚无比，全身散发出浓郁的血气和阵阵威压。身为炼体修士，他站在那里，就像一座山峰。

洞府外的那些血树瑟瑟发抖，却不敢如以往那样逃走，韩春东虽可怕，但在它们眼中，夜葬更可怕。此刻，它们只能咬牙站在那里，眼巴巴地看着韩春东。

白小纯正在洞府内打坐，在韩春东到来的前几息，他就有所察觉，此刻听到韩春东的话，白小纯隐隐猜到了对方所为何事。

他沉吟片刻，右手一挥，洞府大门立刻打开。血树得到了命令，迅速让开一条路。

韩春东走到院子内，与此同时，白小纯也从洞府内走出，两人目光相交的瞬间，韩春东哈哈一笑，抱拳拜见。

“夜师弟，当年你从万血崖出来时，我就知道你极为不凡，可惜……当时你选择的是中峰，如果是我少泽峰就好了。”

白小纯微微一笑，抱拳回礼。

“少泽峰大长老亲自到来，让夜某这里蓬荜生辉。请！”

韩春东也没客气，跟着白小纯进了洞府。

两人分坐两旁，韩春东开口：“夜师弟修为不俗，天资惊人，厚积薄发，一飞冲天，能有夜师弟，是中峰之幸啊！”

白小纯一听这话，立刻高兴了，可神色仍然严肃。

“夜师弟被老祖看重，未来不可限量……”

韩春东感慨，又说起玄丹二宗的战争，谈到血溪宗的大小事情，换着方法不断吹捧白小纯。

白小纯表面上风轻云淡，心底却美滋滋的。听着对方恭维的话，他时而点头，时而摇头，时而哈哈一笑。

直至过去了半个时辰，韩春东才觉得客套得差不多了，正要进入正题，看到白小纯很受用，他迟疑了一下，决定再次吹捧一番。

“夜师弟一表人才，人中龙凤……放眼我整个血溪宗，能与夜师弟齐名之辈，不超过五指之数啊……”

又过去了一炷香的时间，韩春东说得口干舌燥，他琢磨着应该差不多了，可一看白小纯，一副兴致正浓的样子，似乎沉浸在自己对他的吹捧之中。

韩春东迟疑片刻，想到这次自己是来求对方办事的，于是绞尽脑汁地挖掘新的恭维之词。

又过去了小半个时辰，韩春东发现自己实在没词了，可白小纯更有兴致了。

“咦？你怎么不说了？”白小纯诧异地看向韩春东。

韩春东觉得这一幕很怪异，咬牙又憋出几句话后，长叹一声。他觉得夜葬高深莫测，绝非寻常之辈，于是向着白小纯抱拳一拜。

“夜师弟实在高明，韩某佩服、佩服！韩某也不绕圈子了，这次前来，实在是为师弟你抱不平啊！夜师弟药道造诣惊人，曾为尸峰炼制灵药，可尸峰众人丧尽天良，不但不知感恩，反倒怨恨夜师弟！”

白小纯一听这话，就想起了之前的事情，神色阴沉下来，冷哼一声。

“尸峰大长老与血子更是过分，夜师弟为他们炼制灵药，他们竟还迁怒夜师弟！夜师弟放心，我少泽峰血子已将此事上禀宗门，定会为夜师弟讨回公道！”

韩春东义愤填膺，说话间扫了白小纯一眼。

“多谢少泽峰大长老与血子，此事已经过去，罢了罢了！通过此事，夜某看明白了很多事情。”白小纯摇头感叹。

“夜师弟不需和我们客气，夜师弟已经达到逆血返祖的境界，本就具备炼体资质，更有蛮鬼护体，与我少泽峰是一家人啊。”韩春东哈哈一笑，“尸峰不识好歹，咱们以后不理会他们就是，咱们才是一家人。这样，夜师弟，你给我们少泽峰炼一炉灵药，老夫保证，就算你把少泽峰给毁了，老夫与血子也不会皱一下眉头！”

韩春东一拍胸口，看向白小纯。

“这个……”白小纯略一沉吟。

“夜师弟放心，规矩我懂。”

韩春东从怀里拿出一个储物袋，放在白小纯面前。

白小纯拿起储物袋看了一眼，发现里面装着大量药草，还有不少灵石，内心满意，正要开口，忽然神色微动，韩春东也皱起眉头，看向洞府外。

“夜师弟在不在？老夫无名峰大长老耿乾坤。”

洞府外，无名峰大长老正站在那里，神色如常，心中却有些焦急。

对于找夜葬炼药之事，原本他有些犹豫，可当他听说少泽峰大长老出现在中峰后，就坐不住了。无名峰血子更是着急，催促他立刻去找夜葬，说什么也要让夜葬为无名峰炼药。

白小纯眨了眨眼，起身走出洞府，迎接耿乾坤，很快就带着耿乾坤回到了洞府。

耿乾坤刚进来，就看到了韩春东。

两人对视一眼，都看到了彼此目中的竞争之意。

耿乾坤霸道地开口：“夜师弟，耿某就不说废话了，只要你能给我们无名峰炼制一炉四阶灵药，少泽峰给你多少报酬，我们付双倍，只要求一点，先给我们炼药！”

还没等白小纯说话，一旁的韩春东冷哼一声，蓦然起身，体内煞气轰然爆发。

“夜师弟，之前储物袋内的东西只是预付而已，只要夜师弟先给我们炼药，那么，我少泽峰的炼体秘法全都可以传给你！”少泽峰大长老咬牙开口。

谁也不知道白小纯炼药要多久，根据以往的经验，他炼药耗费的时日极多，而眼下开战在即，在战前，白小纯很可能只来得及为一峰炼药。所以，韩春东一定要为少泽峰血子争取到机会。

白小纯听到韩春东这么说，立刻动容了。他很想研究一下少泽峰的炼体之法，看看它与自己的不死长生功有什么不同之处。

耿乾坤也吃了一惊，看到白小纯的表情，他咬牙开口："夜葬师弟，我无名峰也为你准备了一个魔头，师弟可以修行我无名峰的炼魔之法！"

此话一出，韩春东立刻怒视耿乾坤。

白小纯怦然心动，无名峰的炼魔之法同样是秘传，其他几峰的修士想要学习，得耗费海量贡献点。

韩春东看向白小纯："夜葬师弟，做事情讲究先来后到，这次是我少泽峰先来找你炼药的，还请师弟仔细斟酌！"

耿乾坤也看向白小纯："夜葬师弟，我无名峰付的报酬可是双倍！"

白小纯揉了揉眉心，目光从两人身上扫过，哈哈一笑。

"的确应该有个先来后到，我先去少泽峰，还请无名峰大长老与血子见谅。至于双倍报酬，完全没有必要。两位都代表血子前来，这样好了，夜某给你们一个承诺，在开战前，我一定会将你们所需的灵药都炼出来！"

韩春东与耿乾坤听到此话，都神色微动，他们也不愿意互相抬价，此刻看到白小纯如此好说话，对他的好感顿时增多。

两人点了点头，又与白小纯攀谈一番，最终都满意地抱拳一拜，这才离去。

白小纯目送两人离开，回到洞府，他盘膝坐着，沉思片刻后，嘿嘿一笑。

"我在尸峰炼出绿僵，在无名峰炼魔头，在少泽峰炼体。这样一来，我在血溪宗的地位可以说是举足轻重了，不比血色长老地位低。到时候我再助宋君婉成为血子，那么，我接任中峰大长老的可能性就更大了！"

第 234 章

真的不会炸吗

白小纯打定主意，没有耽搁，第二天一早就离开了中峰，直奔少泽峰而去。

身为血溪宗五指巨手的小拇指，少泽峰看起来最为纤细，可实际上，少泽峰修士皆修炼体之法，一个个力大无穷，看上去凶神恶煞。

白小纯一上山，就立刻看到少泽峰筑基修士那魁梧的身影，无论男女，都是如此，他心底紧张起来，还有一些不服气。

“有我力气大吗？哼！魁梧有什么用，我可是具备四鬼之力的人！”

白小纯眨了眨眼，加快脚步，途中遇到的修士大都警惕地看着他。

显然，对于少泽峰修士来说，白小纯的瘟魔之名也是如雷贯耳，众人一眼就能认出他。

很快，白小纯就到了少泽峰的上指区域，韩春东立刻出来迎接，两人谈笑一番，韩春东便带着白小纯去了上指巅峰的血子殿。

血子殿内，少泽峰血子司徒浩坐在那里，在白小纯进来的瞬间，他长笑起身。

“夜师弟！”

司徒浩是一个中年男子，身材高大，气势逼人，超越韩春东太多。此刻，他站起身，给白小纯的感觉就像一个巨人。

四周血气轰然一动，一股威压降临，使得白小纯脚步一顿，他抬头看着大步走来的司徒浩，内心一惊。

白小纯这一路走来，不断观察少泽峰的炼体之法，已看出一些端倪，此刻再看到司徒浩，立刻就有了一些判断。

“堪比不死金刚第二层？”白小纯内心微震，可神色如常，抱拳拜见，“夜葬拜见血子。”

司徒浩目露精芒，声如洪钟：“夜师弟不必客气，本座行事直接，不愿绕来绕去，这次我需要你炼制一炉四阶血体丹！此丹只有一个作用——让我少泽峰的炼体秘法，在短时间内提高一个层次！

“大战在即，每个人都在准备。对我而言，除非是五阶灵药，否则，单独一枚四阶血体丹根本没用，况且我也可以买到。所以，我需要的不是一枚四阶血体丹，而是一百枚！夜葬，你可有把握为本座炼制出一百枚四阶血体丹？”

司徒浩目光炯炯，看向白小纯，他的声音震得整个血子殿都颤动起来。

“若有足够的药草和丹炉，炼制一百枚血体丹不难。”白小纯被震得耳朵痛，觉得司徒浩嗓门太大，于是不服气地大吼。

白小纯这么一吼，让司徒浩愣了一下。他与人交谈从来都是如此大声，可很少有人对他大吼。司徒浩不由得多看了白小纯几眼，哈哈大笑。

“药草、丹炉管够！来来来，夜师弟，我带你去看这次专门为你准备的绝世丹炉！”

司徒浩的笑声轰动少泽峰，他大袖一甩，带着白小纯与韩春东直奔上指区域的一片空旷之地。

这片区域四周有阵法，这阵法惊人，不但可以隔绝波动，还能隔绝气息，像尸峰炼药时那些可以致幻的黑气，绝对无法扩散出去。

显然，这是少泽峰为了防止出现意外而特意准备的。

白小纯看了后，咳嗽一声，没有说话，跟着司徒浩来到一个洞府内。

这洞府是新建的，洞府深处有一个大厅，大厅内只放着一件物品！

白小纯看到这件物品后，骤然飞起，在其周围绕了一圈后，连连吸气。

此物是一个丹炉，巨大无比，直径足有三十丈，通体青色，其上还有无数凹凸起伏的符文。丹炉散发出一股浩然之气，给人一种坚固无比之感。

“这个丹炉……”

白小纯右手轻轻碰触丹炉，立刻感受到其体厚重，遂精神一振。

他之前还在为炸炉的问题头痛，无奈只能减少药量，难以充分发挥药道造诣。可眼下，看到这丹炉的瞬间，白小纯激动了。

“夜师弟，这丹炉是我少泽峰的前几代血子从丹溪宗抢来的至宝，虽不是真正的天地炉鼎，也不是天地子炉，但也是难得一见的天地炉鼎的仿品！

“这就是本座为你准备的丹炉，你可以大胆地炼药，放心，这种至宝永远不会出现炸炉的问题！”

司徒浩哈哈一笑，傲然开口。他做事十分谨慎，邀请瘟魔来炼药，自然有所准备。如今丹炉不会爆炸，四周还有强大的阵法，任何气息都散不出去，绝对万无一失。

白小纯深吸一口气，又绕着丹炉看了几圈，心下大喜，觉得自己可以一展所长，充分发挥自己的药道造诣。

白小纯还是有些不放心，侧头看向司徒浩：“你确定丹炉永远不会爆炸？”

司徒浩神色傲然，笑着开口：“自然确定！”

“好，既然你如此确定，这灵药，我夜葬炼了！”

白小纯一拍丹炉，放声大笑，司徒浩同样大笑，深深看了白小纯一眼，右手一挥，一个储物袋飞出。

随后，司徒浩转身离去，一旁的韩春东向着白小纯抱拳，也转身离开。

很快，洞府内就只剩下白小纯一个人，他看着眼前这个巨大的丹炉，越发兴奋起来。他拿起储物袋一看，发现里面有大量药草、血火石，还有一枚玉简。

玉简内除了记录着血体丹的药方，还记录着少泽峰的炼体秘法！

“血煞体功！”

白小纯看得很仔细，直至夜色降临才看完。他盘膝坐下，闭上双眼，开始沉思。

好半晌，他睁开双眼，似乎领悟到了什么。

血煞体功，实际上就是一代代少泽峰修士不断研究，创造出来的不死卷的仿品。此功以图腾为主，分别是古象、蛮鬼、天妖、血煞！

修士将血气融入血肉中，不断用秘法催化，使得身体结构改变，进而迸发出强大的肉身之力。

血煞体功与白小纯修炼的不死卷有相似之处，方式却大相径庭，不死卷不会改变修士的身体结构，却能从内向外迸发出无穷之力，兼具攻守之力！

“不过，血煞体功也有一些可取之处，两者结合起来，或许可以让我的不死金刚第二层早日突破！”

白小纯仔细分析后，精神大振，开始尝试修炼血煞体功。

轰鸣声中，四周血气飞速涌入他体内，不断刺激血肉，但没有改变其结构，而是促进不死金刚运转。

一夜过去，第二天清晨，白小纯睁开双眼，目露狂喜之色。这一夜的修炼成果，堪比平日里三天的修炼成果！

“果然有效，哈哈！”

白小纯高兴，越发觉得血溪宗就是自己的天堂。

他看向一旁的丹炉，右手一拍，轰的一声，丹炉的盖子打开。他腾空而起，站在丹炉上，低头看了看，更为心动。

“既然不会炸炉，那么这次我可以加大药量！”白小纯正要动手，又有些迟疑，“真的不会炸吗？”

“不管了，司徒浩保证了不会炸的，应该炸不了。”白小纯深吸一口气，不再考虑这件事，准备炼制一炉大丹。

第 235 章

瘟魔来了

“龙猩草……之前我只放了一株，这次可以放十株！

“火云果……嗯，放二十个吧！

“还有星光叶，按照用法，半片就够了，可这么大的丹炉，半片岂够，我放十片好了。”

白小纯喃喃低语，绕着丹炉转，不断取出药草，将它们一股脑扔进了丹炉。

他将大量血火石放在丹炉下方，血火石瞬间产生高温，可这丹炉的确不凡，那样的高温，若是换了其他丹炉，必定赤红，这丹炉却只是微热而已。

白小纯眼看如此，更是高兴，沉浸在炼药中，放入的药草越来越多，丝毫不控制药力，而是全神贯注地推衍药方。

他有种酣畅淋漓之感，不需要考虑成本，不需要控制药力，不需要考虑丹炉的承受力，他只需考虑如何炼药。

这让白小纯全身舒爽，哪怕头发凌乱，哪怕眼中布满血丝，他也依旧兴奋。

他不断将药草扔进丹炉，七天后，储物袋内的海量药草已被他用去一半，丹炉内的药力开始爆发。

丹炉时而传出轰鸣声，颜色逐渐发红，可看其样子，的确不会炸炉。

白小纯眼看如此，仰天大笑：“宝炉啊！”

他彻底放心了，继续向丹炉中放入药草。他不断推衍，脑海中迸发出一个又一个灵感，甚至还施展了万物草木功。

又过去了五天，丹炉内的轰鸣声更为强烈，整个丹炉已是赤红一片。白小纯终于将所有药草全部放完，他心满意足地坐在一旁，忽然想起了什么，赶紧飞起，吸收四周血气，凝聚出一滴蕴含自身意志的不死血，将其滴入丹炉中，这才将炉盖盖上。

可就在他盖上炉盖的瞬间，丹炉内的药力融合、碰撞，无法如以往那样释放出去，立刻产生巨响。轰鸣间，丹炉颤动，温度攀升……

一开始白小纯没觉得有什么，还在感慨丹炉的神奇，开始安心地修炼血煞体功，偶尔察看一番，调整丹炉内的药力。

可数日后，白小纯开始心惊了，丹炉已彻底成为赤色的，散发高温，周围一丈的空气都扭曲起来，尤其是地面，甚至出现了龟裂的征兆。

白小纯咽下一口唾沫，正要靠近，突然阵阵热浪扑面，吓得他赶紧后退。

“这么大的丹炉，如果爆了，我的小命就没了……”

白小纯眨了眨眼，想到司徒浩自信满满的样子，还是有些忐忑。

“应该没事吧……”

白小纯有些后悔，他一时没控制住，放了太多药草，当时的确过瘾，可眼下看这丹炉的样子，怎么都觉得它要爆。

又过了四天，丹炉开始颤动，周围十丈的空气都扭曲了，温度之高，就连岩壁都要熔化了，而且温度还在攀升。

白小纯汗如雨下，整个人早已目瞪口呆。他有心阻止，却发现自己控制不了。

丹炉内的灵药正缓慢成形，可以想象，在之后的日子里，随着灵药成形，丹炉的温度还会暴增。

白小纯倒吸一口凉气，紧张得不得了，他觉得现在自己就是坐在一座火山上，火山随时都可能爆发。

他赶紧退出洞府，深吸一口气，摆出一副高深莫测的样子，快走几步，出了这片区域，想要离开少泽峰。

他觉得少泽峰太危险了，不宜久留……

白小纯走时，韩春东有所察觉，立刻飞出，拦住白小纯。

“夜葬师弟，这是要去什么地方？我们的灵药炼完了吗？”韩春东客气地问道。

白小纯心底紧张，可神色如常，他背着双手，淡淡开口。

“放心好了，灵药还在炼制，一百枚血体丹需要更多时间温养，三个月后，我会来此地亲自开炉，到时候就可以出丹了。现在，我要去无名峰炼药，毕竟答应了他们。”

白小纯赶紧找了个脱身的借口。

他神色如常，韩春东虽然心底怀疑，却找不出问题所在。

“也好，老夫亲自送夜葬师弟去无名峰！”韩春东还是觉得不对劲，于是与白小纯一起飞向无名峰。

白小纯眨着眼，点了点头，任由对方跟着自己。

很快，两人到了无名峰，耿乾坤立刻外出迎接，白小纯这才松了口气，刚走几步，忽然回头，看向韩春东。

“对了，这三个月里，你们不可踏入炼药的洞府，更不能碰触丹炉，否则，灵药碎裂，后果自负。”

白小纯说完，转身跟着耿乾坤走进无名峰，内心打定主意，绝对不回少泽峰了……

“如果司徒浩说的是真的，那么丹炉就绝对不会炸开，灵药也能炼成。若是丹炉炸了……那也不是我的错啊。”

白小纯这么一想，觉得自己没有做错，于是放下心来，跟着耿乾坤去拜见无名峰血子。

按照之前的约定，无名峰血子给了白小纯一个魔头，耿乾坤将白小纯安排到了下指区域划出的炼药之地。

在白小纯踏入炼药之地的同时，他来无名峰炼药的消息就传开了，无名峰修士全都心头狂震，倒吸一口凉气。

他们听过瘟魔之名，更听说白小纯炼药时的恐怖堪比老祖，众人随时都可能面临重大的危机……

中峰、尸峰的遭遇，很快就浮现在无名峰修士的脑海里，他们不如少泽峰的炼体修士那么自信，此刻个个心惊肉跳。

“瘟魔来了！他炼药时极为恐怖，大家还记得尸峰的赵水木吗？当初他产生了幻觉，认为自己是一株仙草，直到现在，他看到仙草时都会不由自主地发呆……”

“这算什么，周一彪时不时还会在睡梦中自称白小纯……”

“不少中峰同门虽然伤势恢复了，但都没了毛发，还留下了时而腹泻的后遗症。有一次，我看到一个中峰修士在与人切磋时，明明占据优势，却突然面色大变……你懂的。”

种种议论飞速传开，住在炼药之地周围的修士都头皮发麻，他们用最快的速度搬了出去。很快，五成无名峰修士都选择离开洞府，去山下找地方住。

白小纯有些傻眼，眼看无名峰安静了不少，四周更是荒无人烟，他干咳一声，琢磨着自己还没做什么啊，这些人干吗这么敏感？

“我在少泽峰炼药就没出事！”

白小纯有些不服气，回到炼药之地后，他盘膝坐下，目光扫过四周，最终落在一个角落里。

那里有一团飘浮的黑影，散发阵阵阴冷的气息。

此物就是无名峰的魔头，与灵溪宗鬼牙峰的厉鬼相似，却又有不同。厉鬼不具备神智，很难成长，可魔头不是。

随着炼制，魔头会产生神智，同时它也可以修行，其凶悍程度不低于厉鬼，狡猾程度更是远超厉鬼。

尤其是当魔头被炼到一定程度后，可幻化出一些诡异的神通，甚至能化作心魔，杀人于无形。

修士使用不同的炼制之法，炼出来的魔头也不一样。血溪宗之所以被称为魔宗，与无名峰的魔头有很大关联。

至于魔头的来历，白小纯也不知晓，这是血溪宗的隐秘。如今，他洞府内的这个魔头，只是一个寻常的初生之魔，神智不高，被白小纯身上的煞气所慑，不敢靠近他，躲在角落里发抖。

第 236 章

小黑，吸了它

“过来！”

白小纯扫了眼在角落里发抖的黑影，从储物袋内拿出一块紫色玉佩。

黑影再次一抖，缓缓向着白小纯飘来，在他面前化成一片雾气，雾气内有张面孔若隐若现。

白小纯右手一抓，竟直接穿透魔头，这让白小纯兴趣更大了。

“血溪宗的魔头与厉鬼有些相似，鬼是由死者的魂魄凝聚而成的，那么，魔头是怎么出现的呢？”

白小纯想了半天也没搞明白，只是隐隐觉得，魔头与自己有某种深层的联系。

白小纯思来想去，最终只能将魔头的诞生，归结于血溪宗这只修行不死长生功的巨手……

就在白小纯思索时，雾气内的面孔突然目露凶光，竟猛地催动雾气，向着白小纯扑来。

一股寒气瞬间扩散，似乎要吞噬白小纯的灵魂。

白小纯惊了，魔头突然的反噬让他吓了一跳，他骤然释放灵气，向外狠狠一弹。

魔头发出一声惨叫，全身雾气明显散去了一些，只剩下一半。它急速后退，缩在角落里，瑟瑟发抖。

“好大的胆子！”

白小纯生气了，上前几步，狠狠踢了那团黑影一脚，魔头赶紧避开。

白小纯冷哼一声，看着手中的玉佩，此玉佩不但可以操控魔头，其中还介绍了一些能让魔头强大起来的办法，比如祭炼、放养。

最常见的办法，就是以自身精血喂养魔头，使其与自身达到一种心意相通的程度。在这个过程中，魔头的修为会逐渐提高。

玉佩中还介绍了魔头有反骨，修士必须从一开始就强行镇压，使其不敢反噬、背叛主人，否则，等到它变得强大之后，就不好操控了。

“刚诞生的魔头就敢反噬主人！”

白小纯很生气，操控玉佩，使得魔头无法避开后，上前踢了它好几脚。

以他的修为，几脚之后，魔头的雾气再次散去不少，只残存一缕雾气，不断求饶。

“记住了，我很厉害，你要是再敢惹我，我定会让你好看！哼，你就叫小黑好了。”白小纯严肃地开口。

他给魔头起了名字后，就没再理会它，而是研究了一下无名峰血子让自己炼制的灵药的药方。

“不死血丹……”白小纯若有所思。

他听说过不死血丹。

多年前，血溪宗一位老祖在圣丹残壁上获得感悟，创造出了这种对整个血溪宗都有极大帮助的灵药。

不死血丹不但对炼魔头的无名峰修士大有裨益，对炼尸的尸峰修士和炼体的少泽峰修士也有很大的作用，所以，从不死血丹诞生的那一刻起，血溪宗众人就对它极为渴望。

只不过，不死血丹很难炼制，四阶不死血丹效果极佳，而五阶不死血丹甚至能唤醒血溪宗隐藏的底蕴之力。

无名峰血子打算让夜葬炼制一枚四阶不死血丹，用来唤醒一个沉睡的古老魔头。

白小纯拿着药方，越看越心惊。

药方包含九十七种药草，每种药草都会相互作用，产生诸多变化，而这一切变化都要靠通天河水来镇压，直至它们完美融合，然后向其中添入巨手内的灵血，才能炼制出不死血丹。

“任何一次搭配错误，都会造成炼药失败。而且，药草融合过程中的一些节点，有时需完全中和，有时取初融之气，必须掌握好。当药草完全融合后，便会挥发出一至九道不等的血气！

“一道血气是一阶，以此类推，无名峰血子让我炼制的，是具备四道血气的四阶不死血丹！”

白小纯眼中精光一闪，又仔细研究了片刻，对于创造不死血丹药方之人更为敬佩。

“难怪此丹难炼，一道血气简单；两道血气就需要进行大量推衍计算，非常考验药师的药道造诣；三道血气更是比两道血气复杂十倍；至于四道血气，更加夸张，只有掌握了万物草木功的药师，才能逆向炼药，从而简化其过程！”

白小纯目露奇芒，他算是看出来了，按寻常之法炼制不死血丹难度太大，唯有逆炼才行！

白小纯想到这里，立刻取出丹炉与药草，开始熟悉炼制过程，他没有要求自己一次成功，而是在炼制的过程中不断摸索。

时间流逝，很快过去了半个月，白小纯沉浸在炼药中，没有离开洞府半步。他每天都要炼制数炉灵药，血火石和药草没了他就去要。

无名峰每天都会送来很多药草，几乎将所有资源都给了白小纯。白小纯炼废了一炉又一炉灵药，对于不死血丹的炼制之法也越发熟悉起来。

以往那些废丹，白小纯都直接扔了，可这次，当他准备扔掉废丹时，迟疑了一下，看向一直躲在角落里的魔头。

“不知道这魔头吃不吃灵药，虽然是废丹，但里面还是有不少精华的。”

白小纯想了想，拿出一枚废丹扔到魔头面前。

“吃吧。”白小纯期待地开口。

那魔头神智初开，有些懵懂，飞扑上去，猛地一吸气，废丹立刻化作一丝丝黑气，钻入魔头体内。

“真吃啊！”

白小纯有些惊喜，于是将所有废丹一股脑地扔给魔头。

那魔头依旧神色呆滞，将废丹全部吸收后，打了个饱嗝，竟如喝醉了一般倒在一旁，闭目沉睡。

“哈哈，还是我聪明，这些废丹居然可以这么用。”

白小纯看了看魔头，没发现有什么不好的变化，他觉得自己做了件好事，于是继续炼药，偶尔观察一下魔头。至于那些废丹，他没有吝啬，都给了魔头。

时间流逝，又过去了半个月。

半个月来，白小纯炼制了数炉灵药，却一次次失败。虽然他领悟了万物草木功，但还是不够熟练，炼药时总会出现各种各样的问题，好在他将这些问题一一解决了。而那些废丹，白小纯本着不浪费的原则，将它们都扔给了魔头。

“别的没有，废丹多的是。”

白小纯觉得这样挺好的，修士不能服用废丹，但魔头服下无碍。这些日子，魔头变大了不少，看起来有七八岁的孩童那么大，全身漆黑，四周不断升起阵阵黑气。

更重要的是，魔头似乎变聪明了一些，可以按照白小纯的吩咐做些简单的事情了。

只是有些时候，它似乎对那些废丹有点抵触，却不敢不吸……

有一次，因为白小纯的失误，丹炉出现了炸炉的迹象，白小纯立刻后退，呼唤魔头。

“小黑，吸了它！”

小黑瞬间扑了上来，身子竟穿透丹炉，到了炉内，将灵药吸走，化解了炸炉危机。随后，它趴在地上不断抽搐，神色依旧呆滞。

白小纯露出赞赏之色，觉得这魔头真的挺不错的。

“行啊，小黑。”

白小纯很高兴，继续炼药。

还有一次，丹炉内出现阵阵雾气，白小纯一看到雾气，就知道要遭殃。这雾气要么会化作酸雨，要么会让修士腹泻，要么会致幻。

这个时候，他再次想起了小黑。

“小黑，吸了它！”

小黑又一次挺身而出，将所有雾气都吸走，随后又趴在地上，神色无比呆滞。它体内的雾气都乱了，如果它有口水，此刻一定会口吐白沫。

白小纯激动万分。

“好好好，小黑，你真厉害！”

白小纯精神振奋，他打定主意，以后炼药时，身边一定要带着小黑。小黑实在太优秀了，吃废丹，吸毒雾，还能解决炸炉的问题。总之，只要是炼药产生的杂质，都可以给它……

只是沉浸在炼药中的白小纯没有注意到，这段时间以来，小黑吸收各种杂质后，眼神渐渐灵动起来。平日里它隐藏得很好，在白小纯面前，从来都是一副呆呆的模样。

又一次，白小纯眼看就要成功，却出现了失误，炼出了一枚药效不明的怪丹。白小纯看着怪丹，长叹一声，正要将其收起时，瞄了小黑一眼。

“小黑，吸了它。”

白小纯眨了眨眼，小黑身体一顿，可还是飞了过来，吸入怪丹后，身体猛地颤抖，扑通一声倒在那里。

第 237 章

少泽峰的巨响

白小纯一愣，正要察看时，小黑大吼一声，猛地跳起，化作雾气，一边尖叫，一边冲出洞府。

白小纯跟在小黑后面，它如同发狂了一般上蹿下跳，时而膨胀，时而收缩，折腾了好久，最后奄奄一息地倒了下来。

从那之后，它看向白小纯时，眼底蕴含了深深的恐惧……

就这样，又过去了半个月，在白小纯的不懈努力下，四阶不死血丹慢慢成形，他已经可以凝聚出三道血气，第四道血气的研究也已经进入尾声。

这段时间，小黑吞下的灵药质量终于好了一些，可依旧都是废丹，偶尔出现一枚毒丹，会让小黑激动不已。

它开始喜欢外出，飘浮在无名峰上，偶尔还会遇到其他修士饲养的魔头。与那些全身煞气弥漫的魔头相比，小黑明显弱了很多。

魔头之间向来都是弱肉强食，往往需要主人严厉管教，才不会出现问题。可小黑不一样，它与无名峰的其他魔头似乎相处得很融洽……

白小纯也很诧异，但没想太多，而是沉浸在炼药中。

又过去了半个月，这一天，四阶不死血丹终于被他炼制出来了。

当四道血气融合在一起时，白小纯朗声大笑，很高兴。他高兴的不是自己炼出了四阶不死血丹，而是这次他炼药居然没有影响到任何人。

没有酸雨，没有炸炉，没有毒雾，没有让修士腹泻，没有出现任何问题，这才是让白小纯高兴的事情，他觉得自己终于具备了大师的风范。

“哈哈，看谁以后还敢说我是瘟魔，这次我在无名峰炼药就没有出事！”

白小纯高兴的同时，心中还有些诧异，不单是他，血溪宗中关注他的修士也感到诧异。

尤其是无名峰搬走的那些修士，他们都觉得不对劲，但又找不出端倪，最终只能认为这次夜葬炼药的过程的确很安全。

“莫非瘟魔转了性子？”

“这次他炼药，居然没有出事！”

在所有人都诧异时，无人注意到，无名峰上，白小纯的魔头小黑与绝大多数魔头都接触了一番……

四阶不死血丹的炼成，让无名峰血子与耿乾坤都很喜悦。他们按照之前的承诺，给了夜葬报酬，还举行了一场盛典，打算与夜葬长期合作。

这场盛典就在无名峰血子殿举行，甚至连宋君婉也被邀请过来。众人对夜葬很客气，话里话外，无不称赞。

白小纯觉得，这个时候，自己要表现得风轻云淡，于是他端着下巴坐在那里，脸上带着淡淡的笑容。

一旁的宋君婉笑眯眯地看着这一切，目光时而落在白小纯身上。

很快，这场盛典进行到了一半，无名峰血子笑着向白小纯走来。

“夜葬师弟药道造诣之高，当世少见，日后必定名震东脉修真界！若是能炼制出五阶不死血丹，定会轰动宗门，我相信，那一天不远了！”

耿乾坤在一旁笑道：“宗门悬赏要五阶不死血丹，谁能炼制出来，就是立下大功了！”

众人纷纷笑谈，白小纯听着众人的话语，心中舒爽。他正要吹嘘几句，突然，一声巨大的轰鸣从外面传来。

这声轰鸣震耳欲聋，甚至超越天雷，仿佛天崩地裂，更有一股冲击波卷着热浪呼啸而来，使得血子殿内的众人心头一震，齐齐色变。

在这一刻，苍穹失色，大地震动，不仅是无名峰，就连尸峰、中峰都地动山摇。

血溪宗的内门区域和外门区域更是大乱，无数惊呼之声响起，一道道长虹立刻飞至半空。

甚至连血溪宗的阵法都在这一刻开启。

“发生了什么事？！”

“莫非有人攻打我血溪宗？！”

“要开战了！”

祖峰的太上长老听到滔天巨响，感受到阵阵热浪，立刻心惊，他们散开神识，扫向八方。

无名峰血子殿内的众人瞬间冲了出去，一个个心头狂震。

白小纯更是面色大变，立刻飞出血子殿。宋君婉此时也出现在他身边，神色警惕，还有一丝惊讶。

放眼看去，其他几座山峰也有大量的修士升空，他们一个个也都惊疑不定。

可很快，众人都愣住了，齐齐看向少泽峰。

此刻，少泽峰上，一股黑烟滚滚升空，形成了一片黑雾。黑雾不断翻滚，向四周扩散，气势惊人。

黑烟升起的地方，在上指区域与下指区域之间，整座山峰出现了一道道巨大的裂缝，裂缝不断扩散……

很快，所有人都意识到了，方才的巨响是从少泽峰传出来的。

“少泽峰？！”

“那里怎么了……”

白小纯眯着眼，望着少泽峰升起黑烟的地方，内心咯噔一下，他猛然睁大了眼，倒吸一口凉气。

方才他隐隐觉得这声惊天巨响有些耳熟，此刻一看，他立刻认出冒烟的地方就是自己在少泽峰的炼药之地。而方才的巨响，分明就是丹炉爆炸的声音……

这一刻，他猛然想起，自己在少泽峰还有一炉灵药……

他呼吸急促，额头冒汗，心惊胆战。他听到少泽峰上传来凄厉的嘶吼，觉得头皮发麻，眼前发黑。

“完了完了……”

在白小纯心惊肉跳、血溪宗众人诧异之时，数道长虹从少泽峰内飞出，当先之人，正是司徒浩。

他浑身颤抖，双眼赤红，看着一片狼藉的少泽峰，他欲哭无泪，抬头发出一声凄厉的嘶吼。

司徒浩知道，这一切都是夜葬造成的。他正准备不顾一切地找出夜葬，将其除掉。就在这时，白小纯双眼赤红，竟比他快了一步，发出一声震耳欲聋的怒吼！

“我的宝丹啊！”

白小纯捶胸顿足，披头散发，声音凄厉。他如同疯了一样，猛地冲向少泽峰。

“为什么会这样？！苍天啊，这到底是为什么？！我的宝丹！”

白小纯整个人陷入了疯狂，声音极为凄厉。他化作一道长虹靠近少泽峰，一眼就看到了少泽峰上的滚滚黑烟，还有布满裂缝的山体。

整座少泽峰成了一片焦土，大半建筑都坍塌了。一个个修士都眼中冒火，可看到白小纯时，都露出恐惧之色。

白小纯直奔少泽峰中部他之前的炼药之地。很快，他就看到这片区域已被夷为平地，阵法没了，洞府没了，丹炉也没了，地上残存着不少丹炉的碎片，一股股热浪不断向四周扩散。

半空中，司徒浩、韩春东和那些血色长老嘴角带着鲜血，都愣住了。他们正想找夜葬的麻烦，没想到对方居然自己过来了，而且模样比他们还要凄惨。

“夜葬！”

司徒浩咬牙切齿，杀气腾腾，一闪身，冲向白小纯。

“司徒浩！”在司徒浩冲来的刹那，白小纯浑身颤抖，发狂般猛地转身，向司徒浩发出怒吼，“我炼了三个月，耗费了无数心血，才炼出这一炉接近五阶的宝丹啊！”

白小纯不断颤抖，满脸悲伤之色，面部都扭曲了，全身煞气轰然爆发。

“该死的司徒浩，你不是说这个丹炉不会炸吗？你不是说这是至宝吗？你为什么要骗我？！”白小纯疯狂地嘶吼，声音在山间回荡。他分明是倒打一耙，气势却比司徒浩还要强。

“你……”司徒浩怒吼，张嘴想要说些什么，却哑口无言……

“为什么，为什么骗我？我那么努力，那么用心地为你们炼药，你却骗我，还说这丹炉是从丹溪宗抢来的至宝，永远不会爆炸！你要是早跟我说这个丹炉会炸，我就不放那么多珍贵的药草了。我的宝丹啊！”

第 238 章

五阶灵药

“你知道我在这炉宝丹上耗费了多少心血吗？该死的，你为什么不早些告诉我？为什么要欺骗我？！”

白小纯声音都沙哑了。血溪宗绝大多数修士急速靠近，看到了这一幕，就连祖峰上的太上长老的神识都聚集在这里。

“我都说了不让你们靠近，你说，你是不是靠近丹炉了？”

说到最后，白小纯惨笑起来，眼中流露出一丝失望，更有苦涩。

司徒浩与韩春东等人被白小纯这么一说，根本就没法反驳，因为的确是司徒浩告诉白小纯这丹炉不会炸的。尤其是白小纯说的最后一句话，让他们神色大变。

这段日子，司徒浩和韩春东发现丹炉周围的温度越来越高，整座少泽峰都快变为焦土了，无奈之下，他们才进去看了一眼。

确实是他们理亏，可少泽峰的损失太大，司徒浩恼羞成怒：“胡搅蛮缠！你受我少泽峰委托，为我们炼药，若是炼出了灵药，这一切本座也就认了，可如今你不但没有炼出灵药，还毁了我少泽峰。夜葬，无论如何，今天本座也要一个说法！”

司徒浩冷哼，正要强行擒拿白小纯，以此事为借口，为少泽峰换来一些好处。

“等一下！”

就在这时，白小纯右手向前一挥，神色陡然严肃，鼻子吸了一下，似乎在辨认四周的气息。

白小纯四下看去，开口问道：“不对劲，这味道……你们有没有闻到药香……”

司徒浩皱起眉头，冷哼一声，腾空而起。

就在司徒浩飞起的刹那，白小纯一闪身，出现在不远处的一块丹炉碎片旁。他满脸惊讶之色，掀开碎片，看到了一枚散发五彩光芒的灵药！

这枚灵药被五彩之光环绕，药香不浓。众人立刻瞪大了眼，不少人忍不住惊呼出声！

“那是……五阶灵药？！”

“我从来没见过五阶灵药，就算是在丹溪宗内，能炼出五阶灵药的也只有数人而已。五阶灵药可是无价之宝！”

“五彩之光，这是五阶灵药的一个特征！”

“天啊，居然真的是……五阶灵药！”

众人哗然，白小纯也傻眼了，赶紧拿起这枚灵药。他的心情有些复杂，他也没想到自己居然炼出了五阶灵药，有心将其独吞，可众目睽睽之下，他不能明目张胆地这么做，只能绞尽脑汁地想办法。

不单是白小纯傻眼了，司徒浩也呆住了，韩春东与那些血色长老呼吸急促。

眼看白小纯将五阶灵药拿在手中，司徒浩猛地大笑起来，身上的煞气瞬间消失。

“误会、误会，哈哈……夜葬大师，方才本座与你开了个玩笑。”

司徒浩走向白小纯，脸上露出真诚的笑容。

白小纯冷哼一声，脑中飞快转动。

“这样，夜葬大师，之前承诺的报酬，我少泽峰愿意给三倍！”

司徒浩逼近一步，韩春东与血色长老同时走出，将白小纯围在中间。

“当着我的面，敢威胁我中峰修士？”就在这时，始终在一旁观望的宋君婉淡淡开口。

她迈出一步，出现在众人之间，立刻让四周的人内心咯噔一声，司徒浩的面色有些难看。

眼看双方相持不下，就在这时，一个苍老的声音蓦然从祖峰传来，如同天雷滚滚，在山间回荡，震得众人心神不稳。

“夜葬炼出五阶灵药，是我血溪宗天骄，理应位列中峰血色长老！至于此丹，归少泽峰所有。少泽峰准备资源，为夜葬打造血色战袍！”

一道模糊的身影出现在半空中，那是一位老者，穿着血袍，气势如虹，威压扩散开来，使得四周的修士心头震动，赶忙低头拜见。

这位老者正是宋家老祖。白小纯稳住心神，抱拳一拜。

对于宋家老祖的安排，众人不敢违逆，只能同意。

“今日全宗都在关注此地，也好，老夫在这里向诸位说三件事情！”宋家老祖平静地开口，声音传遍血溪宗，“第一件事，七天后，四峰修士奉献血气，召唤我血溪宗不化骨！第二件事，一个月后，举行中峰血子试炼！最后一件事，战争……要开始了！”

宋家老祖说完，目光在众人身上扫过。粗重的呼吸声响起，一丝丝煞气不断凝聚，很快，一股强烈的煞气直冲云霄。

“战！”

“战！”

众人齐齐嘶吼，整个血溪宗气势如虹。

人群内的白小纯虽同样在大吼，但心中焦急万分。

“都散了吧！”

宋家老祖看了白小纯一眼，脸上露出笑容，身影渐渐消失。

众人带着战前的亢奋，各自回到山峰。

尽管白小纯舍不得那枚五阶灵药，可不得不把它交给司徒浩，随后他与宋君婉一起回到了中峰。

一路上宋君婉始终沉默，目中流露出一丝冰冷。白小纯心底既郁闷又焦急，也不愿开口。

到了中峰，宋君婉忽然侧头看向白小纯：“夜葬，中峰血子试炼，我需要你做我的护法，帮我争夺血子之位！此事存在危险，答应与否，你不用立刻给我答案。一会儿我回到洞府后，会立刻闭关，在血子试炼开始前，我会出关来找你，那个时候，告诉我你的选择。”

宋君婉深深地看了白小纯一眼，转身走向上指区域。

白小纯沉默地望着宋君婉的背影，心情复杂。回到洞府后，他盘膝坐下，有些发愁。

通过宋家老祖的话，白小纯知道，经过这段日子的商议，血溪宗的那些老祖已经有了决断。血溪宗与灵溪宗的战争迫在眉睫，或许几个月后就会开战。

沉默中，七天过去了。

第八天清晨，阵阵钟鸣声在血溪宗内回荡，白小纯深吸一口气，走出洞府，他看到四峰筑基修士全都飞起，聚集在四峰的上指区域。

很快，八道身影从祖峰走出，如同巨人，踏在半空中。这八道身影全身散发光芒，令四周的空间都扭曲了。一众修士只能看到他们的轮廓，看不清样子。

在这八人出现的瞬间，所有修士全都跪拜下来。

“拜见老祖！”

声音整齐，在山间回荡。

白小纯心神震动，他知道，那些身影正是血溪宗的八位老祖！

无极子和宋家老祖就在其中。还有一人，穿着一身紫色长袍，气势远超他人。与他相比，太阳都变得暗淡无光了。

“所有人，释放你们的血气，开血门！”

一个声音从八人中传出，在山间回荡，血溪宗的大手猛地震动，地面浮现出阵法之纹。

紧接着，血气轰然爆发，从少泽峰开始，无数血气聚集到山尖，形成一根血色光柱，光柱冲天而起。然后是无名峰、中峰、尸峰，最后是祖峰！

“轰轰轰！”

五道血色光柱冲入云霄，使得苍穹色变，随后化作一个巨大的旋涡。

血溪宗内的所有修士全都感到体内血气翻滚，骤然爆发，这些血气全部升空。

就在这时，八位老祖中走出一人。此人是一个中年男子，相貌俊美，身上有种独特的魅力，让人心生好感。

“老夫旱炎，负责此番召唤血溪底蕴，我需要九个弟子辅助我炼气化血！许小山、宋缺、血梅、韩东、周郑峰……”

旱炎真人淡淡开口，他身为老祖，即使如此平和地说话也会散发威压。他每喊出一个名字，被叫到之人便立刻飞上半空，拜见旱炎真人。

这八人无不是以多次地脉潮汐踏入筑基境界的修士，他们都是血溪宗的天骄之辈！

就在这时，旱炎真人的目光落在中峰上，他说出了最后一个名字。

“夜葬！”

第 239 章

要不要截留呢

白小纯一怔，但很快神色就严肃起来。他带着煞气一跃而起，化作一道长虹直奔半空，出现在旱炎真人前方，与另外八人站在一起。

对夜葬的出现，山峰上的血溪宗修士没有丝毫诧异，众人觉得旱炎真人本就应该选择夜葬。

不单是山峰上的修士没有感到诧异，就连宋缺等人都没有质疑！

白小纯来到血溪宗已有数年之久，通过自己的努力，他终于获得了整个宗门的认可。

白小纯虽然已有心理准备，对自己的地位也有一定的判断，但这一刻，他内心仍然无比骄傲。

“哼，你家白爷无论走到任何地方，都如太阳一样辉煌！”

白小纯心里得意，却不露声色，表情依旧冷酷。他全身散发煞气，与其他八位天骄分庭抗礼。

半空中，血溪宗八位老祖看了看夜葬等九人，都略微点头，不少老祖更是多看了夜葬几眼。

对这个凭着凡道筑基修为，在这几年崭露头角的夜葬，他们多有留意，甚至有过怀疑，还暗中调查。只不过白小纯的面具乃是至宝，使得他在这几年里没有露出丝毫破绽。而且，夜葬的药道造诣确实高，对血溪宗很重要。

虽然老祖们还是有所怀疑，但是随着时间的推移，也没有太过在意了。

“你们九人在祭坛打坐，炼众修之气化血，辅助老夫开启底蕴之门，唤醒不化骨！”

旱炎真人淡淡开口，右手一挥，九道血光立刻飞出，在四周化作九个祭坛。白小纯等九人纷纷后退，盘膝坐在九个祭坛上。

实际上，这次唤醒不化骨不需白小纯等九人出手，但如今大战在即，几位老祖商议后决定，必须让门中修士感受一下宗门的底蕴之力。

在八位老祖中，旱炎真人是主战之人，所以他就成了主持开启宗门底蕴者。此刻，他目光如电，在白小纯等九人身上扫过。

旱炎真人的目光蕴含无穷威压，让白小纯内心一震，有种被对方看透所有秘密的感觉。其他八人同样如此，他们不再露出桀骜之色，而是恭敬地低头。

旱炎真人收回目光，抬头看天，右手向着天空猛地一挥。

轰鸣间，血溪宗五座山峰的血柱膨胀数倍，使得苍穹之上的血色旋涡猛然扩大，转动的速度更快，旋涡中央竟出现了一只巨大的血色眼睛！

这只眼睛缓缓睁开，散发出无穷威压，使得天地失色，云层翻涌，狂风横扫。无数血溪宗弟子心神颤抖，齐齐跪拜。

旱炎真人淡淡开口："抬起头，看一看我血溪宗威慑其他三宗的底蕴之力！"

他的声音似乎蕴含着一股奇异的力量，让所有听到的人都下意识地抬起头，看向苍穹上的血色眼睛。

白小纯心头狂震，在这威压下，他体内的不死长生功无声无息地运转着，隐隐与那只血色的眼睛产生了共鸣。

宋缺、血梅等人也心神震动，但他们都没有低头，而是努力地抬头，望着旋涡内的血色眼睛。

众人看了一眼，立刻惊呼，哪怕是像宋缺这样地位不俗、知晓宗门隐秘的人，也倒吸一口凉气。

白小纯更是睁大了眼，内心掀起了惊天巨浪。

他看到在那血色眼睛的瞳孔外，竟存在四个模糊之影，其中一个是通体紫色的巨大骷髅！

这个骷髅全身上下有闪电环绕，散发出阵阵死气。它盘膝坐着，一动不动，却释放出惊人的威压，让人看一眼就会心头颤抖。

白小纯了解尸峰，他略一思索就立刻猜出，这就是不化骨，尸峰炼尸的极高境界，超越了飞尸的不化骨！

“飞尸的战力堪比结丹修士，这不化骨……莫非堪比元婴老祖？”白小纯暗想。

第二个模糊之影是一团黑色的雾气，雾气幻化出千万张面孔，那些面孔竟全都是老者，给人一种岁月沧桑之感。显然，这是一个魔头，其气势和威压竟与不化骨不相上下！

第三个模糊之影是一块皮，此皮不知存在了多少年，已经干枯，可它散发的气息极为恐怖，竟比不化骨与魔头还要强大，给人一种玄妙之感，让血溪宗修士呼吸急促。

白小纯心惊，看向第四个模糊之影，那竟是一把血色的剑！

一个赤色小人盘膝坐在剑上，他没有头发，虽只有巴掌大小，但散发出无穷煞气，直接压过其他三个模糊之影，如同四影之首！

“尸峰不化骨，无名峰千面魔，少泽峰图腾布，中峰血祖剑……这是我血溪宗的镇峰之物，而它们所镇压的，就是血眼瞳孔内，我血溪宗的底蕴之一——血道祭献！”

旱炎真人右手大袖一甩，苍穹血眼的瞳孔立刻猛地扩大，隐隐地，其中竟出现了第五个虚影！

这显然是被藏在瞳孔内，由四个模糊之影镇守的底蕴至宝。白小纯呼吸急促，瞪大了眼，他发现那瞳孔内的虚影居然是一个……稻草人！

稻草人诡异无比，一只手上拿着一张皮，另一只手上拿着一杆秤，嘴角露出邪恶的笑容，仿佛在嘲讽……

白小纯只是与稻草人对视了一眼，脑海里就响起阵阵轰鸣，浮现出稻草人的笑容，它似乎要占据白小纯的心神。

但很快，白小纯体内的天道之气骤然扩散，瞬间就将稻草人的身影驱散。他气喘吁吁地恢复过来，看到了前方旱炎真人略带欣赏的目光。

再看其他八人，他们竟都出现了不同程度的恍惚。血梅是第二个苏醒的，然后是宋缺，之后其他几人也陆续战胜幻象，纷纷苏醒。

“这些只是我血溪宗的一部分底蕴，现在，所有人释放血气，你等九人炼气化血，辅助老夫唤醒不化骨！

“只需唤醒不化骨，不用理睬其他三灵，它们自会逐渐苏醒。当它们全部苏醒后，血道祭献就可走出血眼封界！”

旱炎真人此话一出，血溪宗内结丹境以下的修士立刻运转灵力。

筑基修士、内门弟子、外门弟子，数十万人释放血气，血气立刻升空，迅速融入九个祭坛之中。

白小纯坐在第五个祭坛上，全身一震，浓郁的血气从祭坛上爆发，疯狂钻入他的毛孔中。

白小纯还没来得及思考太多，立刻运转不死长生功，将这些血气吸入体内。

他看向血梅、宋缺等人，发现他们也是如此，都在全力吸收血气，以自身为提炼血气的工具，用血溪宗秘法将血气化作鲜血。

血梅第一个成功，一滴鲜血从其天灵盖飘出，没有飞起，而是飘浮在头顶。随后是宋缺。白小纯赶紧学习，按照提炼不死血的方式，将这些血气化作一滴鲜血，令其飘浮在头顶。

很快，飘浮在九人头顶的鲜血越来越多。

一炷香后，血梅蓦然睁开双眼，她头顶的鲜血已凝聚到拳头大小，直接飞至旱炎真人身前。

旱炎真人目光一扫，微微点头。这团拳头大小的鲜血立刻升起，化作一道血色长虹，融入不化骨之中。在这一瞬间，不化骨竟颤了一下，一股生机正在崛起。

“还需要八滴！”旱炎真人淡淡开口。

与此同时，大量血气涌向九大祭坛，白小纯神色肃然，内心微微一动。

“这么多血气……我要不要截留一些？”

第 240 章

我太正直了

白小纯有些迟疑，瞄了一眼其他几个祭坛上的天骄，除了血梅已经成功外，其余七人都在不断凝聚血气。

白小纯看着看着，不禁有些生气。他觉得这些人太过分了。比如宋缺，眼下竟然只完成了七成，以其地脉八次潮汐的基础，利用祭坛炼气化血，就算他比血梅慢，也绝对不会慢那么多。

而其他几人也差不多，最慢的，居然才完成三成。

“我太正直了，居然还会迟疑，这些家伙都在截留血气，用于自身修行！”

白小纯一眼就看出不对劲，内心不忿，他扫了血梅一眼，觉得血梅太傻了。

“罢了罢了，都说随波逐流，我身为一个密探，绝对不能特立独行，我要与其他人一起……”

白小纯内心感慨，猛地一吸，将之前吸来的血气生生截留了九成……

他吸得太猛，导致他头顶原本已经完成大半的血球萎缩了一半。

下方的众人都在打坐，没有注意到这一点，可宋缺等人都看到了，他们怒视白小纯，心底咒骂白小纯无耻。

旱炎真人迟疑了一下，多看了白小纯几眼，其他几位老祖也神色古怪。

这次老祖让九位天骄辅助，除了想让他们更了解血溪宗的底蕴外，还打算借助这个机会，让九人的修为再次提升。

至于能提升多少，如何把握分寸，就要看这九人自己的了。

血梅志在血子，不屑于此，几位老祖早已料到。可他们没想到的是，夜葬居然无耻到这种程度，血球分明已完成大半，他又将血气夺了回去。

若仅仅是夜葬也就罢了，可很快，宋缺、许小山，还有其他几人有样学样，纷纷截留血气，几位老祖实在看不下去了。

毕竟，不化骨那原本空洞的眼窟窿里，已经出现了一丝幽火……

“在一炷香的时间内，无法凝聚出血球者，耽误了唤醒不化骨，老夫会亲自出手，把他炼成一具不化骨！”

宋家老祖冷哼一声，缓缓开口，声音只在白小纯等人耳边回荡。

白小纯内心一颤，方才他吸收的血气令他大补，推动不死金刚第二卷，使得他的蛮鬼之力再次攀升，如今已达到五鬼之力。

“太小气了。”

白小纯内心嘀咕，却不敢不听，只得收敛一些。其他几人也低下头，继续凝聚血气。

很快，一炷香的时间就要到了。

八人头顶的血球都完成了九成，只剩最后一成。显然，他们都打定主意，不到最后一刻决不罢休，能多拖延一会总是好的。整个血溪宗的修士相助修行，此等机缘堪比造化。

仅仅在这一炷香的时间里，白小纯的不死金刚就再次突飞猛进，已达六鬼之力。他全身酸痒，那种感觉让他恨不得抬头长啸。

“不行了，时间就要到了……”

白小纯心底叹息，舍不得结束，可没办法。在这最后的几十息内，他正要全力凝聚血气，忽然内心一动……

“若是我凝聚出一滴蕴含我意志的真正不死血，将其融入血球之中，有没有可能控制那具不化骨？”

白小纯一想到这里，顿时激动，他觉得自己若是成功了，那就立下大功了。可一想到血溪宗对自己挺好的，他就有些纠结。

“宋君婉、宋家老祖，还有各峰大长老对我都还不错，虽然他们有时比较凶残，但总体来说，还是可以的。”

白小纯感慨，不过，他转念一想，以自己的修为，想要控制不化骨，这种可能性实在是微乎其微，于是他不再纠结。

“我尝试一下，成不成就看天意了。”

白小纯眨了眨眼，暗中从体内凝聚出一滴不死血，使其慢慢融入他吸收的血气中。

几十息后，当旱炎真人准备宣布结束时，宋缺头顶的血球立刻飞出，其他人也是如此，白小纯赶紧睁开眼，他头顶的血球也飞了起来。

白小纯内心紧张，他的血球看似与其他人的一样，可实际上其中蕴含着一滴真正的不死血，那里面有自己的意志。

“应该不会被发现，毕竟我的不死血才是正宗的，其他都是仿品。就算老祖看出了不同，也只会认为我更努力，毕竟我达到了逆血返祖的境界……”

白小纯心中忐忑时，八个血球飞向旱炎真人。旱炎真人一一扫过后，竟没有迟疑，而是右手一挥，八个血球立刻飞向苍穹血眼内的不化骨。

白小纯松了口气，眼巴巴地看着苍穹血眼内的不化骨。只见八个血球直接融入不化骨体内，不化骨的身体发出勃勃生机，其眼窟窿内的幽火瞬间燃了起来，越来越亮。

到了最后，不化骨竟直接站了起来，仰天一吼，一股惊人的气势从它身上扩散开来，带起阵阵狂风，横扫八方，使得天地一片昏暗。

随着不化骨的苏醒，它身边的千面魔、图腾布以及那把血祖剑齐齐震动，似乎也要苏醒……

在这一刻，咔咔之声传遍四方，血眼的瞳孔上居然出现了一道道裂缝，如同封印碎裂了一般！

白小纯还没来得及感受自己是否成功了，旱炎真人袖子一甩，飞向血眼，其他几位老祖紧随其后。宋家老祖是最后一个进入血眼的，在踏入血眼前，他回头看了一眼。

“二十多天后，中峰血子试炼！”他的声音如天雷回荡。

在他踏入血眼的刹那，千面魔苏醒，那块干枯的皮焕发生机，血剑上的小人睁开了眼。

而瞳孔上的一道道裂缝飞速相连，如同打开了一个缺口，血溪宗八位老祖齐齐踏入瞳孔之中。

“轰！”

整个天空变得模糊起来，血眼瞬间消失。下方的血溪宗修士不再打坐，而是齐齐抬头。在血溪宗掌门和各峰大长老的安排下，众人陆续散去，心中却藏着无数疑问。

他们看到了血溪宗的底蕴，却不知道几位老祖为何要踏入血眼之中，不过，这一切显然都与战争有关。

白小纯到最后还是无法确认自己是否成功了。他思来想去，慢慢走回了洞府。之后，白小纯花了大半个月的时间，终于掌控了暴增的肉身之力，此时，距离宋家老祖所说的中峰血子试炼还有三天。

与此同时，血溪宗修士都开始议论中峰血子试炼的事情。血溪宗每一代只有四位血子，任何一位血子结丹后，就可凌驾于太上长老之上，成为血擘。

而这一代的中峰血子始终没选出来，如今在开战前，宗门终于决定举行血子试炼。血子的人选一旦确定，在血子的血气加持下，中峰的战力也将增强不少。

对血溪宗而言，这是一件大事，对中峰修士来说更是如此，因为从理论上来说，中峰所有筑基修士都有可能成为血子。

只是大家都明白，这一代中峰血子只会从两个人中间产生，一个是血梅，另一个则是中峰大长老宋君婉！

“一定是血梅少主！血梅少主以九次地脉潮汐踏入筑基，她若不成为血子，是我中峰的损失！”

“我认为大长老成功的可能性很大，毕竟她达到了筑基大圆满，血梅只是筑基中期，不如大长老！”

“血子试炼，除了比修为、比战力外，还有很多其他因素，她们各自需要护法来护送……护法的实力也是很关键的因素。”

随着血子试炼的临近，种种议论在宗门内传得沸沸扬扬。

在血子试炼的前一天深夜，白小纯正盘膝打坐，宋君婉踏着月色，一步步走向他的洞府。宋君婉的容颜绝美，在月色的衬托下，更是令人沉醉。

“夜师弟，歇息了吗？”洞府外，宋君婉轻声开口。

第 241 章

血魔就是血主

这段日子，白小纯一直在洞府内等着，他清楚地记得宋君婉说过，出关后会来找自己，可血子试炼就要开始了，对方居然还没出现。

白小纯正考虑着要不要主动去找宋君婉，就听到外面传来宋君婉的声音。

他眼睛一亮，干咳一声，没有立刻外出迎接，而是准备借着这个机会，让对方多等一会儿，从而抬高自己的身价。

其实他也不确定要不要当宋君婉的护法。他若不参与血子试炼，也是一个机会。只要他能悄无声息地进入宋君婉的洞府，就有机会获得永恒不灭之物，用不着非去参加血子试炼。

只是潜入宋君婉的洞府存在很大的风险，甚至与血子试炼的危险不相上下，白小纯很难抉择。

白小纯正在思索，洞府大门突然无声无息地开启，宋君婉走了进来。

“你！”

白小纯吓了一跳，赶紧后退几步，惊疑不定。这可是他的洞府，四周还有一些阵法禁制，可宋君婉居然能自己进来。

“我是中峰大长老，代血子号令中峰，这里的任何洞府，我若想进去，谁也阻止不了。”宋君婉似笑非笑，目光在白小纯身上一扫，似乎看穿了白小纯内心的打算，“况且，夜葬师弟怎么会拒绝让我进入洞府呢？所以，与其等你开口，不如我自己进来好了。”

宋君婉说着，坐在了一旁的石椅上，托着下巴，眼神蕴含说不出的妩媚。她的目光似乎带着钩子，让他心惊肉跳。

他赶紧露出严肃之色，望着宋君婉，沉声开口：“对你来说，血子真的那么重要吗？”

宋君婉凝望白小纯，沉默许久，点了点头。

“多少年来，中峰都把持在我宋家手中，代代血子都是宋家天骄，可这一次出现了变数。老祖与无极子做了个交易，以血梅参加血子试炼为条件，换来了天道筑基的信息。可惜缺儿不争气，没有踏入天道筑基，而血梅居然以九次潮汐踏入了地道筑基……如此一来，缺儿根本争不过血梅，这个血子之位，只能由我去争夺！我希望你当我的护法，帮我争夺血子之位！”

宋君婉望着白小纯，等待他的答复。

听完宋君婉的话后，白小纯对这件事情的判断更为清晰，只是觉得这血子争锋有些危险。他抬起头，神色凝重，没有说话。

“我不会让你白白相助的，如今你已是血色长老，我若成功……一定力荐你担任下一任中峰大长老！”宋君婉缓缓说道。说完，不知为何，她脸上泛起红晕，目中的妩媚又多了一些。

白小纯咳嗽一声，不去看宋君婉那双勾人的眼睛，而是在心中衡量得失。不参加血子试炼，暗中寻找永恒不灭之物有很高的风险，而参加血子试炼一样有风险。

只不过一个是不可控的，另一个略微可控；一个失败的可能性很大，另一个成功的可能性不小。

两者对比，白小纯自然有了选择，他一咬牙，看向宋君婉。

“你想成为血子，我自然要帮你。和我说说，血子试炼的过程是怎样的？如何才算晋升为血子？”白小纯仔细问道。他内心已打定主意，就算去帮助，也要以自己保命为主。如此一来，想必危险程度就会降低很多。

宋君婉神采飞扬，目露奇芒，她望着白小纯，许久之后掩口一笑，柔声开口。

“对很多人而言，血子试炼是隐秘。我也不瞒你，每次试炼都会出现伤亡。”

尽管白小纯早有准备，可他听到宋君婉的话后，仍不由得心头一跳。他最怕听到“亡”这个字，顿时有些发愁。

“因为试炼的地点并非在外界，而是在我们脚下……”

宋君婉声音轻微，说出的话却如同惊雷。

“脚下？”

白小纯一怔，低头看向地面，内心生出一个念头。

“当年你第一次看到血溪宗时，是不是觉得我们血溪宗像一只大手？”宋君婉轻笑，猜到白小纯心中已有结论，“血溪宗正是一只大手，一只从通天河内伸出的巨人的手。一代代修士通过研究这只巨手，创造出了血溪宗的功法。我们称这个巨人为血祖！”

宋君婉目露狂热，那种崇拜已超越了一切，在这一点上，不只是她，血溪宗其他修士也是如此。

白小纯眨了眨眼，没有说话。

“血祖虽是巨人，但与我们一样，也拥有血肉、骨头和五脏六腑。想要成为血子，必须获得血祖的认同，拿到五脏之晶。通过中峰血子殿的入口可以进入中峰内部，顺着里面的经脉、血管，进入血祖体内。应我中峰的，是五脏之心，那里有血晶。在血子试炼中，第一个获得血晶之人会被血祖认可，会被中峰认可，能拥有撼动一峰的血气之力，压制一峰修士，更可让一峰修士战力攀升。这就是血子！”

宋君婉此话一出，白小纯深吸一口气，之前他虽对血子有所了解，但直至这一刻，他才真正明白血子为何地位崇高。

没血子的山峰与有血子的山峰，根本就不能相提并论！

“我听过一个传说。”白小纯忽然开口。

宋君婉笑了笑：“你是说血魔的传说吧？”

她见白小纯点头，继续道：“这个传说是历代老祖总结得出的结论。他们认为，在血祖体内一定还有一枚真正的传承血晶！得到传承血晶的人不会成为血子，而会成为凌驾于血子，乃至老祖之上的血魔……

“多少年来，血溪宗众人始终以灵血修行。根据一代代修士的推测，血魔一动念，就可以压制血溪宗所有人五成的修为！同样，血魔一动念，也可以让我血溪宗所有人的战力暴增三成！

“这样的人物，用‘血魔’二字已经难以形容，所以就出现了一个外人不知道，唯有老祖家族的嫡系才知晓的名字——血主！

“可传说就是传说，历代老祖都在血祖体内寻找过，尽管有大半区域还无法踏足，可在老祖已涉足的区域里，并没有发现传承血晶。

“我也很希望在有生之年看到血溪宗修士成为血主，可几位老祖也明白，血主一旦出现，此人要么将带领血溪宗走向前所未有的辉煌，要么会让血溪宗分崩离析。有的老祖希望血主出现，有的老祖则不希望，我宋家老祖是希望血主出现的。”

“不说这个了，我跟你说说这次的血子试炼。”宋君婉笑道，“这次试炼的最终目标是助我获得血晶。而在这个过程中，重点是战力与速度。你与其他护法要做的是全力护送我，在血梅之前进入心房！只要我第一个踏入心房，那么血晶就属于我了！”

宋君婉深吸一口气，目露自信。

“一共有几个护法？”白小纯问道。

“我与血梅，每人可以带二十个护法进入试炼之地。”宋君婉平静地开口。

“这么多？如果是护法先进入心房呢？”白小纯有些诧异，问了一句。

“原则上，我与血梅带的任何一个护法都可以成为血子，只要他第一个进入心房，得到血晶，将其融入体内，就是血子。”

白小纯眨了眨眼，他才不信宋君婉的这句话，若真是如此，那么难保不会出现意外，想来宋君婉除了有一些限制手段外，护法的人选也是关键。

宋君婉轻笑，没有解释太多。实际上，的确如白小纯所料，血梅与宋君婉是由老祖指定的血子人选，她们自然有手段限制护法，以免发生意外。而这个手段，是一枚融入体内的特殊令牌。

只有拥有令牌的人，才能进入心房，没有令牌的人，根本就进不去。

白小纯沉吟片刻，一咬牙，终于有了决断，他没有想过争夺什么血子之位，毕竟他不是血溪宗真正的弟子。

他的目标是大长老的洞府，所以他必须让宋君婉成为血子，自己成为大长老，这样一切就完美了。

为了达成所愿，白小纯已在血溪宗多年，此刻终于到了这一步，一切就在眼前！

“明日清晨，血子殿前，我会到！”白小纯抬起头，沉声开口。

宋君婉深吸一口气，望着白小纯，掩口一笑。她来到白小纯面前，轻轻俯身，在他耳边轻声呢喃：

“你若成了大长老，那么，我们之间，很多事情并非不可能……”

说完，宋君婉脸颊发热。她也不知道自己怎么会说出这句话，之后，她深深地看了白小纯一眼，飘然而去。

第 242 章

血子试炼

“妖孽又出招了！”

白小纯只觉得香气钻入鼻间，让人心头一酥。他顿时警惕，看着宋君婉的背影，有些发愁。

“不行啊，这么下去，我迟早会被这妖孽拿下。虽然我定力很强、英武不凡，而且有太多优点，但是……这妖孽太厉害了。”

白小纯深吸一口气，平复自己的心绪后，叹了口气。

“罢了罢了，我还是赶紧拿到永恒不灭之物，回灵溪宗好了，这么久了，我都想小妹了。”

白小纯心中感慨，开始盘膝打坐。

第二天清晨，他睁开双眼，精力充沛，这才起身走出洞府。

“能不能成功，就看这一次了！”

白小纯抬起下巴，昂然而去，一路上不少修士看到他后都恭敬地低头。

今天白小纯穿的是一件血色长袍，这件长袍是少泽峰为他打造的血色战袍。

只有血色长老才可以穿血色战袍。它本身就是一件法器，极为不凡，可以抵挡结丹强者的一击之力。任何一件血色战袍，都需要耗费大量资源来制作。

夜葬的面孔本就英俊不凡，加上血色战袍的衬托，顿时引来无数敬畏的目光。

白小纯很享受这样的待遇，于是放慢速度，晃晃悠悠地来到中峰顶端的血子殿前，此时众人已经到齐了。

宋君婉与血梅分立两侧，目中都带着寒意。血梅身后有二十个修士，他们赫然都是筑基后期的强者，一个个神色平静，一股浓郁的煞气隐隐散开。

显然，他们虽不算天骄，但也身经百战，是赫赫有名之辈。他们能成为血梅的护法，必然与血梅之父无极子有很大的关系。

宋君婉的身后一样有不少人，宋缺就是其中之一。白小纯目光一扫，认出不少都是宋家嫡系族人。

中峰所有血色长老都已到来，中峰其余修士也围在四周，血子试炼开始后，他们会在此等待，直至血子降临。

天空中还有四道模糊的身影，散发出惊人的威压，正是血溪宗的四位老祖。

其中两位老祖，白小纯在唤醒不化骨时见过；另外两位老祖他熟悉一些，分别是宋家老祖与无极子。

白小纯到来时，宋家老祖瞪了他一眼，白小纯顿时打了个激灵，赶紧低头，快速走到宋君婉身边。

“成事不足，就连参加血子试炼你都能迟到！你若是怕死不愿来，直说就是！”

宋缺看了眼身边的白小纯，低声冷笑道。

“缺儿，你又顽皮了。”

白小纯打了个哈欠，斜眼看了看宋缺，目光在其刚刚长出的头发与眉毛上扫了扫。

“你！”

宋缺咬牙，死死盯着白小纯，正要发怒，前方的宋君婉冷哼一声，道：“够了！你们都闭嘴，要吵等试炼结束再吵，我让你们好好地吵一次！”

宋缺咬牙，不再吱声。

白小纯眨了眨眼，觉得气氛太压抑了，于是也不再说话。

半空中，宋家老祖与无极子对视一笑。无极子的目光扫过下方众人，他那低沉的声音缓缓传开。

“中峰血子试炼，开启！”

无极子右手掐诀，一指下方的中峰血子殿。

血子殿轰然震动，殿前广场上蓦然出现一道巨大的裂缝，裂缝内散出浓郁的血气，还有阵阵阴寒之意。

众人低头看去，裂缝内血光刺目，就像一张等待猎物的大口，让人触目惊心。

可若仔细看，便能发现裂缝内的血光有些特殊，血光之中似乎存在一个又一个世界，旁人一旦碰触，就会被拉入那些世界之中。

在这道裂缝出现的刹那，一个护法从血梅身后走了出来。

此人神色冷漠，目中带着杀意，他冷眼看了看宋君婉身后的护法，轻蔑一笑，首先踏入裂缝内，消失无踪。

随后，血梅身后的护法陆续走出，踏入裂缝之中。最后一个是血梅，她冷眼扫了扫宋君婉及其身后众人，走入裂缝内。

“这是血子试炼的第一关，名为无尽血界！”

在血梅及其护法陆续踏入裂缝时，宋君婉低声开口，向身后的二十个护法解释这无尽血界。

“这一关，我与血梅有办法直接走过，可你们不能。不是什么人都可以进入血祖体内的，所以，第一关考验的是我与血梅选择的护法，看看到底能有多少人成功进入第二关！

“想要进入血祖体内，就必须成为血祖的一部分。血祖虽已死，但其身躯依旧存在些许生机，所以你们必须获得认可，被血祖体内蕴含生机的组织认为是自身的一部分，才不会被排斥。

“裂缝内的血光中存在无数个世界，每个世界只能容纳两人，血梅的护法已先行选择。这些被选择的世界，会在你们踏入裂缝的那一刻，将你们吸进去！

“敌对的两个人进入同一个世界后，看谁能先取代所在世界的意志，成功者会被认可，进入第二关，失败者会被排斥出去。你们不但要小心血梅的护法，还要小心这些世界里的血兽，这些血兽没有神智，极为凶残！我在第二关等你们！”

宋君婉说完，向着众人抱拳一拜。

宋缺神色肃然，点头后向着白小纯冷哼一声，首先踏入裂缝。很快，其他人陆续前往。

白小纯也在其中，他望着裂缝，迟疑了一下，咬牙一跃。

在他跳入裂缝的刹那，一道血光扫来。在血光碰触白小纯的那一刻，白小纯感受到一股强烈的吸力，他的身体不受控制地飞向这片血光。

在外面看，这片血光面积不大，可如今身处其中，仿佛置身于一片光海。

在吸力的牵引下，白小纯很快就看到了光海的尽头，那赫然是一个巨大的血色球体。放眼看去，四周还有无数个这样的球体……

白小纯甚至隐隐看到，其他人也与自己一样，出现在不同的球体之外，很快就被球体吞噬。

白小纯心惊肉跳，刚要收回目光，周围却突然发生了异变。在这一刻，四周的所有血球居然齐齐颤抖，散发出更多血光，照向白小纯。

白小纯不知道自己是不是产生了错觉，他居然感受到这些血球传递出了某种渴望，渴望自己选择它们。还有一些没有被血梅的护法选中的血球，竟然也蠢蠢欲动。

一时之间，血光冲天。

还没等白小纯反应过来，光海尽头的血球似发狂一样，竟不等白小纯靠近，就主动升起，飞速与白小纯碰触。血球散发出狂喜之意，猛地一吸。

白小纯眼前一黑，融入球体之中，当他重新看清周围时，他发现自己居然到了一个陌生的世界。

这里的天空是血色的，地面也是血色的，所有山峦、草木都是血色的，四周一片寂静。

“这也太诡异了。”

白小纯警惕地看着四周，回想方才的一幕，他觉得很不对劲。他仔细想了想，觉得这一切或许与自己的不死长生功有很大的关系。

“莫非我是天命之主，所以我到了这里后，此地的血球都疯狂了？”

白小纯眼珠转了转，干咳一声。他隐隐感觉到，在很远的地方似乎有一股意志，这股意志正传递出渴望，召唤自己过去。

“这里还有一个血梅的护法，我得小心些，她的护法都是筑基后期强者。”

白小纯四下看了看，更为警惕，向前飞去。

这一飞起来，白小纯就觉得更不对劲了。他发现自己根本不需要耗费什么体力。此地有风，竟吹着他走……

而且，一路上，他没看到一头血兽，好像这里没有血兽。

第 243 章

夜葬，胜你者，贾烈

在这个世界里，无论天空还是大地都是血色的。

在遥远的天边有一片血色沙漠，而沙漠尽头的血色绿洲连接着一片血色的大海。大海深处有一座山，此山高耸，似要直冲云霄。

这座山，就是这个世界的意志所在。

第一个踏上这座山的修士，就可以取代这个世界的意志，从而离开这里，被血祖的身躯认可，获得进入第二关的资格。

血祖体内有无数个这样的世界，而这一次血梅与宋君婉的血子试炼一共开启了二十个世界，这说明在双方的四十个护法中，最多只有二十人能进入第二关。

而血梅与宋君婉的护法人数，将决定第二关双方的优劣之势。

在白小纯来到这个世界之前，血梅的护法首先降临。这是一个中年男子，叫贾烈。他目光冰冷，身体干瘦，散发出筑基后期的波动，整个人如一条毒蛇，一旦被他盯上，凶多吉少。

实际上也的确如此，在血梅的众多护法中，论战力，贾烈足以位列前三，他有绝对的自信，除非遇到宋君婉手下最强的护法，否则，他定能进入第二关。

他看似中年，可实际年龄已过百，只不过修行的功法特殊，状态才如此之好。筑基试炼中，他以五次地脉潮汐踏入筑基，修为强大，更擅长袭杀。

“这个世界莫非是我的福地？！”

贾烈遥望远方，手中掐着一条血色海蛇，任凭海蛇如何挣扎，也无法挣脱他的手掌。他随意一捏，砰的一声，海蛇化为灰烬。

贾烈看都不看一眼，目中只有远处那座高耸的山峰。他觉得血子试炼的第一关很有意思，这么大的世界，自己随意落下，居然就到了世界意志所在之地。

他可以看到远方的大海上有一座高耸的山峰，山峰散发出阵阵波动。

“也罢，既然如此，也算宋君婉的护法走运，我可以提前夺走这个世界的意志，不需要干掉他了。不知与我在同一个世界的人，是不是那个夜葬……”

贾烈一闪身，在血色大海上疾驰，很快就来到那座大山前方。他一路谨慎，刚要靠近时，忽然脚步一顿，面色大变。

一声声撼动苍穹的嘶吼蓦然从山峰上传来，一条血色巨龙竟从山后探出头来，死死盯着贾烈。

它的头颅足有十丈长，煞气冲天。

一股强烈的危机感让贾烈身体一震，额头直冒冷汗，他睁大了眼。

“不可能，这里怎么会有这种血兽？这……这已不是筑基修士可以抵挡的！”

在贾烈倒吸一口凉气时，一声声嘶吼陆续传出，大量血兽的气息从山峰上传出，使得风云变色。

一双双带着煞气的眼睛在海面下若隐若现，密密麻麻，让人触目惊心。

似乎若贾烈再敢靠近，无论是海底还是山上的血兽都会瞬间出现，将他消灭。

贾烈放眼看去，这里的血兽之多，让他头皮发麻，他不敢继续前进，只能缓缓后退。

直至他退到千丈之外，山峰上的巨龙才缓缓收回龙头，四周血兽的气息也消散了，海面下那无数眼睛也慢慢闭上了。

贾烈呼吸急促，擦去额头的汗水。方才那一瞬间，被那么多血兽盯着，他就算对自己的修为再自信，也吓得魂飞魄散。

此刻，贾烈皱起眉头，有些发愁。

“这里的血兽太多了，一时半会儿难以进去，只能慢慢等待机会……”

贾烈咬牙，再走远了些，藏身默默等待。

可他等了七天，这里的血兽依旧不见少，贾烈目中流露出一丝杀意。

“也罢，一时半会儿此地怕是不会出现太大的变化，与其在这里苦等，我不如去找找宋君婉的护法，将其消灭后，我就有足够的时间等了。如果运气好，对方是夜葬，那就更省事了！”

贾烈沉吟片刻，回头看向身后的血海，冷笑起来。

他擅长袭杀，自然也擅长搜寻，他的感官敏锐，这个世界虽大，但他相信，以自己的修为，想要找到对方并非难事。

贾烈一闪身，飞离此地，开始寻找宋君婉的护法。

可贾烈还没飞出多远，海浪突然翻滚，一头有着人身鱼尾的巨大血兽蓦然冲向他。

一番交战后，贾烈将这头血兽消灭，继续前行。他还没飞出多远，又有两三头血兽从海底冲出来……

与此同时，白小纯也在天空飞行。他飞得越久，就越觉得奇怪。这个世界太安静了，他已飞了数日，居然连一头血兽都没看到。地面一片荒芜，四周什么都没有。

这一路极为顺利，甚至有时候白小纯收起修为，身体也能被风吹着向前移动。这种感觉让他觉得诡异，于是更为警惕。

“这里不对劲啊，而且血梅的护法比我先到，我要提防对方偷袭。”

白小纯四下看看，小心翼翼地向前飞去，很快就踏入沙漠区域。

而此刻，贾烈在血海上惊恐地逃遁，在他身后，数千头血兽正疯狂地追击他。贾烈面色苍白，神色惊恐。

“该死的，这里怎么有这么多血兽？我没招惹它们啊，怎么一个个接二连三地出现，甚至还形成了兽潮？”

很快，又过去了十天。白小纯越来越疑惑，到现在为止，他连血兽的影子都没看到。若非之前听宋君婉说这里有凶残的血兽，他都不会意识到这一点。

如今眼看就要到沙漠的尽头了，他甚至能看到远处的血色绿洲和更远的血色大海，白小纯越发谨慎起来。

与此同时，贾烈披头散发，神色憔悴，双眼赤红，他一路从海上飞来，途中遭遇大量血兽攻击，多次死里逃生，此刻好不容易才逃到血色绿洲。

回想海上发生的一切，贾烈对这个世界有了强烈的敬畏之心。

“若非我有几个保命的手段，方才怕是凶多吉少，连我都如此艰难，宋君婉的护法一定也是如此，说不定此人已经被血兽吞了。”

贾烈回头看了看血海，心有余悸。他正要打坐休息，忽然内心一动，猛地抬头，遥望远方，看到一道长虹缓缓飞来。

“嗯？”

贾烈眼睛一亮，骤然收敛修为，还取出一枚珠子。

珠子散发柔和之光，隔绝了他的一切气息。除非是修为比他高出不少之人，否则很难察觉他的存在。

这枚珠子是他顺利逃出血海的保命手段之一。

此刻，贾烈一动不动，眯起双眼盯着苍穹。

“夜葬？哈哈，竟真的是他！”

贾烈目中流露出一丝杀意，笑了起来，尽管夜葬声名赫奕，可贾烈心中对其极为不屑。

“只不过会炼药罢了，哄得宗门老祖开心，还真以为自己是天骄了。即使他达到了逆血返祖的境界，也不过是凡道筑基中期修士，我要杀他，易如反掌。此番我除掉他，少泽峰血子给我的任务就算完成了！”

贾烈凝聚煞气，只等对方靠近时出手。

白小纯一路警惕，速度不快，他散开神识，慢慢靠近这片血色绿洲。

他正要飞过，突然神色一动，低头看向下方。尽管通天法眼没开，可他的直觉感受到阵阵危机。白小纯没有迟疑，立刻后退。

“嗯？”

贾烈没想到白小纯居然如此敏锐，冷笑一声。他修为不俗，索性不再隐藏，身体一跃，化作一道奔雷，带着弥天的煞气，冲向白小纯。

“夜葬，胜你者，贾烈！”

贾烈速度极快，带起了阵阵音爆，他那惊人的气势使得四周血雾翻滚。贾烈右手掐诀一指，他身上的雾气顿时形成一个巨大的血色手印，拍向白小纯。

第 244 章

满满的恶意啊

白小纯眯起双眼，神情严肃，他之前注意过贾烈，知道其是血梅护法中的佼佼者。此刻，贾烈一出手，气势之强，他立刻知晓这是一个劲敌。

“修为比我高，竟然还准备藏在这里偷袭我，无耻，卑鄙，我最恨这种人了！这种人，就应该被雷劈！”

白小纯很生气，眼神一闪，正要出手，就在这时发生了一件事情，让白小纯目瞪口呆！

就在贾烈笑声回荡，全身雾气化作血色大手印拍向白小纯的刹那……

突然，天空之上传来一声惊天动地的轰鸣，一道水桶粗细的闪电，没有任何征兆，直接轰在了贾烈身上。

巨响震天，白小纯愣了，贾烈惊呼，血色大手印直接溃散了大半，他睁大了眼，有些难以置信，还没等他与白小纯反应过来，第二道闪电、第三道闪电、第四道闪电，陆续降临。

贾烈真是不敢相信，不由得发出惨叫，身体外的大手印骤然崩溃，闪电轰在了身体上。

“这……这是怎么回事？！夜葬，你这是什么神通？”

贾烈怒吼，心中惊慌，急速后退时，正要抬头看向天空，可紧接着，他脑海嗡的一声，头皮都要炸开了。

在这一瞬，他看到天空上竟出现了一连串的闪电，足有上百道，轰隆隆直奔自己而来。

“不！！”

贾烈发出凄厉的惨叫，再也顾不得白小纯，右手猛地一拍额头，口中直接吐出一面布满复杂纹理的残盾，守护自身，不断后退。

在他后退时，上百道闪电轰轰而去，不断落下，虽然大都被残盾挡住了，但依旧让贾烈吃尽苦头，尤其是最后十多道闪电齐齐降临，那残盾无法承受，直接崩溃，贾烈精神萎靡，内心惊恐。

他连忙取出一张符纸，狠狠一捏，符纸燃烧，他立刻拥有了惊人的速度，急速逃遁。

白小纯目瞪口呆。自始至终，他只是站在那里，手都没有抬起过，仅说了一句话而已。

这件事太过匪夷所思，白小纯看着贾烈在靠近自己的过程中，被上百道闪电噼里啪啦一顿狂轰乱炸，最后逃之夭夭。他十分震惊，都没有去追杀贾烈。

白小纯倒吸一口凉气，抬头看了看苍穹，又看了看贾烈逃走的方向，眨了眨眼，忽然激动起来。

“莫非……莫非我的修为，已经到了一种连我都不清楚的水平，可以凭一句话决定人的生死？！”

白小纯精神振奋，一想又觉得不可能，沉吟片刻后，只能将这一切归于巧合，又或者是与不死长生功有关。

他很希望贾烈能再次出现，这样自己就可以仔细分析出现那种情况的原因了。

白小纯带着好奇与期待，慢悠悠地飞在半空中，踏入血海。

而此刻，在离白小纯有一段距离的地方，贾烈全身颤抖，嘴角带着鲜血，目露疯狂，可这疯狂的深处，又藏着一丝惊恐。他很确定，那些闪电绝非夜葬的神通导致的。

“怎么回事？该死的，这到底是怎么回事，为什么会有那么多闪电劈我？我知道了，这夜葬有瘟魔之称，心狠手辣，心思深沉，显然是他猜到会有人偷袭，所以不知用了什么手段，只要别人一靠近，就会引起闪电降临。一定是这样！”

贾烈沉思半晌，只能得出这个结论。

“应该是与之前的战场有关，那里是绿洲与沙漠的交界处，存在某种波动，而我突然出现，散开灵力，应该符合了某种规律。夜葬身为药师，知道的比我多，所以利用了这一点……”贾烈咬牙，心中杀意滔天。

“我就不信了！这一次我准备一番，一定可以将其击杀！我要将他千刀万剐，折磨致死！”贾烈从来没吃过这么大的亏，此刻深吸一口气，强行让自己平静下来。

“这一次，我宁可祭献修为，隐藏生命气息，也要杀了他。除非是结丹修士，否则的话，百丈之外，筑基修士没有人能察觉我靠近了！”

贾烈咬牙切齿，面色变得红润了一些，身体却更为枯瘦。他开始潜行，准备再次寻找机会，前去击杀夜葬。

三天后，他终于找到了一个合适的机会。

这一天，白小纯正在血海上飞行，所过之处，海面波澜不惊，放眼看去，一片赤色，没有血兽出现。

其实，白小纯很想看看血兽长什么样子，但一直没有机会。

正当白小纯百无聊赖地飞行时，忽然，他的右侧，百丈外，空间扭曲。

他侧头看去，立刻就看到贾烈无声无息地出现在百丈之外。

在白小纯看去的刹那，贾烈仰天大笑，轰的一声，整个人竟化作了一片血雾。血雾翻滚，形成一个巨大的头颅，直奔白小纯而来。

“夜葬，给我死！！”

贾烈的速度太快，距离白小纯又只有百丈左右，头颅瞬间出现在白小纯的面前，正要一口吞下白小纯。

可还没等白小纯出手，突然，天地变色，风雨倒卷，一股狂风直接吹到了白小纯的前方！

这狂风之大，似乎要将半个大海卷起，海面起了波澜，大浪滔天。狂风直接卷起了贾烈化作的头颅，头颅崩溃，露出了里面的贾烈。

“不可能，怎么会这样，夜葬……”

他根本就不能在白小纯面前停留，在狂风的作用下，直接被卷到了别处。

白小纯隐隐能看到，在狂风中，贾烈的衣服被撕裂了，整个人血肉模糊，若非贾烈在关键时刻取出一件保命之宝，强行将自己挪移出了那片区域，恐怕会被狂风直接撕裂。

白小纯深吸一口气，他所在的位置，距离贾烈只有二十丈，狂风之大，足以掀起巨浪，可偏偏连他的头发都没掀起一根。

白小纯眼睁睁地看着贾烈被卷走，傻眼了。他呼吸急促，心潮澎湃。此刻，他若是还不明白，他就不是白小纯了。

“这个世界在保护我？因为我修行的是不死长生功，因为同源？”

白小纯被感动了，他看着四周，这种感觉越来越明显，好半晌，他才让自己从激动中恢复过来。

他深吸一口气后，抬起下巴，一甩袖子，得意极了。

“我白小纯弹指间，就可让小小的筑基修士灰飞烟灭！”

说完，紧张感便一扫而空，白小纯大摇大摆地向前飞去，一路上感慨颇多。与此同时，在远处的海域上，贾烈都要抓狂了。

“该死的，该死的，该死的！！”

他疯了一样怒吼，身体颤抖，十分不甘心。

“先是闪电，又是狂风，这夜葬到底施展了什么手段？莫非这个世界很照顾他？我不信，更不服！”

贾烈吼着，双眼赤红，低头看着自己的身体，越发疯狂。好在储物袋被他一直死死地抓在手里，不至于没有衣服换。

换上一套衣服后，贾烈杀意滔天，对于白小纯的恨，已经深入骨髓。他从储物袋内取出了一个雕像。

这雕像是一个厉鬼，狰狞无比。

贾烈拿着雕像，迟疑了一下，咬破舌尖，一口鲜血滴落在雕像上，雕像立刻融化，最终化作一片黑色的液体，凝聚成一个符文，符文飞起，烙印在贾烈的眉心。

贾烈全身颤抖，发出一声凄厉的嘶吼，眉心的符文扩散，竟化作一套黑色的铠甲，覆盖全身，他的身体也快速地膨胀起来。很快，伤势恢复，他整个人也模样大变，不再干瘦，而是无比魁梧，可仔细一看，又不是那么真实，有些模糊，似处于真实与虚幻之间。

“少泽峰血子给我的鬼身，可以让我短时间内恢复修为，甚至还会更进一步，具备鬼影之体。夜葬十分诡异，他的闪电我已看透，这风我虽无法捉摸，但这一次我有鬼影，又可避风而去，我要从海底冲出，要他的小命！

“夜葬，我不信这个世界都照顾你，就算真的是这样，我也要逆天而行，一定要杀了你！”

贾烈飞入海中，直奔前方，这一次，他已拼了全力。

第 245 章

不公平

两天后，白小纯在血海上，遥遥地感受到了远方无时无刻不在发出的波动，他知道，那里就是世界意志所在。

“那个贾烈怎么好几天没出现了？”

白小纯还有些想念贾烈，他很想看看，当贾烈出现时，这个世界又会施展出怎样的手段。

在期待中，白小纯慢悠悠地前行，直至第三天黄昏，天空变暗时，白小纯下方的海突然爆发出了一股惊人的气息，气息传出的刹那，海水冲天而起，一声带着杀意的怒吼，从海底响起。

“夜葬，受死！！”

声音中蕴含着难以形容的恨。穿着黑色铠甲，整个人都有些模糊的贾烈一飞冲天，速度竟比之前还要快一倍，直奔白小纯而来。

杀意冲天，贾烈的修为在这一刻全面施展出来，在铠甲的加持下，居然接近了大圆满，威压笼罩四方。

见此情景，白小纯大喜，抬起下巴，袖子一甩，右手抬起，一指贾烈。

“退下！”

“退你……”

贾烈双眼赤红，看着白小纯这么一副样子，内心更加愤怒。此刻，他怒吼咒骂，右手掐诀，向着白小纯一指落下，速度之快，已靠近白小纯三丈之内。

他的嘴角露出狞笑。这一次，他有把握，就算是闪电与狂风也无法阻挡自己，而眼前这个夜葬，必死无疑！

贾烈还没骂完，就在他靠近白小纯的瞬间，一只血色的大手以不可思议的速度，轰然从平静的海面伸出，一巴掌横扫向贾烈，如同拍蚊蝇一样，将贾烈拍飞。

轰的一声，贾烈体外的黑色铠甲瞬间崩溃。

“不！！”

贾烈绝望地惨叫，刚刚恢复的身体再次受了重伤，整个人脆弱得没有丝毫抵抗力，被直接拍向远处……

白小纯眨了眨眼，再次倒吸一口凉气，看着那只大手落入海面渐渐消失后，他抬头望着贾烈被拍走的地方，露出敬佩之色。

“这人真是执着啊！”

白小纯十分感慨，收回目光，继续前行，他好期待对方下一次会在什么时候，以什么样的形式出现……

远处，海面上，贾烈漂在那里，神色茫然，眼角带着委屈的泪水。他修行多年，从来都是流血不流泪，可这次，他哭了。

他觉得这个世界对自己充满了恶意，自己只不过是想灭了夜葬而已，结果又是闪电，又是狂风，最后索性直接出了一只恐怖的大手，一巴掌扇了过来。

他觉得自己还能活到现在，已经是一个奇迹了。

“我修为比他高，进入血溪宗的时间比他长，这个世界为什么对他那么好？！”

贾烈不停地流泪，他觉得自己从踏入这个世界，就开始了一场噩梦。

此刻的他对白小纯已恐惧到了极致，他说什么都不想再去招惹对方，他甚至对血梅以及少泽峰的血子也恨上了，若不是血梅，他就不会来这里，不会遇到夜葬；若不是少泽峰血子的指使，他不会执着地要去灭了夜葬，也就不会像现在这样，觉得这个世界在针对他。

“不公平！！”

贾烈此刻所处的位置，距离世界意志所在的山峰很近，他看着山峰，看着上面的血兽似乎更多了一些，他更加绝望了。

没过多久，远处的天空上，白小纯晃晃悠悠地走来，看着眼前这座山峰，白小纯清晰地感受到，世界意志就在山顶，只要自己能过去，就可走出第一关。

可就在他靠近的瞬间，那条巨龙从山后伸出了头颅，死死地盯着白小纯，而山体上也出现了一道道强悍的气息，全部锁定白小纯，似乎只要他敢靠近，这些血兽就会群起而攻之。

白小纯脚步一顿，他之前只看到了一只大手，如今才算是真正看到血兽的样子，这些血兽与外面的凶兽模样相似，甚至与煞兽也有一些相似之处，只不过通体呈血色。

看到这座山上的血兽居然对白小纯有敌意，漂浮在海面上、已经绝望的贾烈忽然心脏狂跳，呼吸急促，眼中重新出现了希望之光。

“他也进不去！！”

贾烈十分激动，他觉得自己还是有机会的，于是赶紧收敛气息，盯着白小纯，琢磨着找个机会，或许还可以在这个世界胜出。

白小纯十分头痛，看着山峰上那些血兽，迟疑了一下，琢磨着总要尝试一番，尤其是想到之前整个世界都在保护自己，于是衡量一番，这才小心翼翼地走出几步，一看那些血兽居然没有太强烈的反应，便又走了几步。

就这样，他谨慎地靠近了山峰，走到了山石上。白小纯开始时有些紧张，后来才渐渐放下心来。因为他发现哪怕自己走到了山峰上，这些血兽居然都只看了自己一眼，没有一个出来阻拦。

惊喜之下，白小纯快走了几步，发现无碍，他无比激动，快速向山顶走去，而此刻，在下方的海面上，贾烈亲眼目睹了这一切，不由得目瞪口呆。

他猛地站起，思索半天，最后得出结论：“我知道了，这里看似有太多血兽，可实际上只要不露出杀气，这些血兽就不会阻拦，一定是这样！所以我躺在海面上，明明已靠近了这座山，海底却没有血兽来攻击我，因为我现在没有杀气！”

贾烈迟疑了一下，有些不放心，可若就这么放弃，好不容易升起的希望又要破灭。踌躇一番，他狠狠一咬牙，神色坚定地缓缓飞起，让自己不释放出任何杀气，谨慎地靠近。

直至快要靠近山峰时，四周的血兽的目光瞬间就落在了贾烈身上，贾烈脚步一顿，头皮发麻，身体颤抖，努力挤出笑容。

“我没有恶意，我只是路过……”贾烈连忙开口。

可就在他开口的瞬间，山顶上那伸出头颅的血色巨龙，突然发出一声嘶吼，并且猛地飞出，直奔贾烈而来。与此同时，山峰上的其他血兽也爆发出了杀气，全部飞出，冲向贾烈。

海面下甚至再次出现了无数的眼睛，这些眼睛全部睁开后，一个个身体大小不等的血色巨人飞出水面，咆哮着攻向贾烈。

贾烈发出一声凄厉的惨叫。

“不公平，你作弊！！”

贾烈哭了，他觉得这个世界在戏弄自己，惨叫中，无数血兽一扑而上。

白小纯的内心也在颤抖，方才，这些血兽突然爆发时，他下意识地就想逃走，可很快就发现，这些血兽居然冲向了下方的贾烈。

他之前就看到贾烈了，可获得世界意志更重要，就没理会，此刻扫了一眼，白小纯心中也升起了同情。

至于对方所说的话，白小纯干咳一声，没有辩解。他觉得真是这样，毕竟来到这个世界后，他什么都没做，就是一直飞而已。

飞到这里后，血兽都不阻拦他，任由他通过……

白小纯觉得这个世界对自己太好了，又看了看血兽群中的贾烈，想着要不要扔下一颗雄香丹……

“算了，我是一个善良的修士，饶他一次。”

白小纯感慨着走到山顶，看到竖立在山顶的一块石碑，石碑如今正散发阵阵光芒，更有召唤不断传来。

白小纯想了想后，靠近石碑，抬起右手，放在上面。在他的手与石碑碰触的瞬间，他的脑海一震，仿佛神识瞬间扩散，融入了整个世界……

又仿佛这个世界，成了他身体的一部分……

这一刻，血海滔天，沙漠升空，苍穹翻滚，大地震动，无数的草木、山峦，这世界所有的存在，都在这一瞬，散发出一股喜悦之意，似在欢呼，更似在朝拜！！

所有血兽齐齐跪拜，向着山顶上的白小纯，表示臣服，发出嘶吼……

捡了一条命的贾烈则一直在颤抖，他呆呆地看着山顶的夜葬，他这一生都不会忘记这些日子的经历，也无法忘记这一刻如同帝王，如同世界之主的夜葬！

第 246 章

第二关

这是贾烈第一次当血子试炼的护法，他之前没有经历过这一切，也不知道其他人在各自的世界里有怎样的经历。

可他有种直觉，自己所看到的所经历的，绝对与其他人的都不一样，他甚至隐隐有种预感，或许，古往今来，整个血溪宗的血子试炼，都没有人能如眼前的夜葬一样。

他不知道自己的预感是否准确，他只知道，在这一刻，看着世界颤动、万物跪倒，他也不由自主地向着山顶上的夜葬跪拜下来。

此刻，白小纯站在山顶，有一种很奇异的感觉，似乎自己一念之间，就可决定这个世界的生存与覆灭……

而他体内的不死长生功也在这一刻快速运转，冥冥中，他仿佛听到了一个声音，在自己的耳边呢喃。

“来……来……来……”

白小纯猛地苏醒，双眼露出一抹精光，沉默片刻后，他深吸一口气，右手从石碑上抬起，整个世界都散发出耀眼的红光，这红光向着他而来，使得他四周变成一片红色。

这红光形成了一扇门，在白小纯的前方缓缓打开。

白小纯望着这扇门，沉默片刻，他知道这是通往第二关的大门，低头看了眼这个世界后，他抬起脚，一步踏入门中，身影接着消失。

血祖体内，不知具体在哪个区域，存在一片空旷之地，放眼看去，无边无际，看不到尽头，只能看到从下方竖起的一根根锥形的柱子。

这些柱子，形成了一个又一个平台，安安静静地立在这空旷的地方，四周更是一片死寂。

在众多平台中，有两个平台最大，足有万丈大小，彼此距离不远，血梅与宋君婉，分别盘膝坐在一处平台上，两人正在对峙。

她们来这里还不到一个时辰，与那些护法不同，她们拥有令牌，不需要获得血祖的认可，能直接出现在此地，等待她们的护法到来。

无尽血界的时间与这里不一样，无尽血界的一个月，相当于此地的一个时辰。

按照她们的判断，至少还要再等几个时辰，才会有护法走出无尽血界。

至于血子试炼的第二关，需要她们两个一起拿出令牌，才可以开启，谁都不想提前打开，都要等自己的护法到了之后再开。

“宋君婉，你这么大的年纪，又何必与我争夺血子身份？你宋家莫非找不到其他人了，要你这把年纪的人出手？”

血梅冷笑，自从她们二人来到这里之后，就一直相互讽刺，看对方不顺眼，刚刚安静了一会儿，血梅就先行开口了。

宋君婉眉毛一挑，正要反击，忽然神色一变，猛地抬头看向上方。

不远处的血梅也感应到了，立刻抬头看去。

二人上空传来阵阵轰鸣，一扇大门缓缓出现。

“这么快就有人成功获得了世界意志？这还不到一个时辰，对于无尽血界来说，连一个月都不到！”血梅瞪大双眼，内心吃惊。她很了解血子试炼，据说，当年最快的一个护法也用了一个半时辰，也就是一个半月，才走出第一关。

“此人是谁？那可是无尽血界，不但有敌对护法，更有无穷血兽，想要获得世界意志的认可，必须经历苦战，此人居然这么快！”宋君婉心底震动，大吃一惊，这样的人物，若是她这边的还好说，若是血梅的护法，则是她争夺血子身份的强大障碍。

宋君婉回想自己所有的护法，那些人的面孔在她脑海里一一闪过，她觉得任何一个人都不可能做到这一点，面色顿时阴沉下来。

一样面色阴沉的还有血梅，她也回想了自己的护法的长相，对于来人是谁没有把握，此刻眼神阴冷，与宋君婉一起，盯着那扇突然出现的大门。

很快，这扇大门内出现了一个模糊的身影，这身影越来越清晰，几次呼吸后，宋君婉与血梅同时失声惊呼。

“夜葬！！”

血梅眼含杀意，内心吃惊，她无法想象，夜葬到底是如何做到这么快的时间就获得了世界意志。

宋君婉在惊呼后，心中大喜，美眸流盼，凝望白小纯。

白小纯在踏入大门时眼前一花，等到完全跨过去之后，视线才变清晰，立刻就看到了这片区域的无数平台，也看到了血梅与宋君婉。

“夜葬师弟来我这里。”宋君婉笑道，眼神柔和，心底惊喜无限。

血梅冷哼一声，握紧拳头。

白小纯眨了眨眼，迈步走向宋君婉，很快就落在她所在的平台上，站在她身后。

“那个……我是第一个？”白小纯好奇地问道。

“当然是第一个，你是怎么做到的？你的对手是谁？”

宋君婉甜甜地笑了笑，这笑容落在白小纯眼中，他心中大喜，可面上不露丝毫。

他抬起下巴，背着双手，面容冷傲，一股煞气从他身上扩散开来。

“很简单，直接走过去就是，至于对手，我没有问他的名字。”白小纯平静地开口，一副深沉的样子，仿佛他一直如此孤傲。

这简简单单的一句话，就可以引起宋君婉与血梅的无限想象，她们可以想象，夜葬在进入无尽血界后，走一路，杀一路……

从无数血兽中杀出，无视其他人，睥睨天下，直至得到世界意志的认可。

宋君婉更加开心了，就连血梅也多看了白小纯几眼，只不过，很快，两人就发现，白小纯身上居然没有一点伤，不由得神色微动，心底觉得有些古怪。

宋君婉正要发问，白小纯袖子一甩，淡淡开口。

“我累了，等第二关开启时，告诉我。”

说着，他走到一旁，盘膝坐下，一动不动，那冷酷的面孔，配合身上的煞气，使得宋君婉将要问的话咽了下去。

盘膝坐下的白小纯，此刻内心早已笑开了花。他琢磨着自己现在看起来一定非常超凡脱俗。

“不行，我要再加些动作，才会更逼真。”

想到这里，白小纯微微抬头，似在遥望远方，目中渐渐有了一丝悲伤。

如此一来，宋君婉与血梅都心神一震，越发看不透他了。

很快过去了一个时辰，上空再次出现一扇大门，一个壮汉带着一身煞气，气喘吁吁地迈步走来，血梅在看到此人后，面露喜悦。

壮汉向着血梅一拜，走到她所在的平台，盘膝坐下，目光落在白小纯身上，内心震惊。

他本以为自己是第一个到达的，没想到，夜葬居然比自己还快。

时间流逝，陆续有护法到达，宋缺也在其内。他神色疲惫，有伤在身。很显然，他获得世界意志认可的过程，凄苦无比。

直至五个时辰后，最后一个护法出现，第一关才真正结束。

宋君婉与血梅寻找的护法都是经过千挑万选的，每个人都有不俗之处，这一次居然势均力敌，双方都有十人成功。

二人四目相对，眼神交战，半晌后各自冷哼一声，回头向身边的护法交代第二关的重点。

“血子试炼的第一关，是你们护法之间的争斗，我没有参与。眼下这第二关，会更残酷，我也会参与进去！第二关名为血色荒漠，这条路没有尽头，每七个时辰会出现一次寂灭风暴，一旦出现，所有在血色荒漠上的生命都会死亡，成为枯骨。而这里是通往心房唯一的路，我们只有七个时辰的时间，并且通过血色荒漠需要钥匙！”

宋君婉眼神冷厉，望着众人，缓缓开口。不远处的血梅，也正对她的那些护法说着类似的话。

“每个时辰，荒漠中的某个方向，会幻化出一把钥匙，拿到钥匙的人，若能将钥匙留到最后，当第七个时辰过去，就可以被传送进血色古路，通过古路，可直通心房。而我和血梅，不需要钥匙，可直接通过。钥匙一共有七把，意味着最后能和我、血梅一起进入血色古路的，最多只能有七个护法！”

随着宋君婉的介绍，血色荒漠的残酷之处在众人面前慢慢展开。

在场之人，除了宋缺之外，皆面色大变，其中一个中年修士迟疑了一下，低声问道："没有拿到钥匙的人呢？"

宋君婉看了中年修士一眼，淡淡开口。

"因为这是一次团体之战，所以要以团体的方式获胜。获得钥匙最多的一方，就算有的人没有拿到钥匙，不会被传送进血色古路，也不会被抹去，而是被淘汰。相反，拿到钥匙较少的一方，也就是失败的人，将在七个时辰后被抹去！这是规则，老祖也救不了！这一次，不是你们自相残杀的时候，除非钥匙在血梅的护法手中，你们才可以全力争夺。若是自己人获得了钥匙，禁止自相残杀！因为若是自相残杀，最终导致失败，你们全都会死在这里。诸位，你们要么是我宋家的族人，要么有我给予的承诺。我若成为血子，诸位将前途无量，答应你们的事情，我一定做到。我若失败，血梅成功，诸位将与我一同坠入深渊！"宋君婉深吸一口气，起身向着白小纯等人抱拳深深一拜。

第 247 章

这是什么

宋君婉的话让她身边的十个护法纷纷起了心思。

宋缺脸色阴沉，最终还是接受了这个事实，很显然，来此之前，他已经对血子试炼做了一些了解。

况且，若非他天道筑基失败，这一次的血子试炼，原本应该以他为主导，由他与血梅争夺。眼下，他争不过血梅，宋家才会选择宋君婉，来争夺一代代几乎都被宋家把持的中峰血子之位。

在宋家，宋缺已让很多老辈不悦，而夜葬的崛起，也给了宋缺极大的压力，尤其是宋家对夜葬似乎颇为看重，这一切使得宋缺没有了退路。

在血溪宗内，宋家的势力根深蒂固，还有不少嫡系，作为这一代嫡系的杰出代表，宋缺知道，有太多同族在等着自己跌倒，等着取而代之。

他必须闯出一条路，拼尽全力，让小姑宋君婉成功，只有这样，他才可以证明自己的价值，只有凭着这份功劳，日后他才有可能接替血子之位。

他甚至压下了对夜葬的厌恶，在宋君婉说完之后，第一个开口。

“此番去血色荒漠，宋某必定竭尽全力，决不允许大家自相残杀，请大长老放心，若有人敢胡乱行事，而大家最后都没死，侥幸能出去的话，我一定让此人知道什么叫生不如死！”

宋缺眼神冷厉，充满杀意，双眼出现了血丝。

其他人呼吸微微急促，有些不习惯。这种团体战，让喜欢单打独斗的血溪宗修士不得不放下防备之心，团结在一起，全力对敌。

“大长老，只要你答应我的事情能够做到，这一次就算拼了性命又如何？！”

“宋家对我有大恩，我一定全力以赴！”

众人在沉默过后，陆续开口。他们彼此看了看，都看出互相之间的警惕心少了很多。

白小纯有些发愁，他发现自己似乎被宋君婉坑了。他知道这里有危险，却没想到这危险不是自己能控制的，若是团队失败，居然会被抹去……

白小纯心底正叹气时，却发现众人都看向自己，于是立刻昂首，装出一副冷酷的样子，淡淡开口。

“只要是君婉的事情，夜某赴汤蹈火，在所不辞！”

此话一出，众人神色古怪，尤其是宋缺，更是恨得咬牙，却又不得不放下成见，冷哼一声，不再看向白小纯。

宋君婉目中有些歉意，没有多说，而是低声提醒。

“你们要重点注意对方的三个人，分别是杨洪武、肖青，还有就是张云山！这三人中的杨洪武与张云山，疑似有重宝，而那肖青……”

说到这里，宋君婉神色中竟有一丝忌惮。

“此人多年前就应该结丹的，却偏偏没有。他曾经是无极子老祖的座下童子！”宋君婉低声开口。

白小纯有些心急，宋君婉话刚说完，另一处平台上的血梅已经对护法交代完毕，血梅找来的这些护法，一个个杀气腾腾，望着宋缺等人，面色不善。

不仅是他们如此，宋缺等人一样带着杀意，看向对方，尤其是白小纯，他最不怕的就是比眼神了，此刻一瞪眼，狠狠看去。

“哼哼，比这个，我还从来没怕过任何人！”

白小纯一边将眼睛瞪得更大，一边在寻找宋君婉说的那三人，一一对照后，牢牢记住。

可以想象，这第二关的血色荒漠，众人为了争夺钥匙，必定会展开血战，而钥匙就是保命之物！

同时，因为只有七个人可以进入第三关血色古路，所以己方拿到钥匙的人数多少，也会直接影响宋君婉与血梅。

“宋君婉，我们开始吧！”

血梅深吸一口气，蓦然开口。她抬起右手，一挥之下，手心内出现了刺目的红光，一块血色令牌缓缓从她手心飞出。

令牌一出现，立刻就吸引了所有人的目光，白小纯更是多看了几眼，知道正是有这令牌，血梅与宋君婉才可以不去第一关，就算是第二关，血梅与宋君婉也不需要获得钥匙，她们会在七个时辰后，与其他人一同进入第三关。

“这血溪宗的血子试炼，完全是内定，此事所有人都知道……”

白小纯心中感慨，又看向宋君婉。此刻，宋君婉抬起右手，同样的血色令牌出现在她的手心之上。

两块令牌发出的耀眼光芒，逐渐升空，在两个平台之间合并。之后，光芒扩散，使得八方之地皆被染成了红色。

与此同时，一扇大门缓缓开启，其中传出阵阵轰鸣，紧接着，两道红光倒卷，飞向宋君婉与血梅，令牌重新融入她们体内。

“第二关开启，随我进去！”

宋君婉蓦然开口，一飞冲天，宋缺紧随其后，其他护法快速冲出，白小纯也在其内。众人拥着宋君婉，直奔大门。

这一行十一人，抢在血梅之前，全部踏入大门，此刻血梅等人急速飞起，化作一道道长虹，陆续闯入大门。

很快，平台上再没有了人影，而那大门的光芒慢慢变暗，几次呼吸后，便彻底无光，消失了。

血色荒漠与其名字一样，就是一片沙漠，只不过这沙漠的沙子都是赤色的，放眼望去，一片荒芜。

阵阵热风吹来，带起呜咽之声，使得无数沙子游走的同时，也滋生出了一股寂灭之意。

狂风呼啸时，时而会露出一些被埋住的森森白骨，这是历代血子试炼时，死在这里的人的尸骨。

刚踏入血色荒漠，白小纯就感受到此地充满了死亡之意，他立刻看向四周，看到不远处的一具白骨，微微眯起双眼。

不单是他，其他人也看到了那具白骨。

“一炷香后，第一把钥匙会出现。在这里，任何一把钥匙出现后，都会形成光柱，这光柱不会消失。现在你们四散开来，一旦看到有钥匙形成的光柱，就立刻前往。若首先拿到钥匙的人是同伴，其他人不得争夺，同时要全力保护他！而我会去做诱饵，我断定血梅性格极端，必定不会等到了血色古路上才击杀我，而是会选择在这里，集其护法之力，对我围追堵截！她若没有这个打算，我也会逼她有这个打算。这七个时辰，全靠你们了！”

宋君婉快速说完后，单独一人，急速而去。

宋君婉飞到半空，她的声音带着无尽的穿透力，蓦然传开。

“血梅，你可敢与我一战！”

在血色荒漠的另一个方向，距离白小纯等人不远，血梅等人也已降临。听到宋君婉的声音，血梅眼中精光一闪。

“不用理我，你们去争夺钥匙，这宋君婉，我来对付！”

血梅冷笑，顿时飞出，直奔宋君婉而去。

两人很快在半空中相遇，彼此眼中都带着杀意，骤然出手。无极子与宋家老祖似乎有约定，宋君婉虽修为高深，但是没有越阶的至宝。而血梅虽修为不足，但是有很多至宝，又是引发地脉九轮潮汐之人，一时半会儿，两人竟难分胜负，斗得难解难分。

两人出手时，轰鸣之声回荡四方。

其他人神色凝重，宋缺也吃了一惊，显然没想到宋君婉居然有如此魄力。宋缺一咬牙，选了一个方向飞去，其他人也各自散开，心中对宋君婉更多了一些敬服。

白小纯看了看宋君婉的背影，眨了眨眼，赶紧低头，选择了一个方向，飞奔而去。

“没看出来，宋君婉竟用自己做诱饵，逼血梅出手。她显然有所准备，不过血梅一定也准备充分，想要在第二关决出胜负，可能性不大，我看这两个人应该是以试探为主。”

白小纯快速跑远，他打定主意，第一把钥匙出现后，自己绝对不去抢。

“谁愿意去抢谁就去抢，第一个时辰出现的钥匙，需要保存到最后，拿到的人，一定会死得很惨。”

白小纯觉得这一次试炼，虽然比不上陨剑深渊，但因为有时间限制，众人争夺起来，必定极为残酷。

“哼哼，这第一把钥匙出现在谁的身边，谁就会倒霉……不对，是倒大霉！”

白小纯快速奔跑，琢磨着自己要躲远一些，他看向四周，正感慨时，忽然，在他的眼前，触手可及的地方，一个红色光点瞬间出现。

“这是什么？”

白小纯一愣，眼睁睁地看着这个光点爆发出刺目的红色光芒，形成一道光柱，冲天而起。

第 248 章

走开啊，别跟着我

白小纯呆了一下，看着冲天的光柱，光柱内飘着一把血色的钥匙，似乎他一抬手，就可以将其抓在手中。

白小纯睁大了眼，倒吸一口凉气。他怎么也没想到，自己随意找个方向奔跑，居然都能遇到第一把钥匙。

与此同时，随着光柱出现，远处正在交战的血梅与宋君婉都顿了一下，瞬间看了过来。紧接着，双方的护法，无论在什么地方，也齐齐看向光柱所在的地方。

这些护法都非凡俗之辈，自然知晓第一把钥匙最难获得，也最难一直拿着，彼此都有些迟疑，可毕竟还是有人出手，很快，大部分人飞出，直奔光柱所在之处。

更有阵阵煞气，轰然爆发。

“这一把钥匙，谁和我抢，休怪宋某杀人！”

宋缺嘶吼，地脉八次巅峰的战力，惊天而起。

“别人怕你宋缺，我周华不在乎！”

“夺钥匙！”

随着声音传出，血色荒漠内的混战骤然开始。

“该死的，我要赶紧走！”

听到其他人的声音，白小纯身体一抖，知道那些人马上会杀过来，倒吸一口凉气，赶紧后退。

可就在他后退的时候，他无奈地发现，那钥匙居然会动，而且是跟着他动。

“天啊，这钥匙怎么还会动？”

白小纯都快哭了。有一个血梅的护法距离此地不远，飞速冲来，看到钥匙之后，杀意漫天，他不是先去争夺钥匙，而是攻向白小纯。

这护法的修为达到了筑基后期，一出手就是一把血色大剑当头斩下，封锁四方，看向白小纯时，似乎还在咬牙。

“你你你……太欺负人了，看到钥匙不拿，居然来杀我！”

白小纯顿时生气了，他看出对方杀意冲天，这一剑算是全力出手，明显要在这里将他击杀。

白小纯凝神屏气，神情严肃。他来到血溪宗后，虽很少对人出手，但随着修为增强，战力已极为恐怖。在那一剑迎头斩下的时候，他右脚向着地面狠狠一踏，整个人直接借力轰然而起，化作残影，避开那一剑，出现在半空中，到了那人的身边，没有半点停顿，直接狠狠一撞。

正是撼山撞！

白小纯可是拥有三层灵海化晶的筑基中期修为的人，同时也掌握了不死金刚卷第二层，拥有六尊蛮鬼的肉身之力，此刻施展撼山撞，威力极大。

在这一刻，白小纯几乎就是一个人形的凶兽！

轰的一声，这声音震动四方，很难想象两个人发生碰撞，被撞击的人会有多凄惨。

血梅的护法发出一声凄厉的惨叫，面色瞬间紫红一片，背后的衣衫猛地鼓起，咔咔之声不断从其体内传出。

他的身体更是在这一刹那直接被撞得飞起，他的眼前一片漆黑，大脑一片空白。

之后赶来此地的数人，看到这一幕，全部目瞪口呆，头皮发麻，被白小纯撞飞的这个护法，竟直接在半空中爆开了！

血梅的那个护法，已形神俱灭！

若是换了别的宗门，白小纯这样一出手，就足以震慑宗门其他弟子了，可这里是血溪宗。血溪宗的弟子，一个个不但桀骜，而且狠辣，血梅的那些护法很快就恢复过来，瞬间有三人急速飞出，直奔白小纯。

这三人都是筑基后期的修为，其中一人更是达到筑基大圆满，出手时，三道血剑霎时飞出。

最惊人的反倒不是那个筑基大圆满的修士，而是其中一个筑基后期的中年人，此人长着一张长脸，蓄着胡须，面无表情，可出手时，竟在手心内幻化出了一根香！

此香自燃，烟丝飘散，气息让白小纯心神震动，有了一种危机感，似乎全身上下每一寸血肉都在向他尖叫，告诉他这根香危险到了极致。

不单白小纯有此感觉，其他人也面色大变……

“此人是杨洪武！这就是宋君婉所说的重宝吗？”

白小纯倒吸一口凉气，可紧接着，让他头皮发麻的是，他感受到有四五人被那根神秘的香所刺激，都爆发出了一种危险的气息！

白小纯呆了一下，尽管他修为不低，能凭着撼山撞撞死一个筑基后期修士，但同时面对三人，对方还有这种让他心惊的宝物，他不由得心肝一颤，觉得血溪宗这些老一辈的筑基修士实在太可怕。

不过，白小纯也明白，能被血梅与宋君婉找来当护法，这些筑基修士一定都是佼佼者，要么是当代天骄，要么是老一辈的骄子。

尤其是宋君婉提起过的肖青，那是被认为随时可以踏入结丹境，却出于某些原因没有突破的恐怖之人。

至于宝物，以血溪宗喜爱掠夺的本性，自然会比其他宗门的弟子更多。

眼看遭遇危机，白小纯头皮发麻，只是面子不能丢，于是一边后退，一边冷笑开口。

“夜某没时间陪你们玩耍，只是告诫诸位，别来惹我！”

白小纯面上桀骜，心里也觉得自己这句话说得太霸道了，一闪身，瞬间加速，化作长虹骤然远去。

在他远去的瞬间，血剑降临，形成绞杀之势，虽被他避开了，但是那根香的烟丝爆发出了一股恐怖的波动。

白小纯略微感受了一下这股波动，加快速度溜走了。随着他的离去，那些人围绕第一把钥匙展开了厮杀，有人已拿到了钥匙，开始生死激斗。

不过，也不是所有人都出手了，有一些人只是对峙，没有参与进去；还有一些人甚至没来此地，而是去了别的方向，显然与白小纯的想法一样，认为抢夺第一把钥匙最危险。

白小纯远远飞走，时而回头看去，只见那些人争夺得很惨烈，不由得心惊肉跳。尤其是这些人的修为大都达到了筑基后期，涉及生死，出手时毫无保留，甚至各自用出了保命法宝，轰鸣之声震天动地。

“就算我肉身之力十分强悍，这么多人打我一个，我小命也一定保不住……”

白小纯暗自心惊，飞得更快。他心底颇为感慨，想着方才或许是巧合，那钥匙正好出现在自己面前，这一次，他飞远一些，或许就没事了。

白小纯琢磨着，等第四把钥匙出现之后，自己再去争夺一把钥匙，应该是最稳妥的，此刻飞出了大半个时辰，已经避开了很远，他这才找个地方安稳地坐下。

“我这一次飞得远，应该就没事了吧，头几把钥匙，谁愿意要谁要，我才不要。”

白小纯认为自己很明智，过了一会儿，第二个时辰到了。

白小纯忽然睁大了眼，发出一声惊呼。他呆呆地看着自己面前，触手可及的地方，出现了一个红点。

这个红点爆发出刺目的红色光芒，形成一道红色光柱，直冲云霄，整个血色荒漠都看得清清楚楚。

白小纯觉得有些诡异，不由得想起了无尽血界内的一幕幕。

“不能吧……又不是我晋升血子，怎么会这样……”

白小纯看着近在眼前的钥匙，叹了口气，骤然后退，在他后退的同时，钥匙直直地朝他飞来。

“走开啊，别跟着我……”

白小纯都快哭了，他一想起方才只是三五人的击杀争夺，就传出了恐怖的波动，内心一颤，速度更快地飞出。

他速度快，可身后的钥匙速度也快，竟追着白小纯在血色荒漠不断奔跑……

这一幕被赶来的双方护法看到，他们一个个顿时目瞪口呆，觉得不可思议。

第一把钥匙，出现在白小纯身边，他们觉得这是巧合。

第二把钥匙，又出现在白小纯身边，他们咬牙之下，也可以勉强说这是巧合，可当这钥匙居然追着白小纯跑时，所有人都傻眼了。

第 249 章

居然给他吸收了

"这是怎么回事……"

"我没看错吧，这血色钥匙，居然追着夜葬飞！"

"这……这……"

众人目瞪口呆，很快就有人反应过来，直奔白小纯而去，试图抢夺钥匙。

与此同时，正在半空中交战的血梅与宋君婉也看到了这一幕，宋君婉大怒。她之前就注意夜葬了，眼看他错过了第一把钥匙，觉得可惜，如今看到第二把钥匙都追着他飞了，他居然还不转身去拿，立刻怒了。

"夜葬，这钥匙就在你身后，你快取走，其他人保护夜葬！"

宋君婉的声音传来，白小纯万分纠结，琢磨着自己以后要成为大长老，还需要宋君婉推荐。此刻，宋君婉都开口了，不能再躲避了。于是他狠狠一咬牙，身体猛地一顿，带着一股悲壮之意，抬起右手，向着身后一抓。

在他右手抓去的刹那，第二把钥匙突然加速，主动送入他手中，他不知道是不是自己的错觉，似乎隐隐听到了一声欢呼。

"速来保护我！"

白小纯一把抓住钥匙，来不及想太多，急速后退，宋君婉的那些护法，此刻不得不冲出来阻拦敌人，一时间，斗法之声撼动天地。

近十人同时出手，更有法宝出现，恐怖的波动骤然传开，就在这时，突然，有人惊呼。

"不对，这光芒怎么变弱了？"

发出惊呼的是血梅的一个护法，他觉得十分难以置信，直勾勾地看着白小纯。

其他人也看去，这一看之下，所有人脑袋嗡的一声，眼睛都直了。

白小纯早就发现，钥匙被他的右手抓住后，竟化作阵阵红色的血气散开，顺着他的七窍钻了进去，融入体内，在他体内游走，给人的感觉就像是白小纯把钥匙吸收了一样……

“他……他把这钥匙，给吸收了？！”

“夜葬，你快住手！！”

“天啊，从来没听说过这样的事，这……这若是完全被他吸收了，钥匙还能传送吗？”

众人彻底傻眼了，一个个呼吸急促，都蒙了。

就连在半空中斗法的宋君婉与血梅也停了下来，两人呆呆地看着白小纯周围的红色光芒越来越少，也就是几个呼吸的时间，红色光芒彻底消失。

而他的手心里明显不像是还有钥匙的样子……

白小纯被大家看得心底发毛，偏偏此刻他体内气息翻滚，不死金刚之力正在疯狂爆发，正要开口解释时，一股气从口中散出，他打了个饱嗝……

“我……呃……我不是……呃……故意的……呃……”

白小纯真的要哭了。他心惊肉跳，一把捂住自己的嘴。他看到众人的眼神充满杀意，紧张之余，猛地后退。

“他真的吸收了一把钥匙！！”

“钥匙没了，名额少了一个，天杀的夜葬，你都干了什么！！”

“杀了他，第一把钥匙和第二把钥匙都出现在他身边，一会儿说不定会出现第三把钥匙，若是再被他吸收了，就又少了一个名额！！”

“他若是将所有钥匙都吸收了，那么这里岂不是没有人能成功？”

众人面面相觑，不知道这是怎么回事，只能怒吼着直奔白小纯而去。宋君婉的那些护法迟疑了一下，没有阻止，他们也觉得这一切太诡异了。

更远处，血梅的另外几个护法也赶了过来，他们之前还在纳闷，为何远远一看，红色光芒不见了，听到此事后，心头巨震，立刻追杀白小纯。

被八九个人追杀，且最弱的人修为也是筑基后期，不少人是筑基大圆满，更为惊人的是，其中有几人掌握了重宝。白小纯内心惊恐，只能不断奔逃，好在他速度够快，玩命飞奔，身后的人一时难以追上。

半空中，宋君婉与血梅还没有反应过来，呆呆地看着白小纯被八九人追杀，她们觉得这一切匪夷所思。

“钥匙能被吸收？”

宋君婉喃喃低语，血梅在一旁发呆。

白小纯速度极快，在血色荒漠内不断飞奔，身后众人虽然速度不慢，但与白小纯相比，还是差了一些，只能一直跟在其身后。

“夜葬，你今天必死无疑！”

“该死的，你居然把钥匙都吸没了，你你你……”

种种神通术法轰来，白小纯吓得头皮都要炸开，心底委屈得不行，更有怒火，有心回头与那些人斗一番，可一想对方人多，而且修为都比自己高，还有重宝，白小纯觉得不稳妥，于是放弃回头，埋头狂奔。

很快，第二个时辰过去，第三个时辰到来……

第三个时辰到了之后，追杀白小纯的众人立刻发现，第三把钥匙的红点竟出现在了白小纯的头顶，随着他而动，哪怕爆发出了刺目的红色光柱，依旧飘在他头上，随着他的移动而快速移动……

“这到底是怎么回事？！该死的，为什么会这样？”

“这第三把钥匙，居然还是出现在他身边！”

“夜葬，你必须死！”

血梅的这些护法全都抓狂了，一个个瞪大眼，十分着急。

实际上，若是贾烈在此，一定会眼泪汪汪地告诉他们，这些都不算什么，如果你们见识了整个世界都在帮他，那才是真正的绝望。

白小纯被逼得没法子，回头狠狠地瞪了一眼这些人，咬牙之下，抬起右手，一把抓向头顶。第三把钥匙直接飞来，被他抓在手心。

接着，他狠狠一捏。

轰的一声，大量血气直接散开，顺着他的七窍，进入他的体内，远远一看，仿佛他在吞云吐雾……

“他……他又吸收了一把！！”

“一共就七把钥匙，已被他吸收了两把！”

“这么下去，他一定会将其他钥匙一一吸收，必须尽快出手杀了他！”

血梅的护法都急了。此刻，宋君婉的那些护法更加迟疑，他们不知道自己是该帮助夜葬，还是该一起出手击杀夜葬。

半空中，血梅眼中精光一闪，突然抬起右手，她手腕上有一个手镯，此刻，手镯蓝光一闪，一根蓝色的丝线飞出，就要顺着血梅的手指，指向白小纯。

宋君婉袖子一甩，一股大力立刻传出，阻止血梅。

“宋君婉，此人有异，我不信你看不出来！”

血梅怒视宋君婉。

宋君婉一言不发，依旧出手阻止血梅。

血梅无法分心对白小纯出手，只得全力与宋君婉交战，慢慢地，二人不再试探，而是开始动用各自的底牌。

在众人杀意滔天，白小纯吸收这些血气的时候，他的肉身传出咔咔之声。

白小纯似乎获得了某种大补之物，一丝丝肉身之力骤然凝聚，很快，就使得白小纯的肉身之力突破了六尊蛮鬼，向着七尊蛮鬼之力不断攀升，瞬间再次突破！

虽然正在被追杀，但是肉身之力暴增，白小纯内心还是十分激动。他可以感受到，随着肉身之力暴增，自己的战力也在飙升。

“若是能在这里达到不死金刚卷第二层的圆满，凝聚出天妖身，那么就算是身后那些人拿着重宝，我也可以与之一战了！若不是担心暴露身份，即便遇到那些老一辈的筑基强者，我也有信心与之争锋！只是这么下去，也不是办法啊……”

白小纯有些发愁。众人追杀，他急速逃遁，遥遥看了眼远处天空上与宋君婉斗法的血梅，方才那一瞬，血梅给了他一丝危机感。

此刻，白小纯收回目光，忽然，危机感再次降临，只不过，这一次不是来自天空中的血梅，而是来自他身后，那个之前只是默默追击的杨洪武！

杨洪武眼神冷厉，抬起右手，那根香再次燃烧！

第 250 章

杀

宋君婉重点提到的三个人，一个是随时可以踏入结丹境的肖青，在这血色荒漠里，或许存在一些特殊的原因，使得肖青难以完全突破，但可以想象，即便只是半突破，肖青也十分难对付。

另外两人，一个是张云山，另一个就是正对白小纯出手的杨洪武！

杨洪武的修为虽只是筑基后期，但是身怀重宝。所谓重宝，尽管不如至宝，可也能让一个本就不凡的人，释放出同一个大境界内堪称无敌的战力！

这就是重宝！

白小纯修行至今，除了龟纹锅之外，尚没有重宝在手。

原本，他若是始终留在灵溪宗，等修为到了筑基后期，定会被灵溪宗赐予重宝，可他在筑基初期就出门历练，自然没有重宝。

毕竟这样的重宝，很少会交给筑基后期以下的人，这不仅是因为筑基后期以下的人难以发挥其威力，还因为筑基后期以下的人很难保住重宝，有很大的风险被人夺走。

白小纯眯眼看着杨洪武，在杨洪武手中的香散出烟丝的刹那，危机感蓦然增强。虽然因肉身之力增强，白小纯增加了一些自信，可在这一刻，他依旧心脏狂跳。

白小纯有种直觉，若任由对方施展下去，自己将极为被动。

此刻，他面色变化，眼中有了血丝。

“此地人多眼杂，我很多手段无法施展……”

白小纯咬牙，深吸一口气后，不死金刚卷骤然运转，双手掐诀一挥，他的左右手心居然在这一瞬各自出现了一丝诡异之力。

这是斥力与引力，白小纯虽对元磁之力还不是很熟悉，但用来辅助飞行，还是勉强能做到的。

白小纯发出一声低吼，这两丝诡异之力直接凝聚在一起，形成一股强大的推力，轰的一声，直接推动白小纯的身体，让他眨眼间远去。

在白小纯加速的刹那，杨洪武手中的香散出的青烟，仿佛可以分割一切，直接飘到白小纯之前所在的地方，所过之处，一道道裂缝瞬间出现，似乎只要白小纯速度慢一点，必定会被裁成两半。

血梅的护法纷纷皱眉，杨洪武眼中充满杀意，他已出手两次，都被对方避开了，这对持有重宝的他而言是一种侮辱，也是很少遇到的事情。

“区区一个凡道筑基中期的人，居然可以避开我两次……看来此人身上的秘密不少啊！”

杨洪武深吸一口气，胸口瞬间凹陷，速度瞬间加快，竟直接跃过同伴，化作一道长虹，当先向着白小纯追去。

追击时，杨洪武没有吐出那一口气，而是诡异地再次吸了一口，胸口持续凹陷，速度再增，居然拉近了他与白小纯之间的距离。

白小纯眼看杨洪武独自追来，目中血丝更多。

“还真以为我好欺负！”

白小纯低吼，猛地一顿，不再逃走，而是转身面向身后追来的杨洪武。

白小纯速度飞快，轰的一声，直接出现在杨洪武的面前，右手骤然抬起，一拳落下。

杨洪武眼中杀意一闪，右手抬起，手中的香在这一刻猛地燃烧，释放出大量烟丝，向着白小纯飘去。

“你不就是要引我独自追来吗？杨某给你这个机会！”

杨洪武冷笑时，他的重宝——那根香释放出的烟丝，让白小纯心头一震，可白小纯红着眼，不仅没有闪躲，任由烟丝飘来，反而朝着杨洪武打出一拳。

一拳打出，巨响震天。

这一拳，凝聚了白小纯不死金刚卷第二层七尊蛮鬼之力。此力之大，足以撼动山峰，一拳落下，引出一阵狂风，横扫杨洪武。

远远一看，这一幕极为惊人。此刻，白小纯的身后幻化出了一个虚影，那是一尊巨大的蛮鬼，比寻常的蛮鬼强悍太多，如同蛮鬼之王，正嘶吼着随白小纯一起，一拳轰出。

而在蛮鬼的四周，烟丝环绕，正飞速收拢，似要将其分割！

这一切说来缓慢，实际上却在电光石火间发生，巨响震天，形成冲击波，向着四周横扫。

杨洪武全身一震，嘴角溢出鲜血，身体蓦然后退，有些忌惮夜葬。

他既然敢独自飞出追杀夜葬，自然是觉得对夜葬的战力有所了解，一击之后，才猛然发现，这夜葬比他所了解的还要强大。

白小纯全身如要撕裂了，那烟丝果然非同一般，割裂了蛮鬼之影。只不过，白小纯有不死金刚护体，烟丝无法将他分割开，此刻，在他的挣扎下，烟丝寸寸崩溃。

在烟丝崩溃的刹那，距离白小纯不远处，一道身影急速飞出，这是一个少年，手中拿着一把小扇，面色阴沉，眼含杀意，手中的扇子抬起，向着白小纯狠狠一扇。

风暴骤起，形成飓风，不断旋转着朝白小纯而去。

“张云山！”

危急关头，白小纯仰天发出一声狂吼，气势再起，这一次，蛮鬼在他身后重新幻化出来，随后第二尊，第三尊，第四尊……

眨眼间，七尊蛮鬼的身影出现了，蛮鬼仰天低吼，竟在瞬间重叠，虽无法凝聚天妖身，但是在半空中化作了一只手！

这是一只白色的手，这不是鬼爪，而是天妖手！

这只手十分苍白，上面有一些鳞片，甚至还有一些骨刺。

天妖手出现后，直直地向着一旁杀来的少年拍去！

天妖手与飓风碰触，轰鸣之声，震动八方，飓风崩溃，天妖手变得模糊了一些，却没有消失，依旧落下。

轰的一声，少年嘴角溢出鲜血，快速倒退。天妖手完全散去之后，半空中的白小纯面色苍白，喷出一口鲜血，眼中满是血丝，给人一种狠辣之感。

他看了杨洪武与张云山一眼，转身急速远去。

杨洪武迟疑了一下，擦去嘴角的鲜血，没有继续独自追击。此刻，他心神震动，夜葬的战力让他吃惊，尤其是最后的那一眼，让他有种预感，眼前的夜葬似乎还没有发挥出全部的战力。

即便是张云山偷袭，似乎也只是将夜葬的战力再逼出来了一些而已。

“此人到底还有多少秘密？”

杨洪武深吸一口气，那少年，也就是张云山，一样面色阴沉，凝望白小纯远去的方向。

此刻后方众人也都追来，一个个都心中吃惊，正迟疑时，张云山与杨洪武对望一眼，二人带头追出，众人目光闪动，再次追去。

白小纯速度飞快。他表面看起来铁骨铮铮，可面具下的真正面孔，却是面色苍白。

“太欺负人了，要不是我担心暴露身份，早点出手定可将他们重创。该死的，还剩下三个多时辰，快点结束啊……”

白小纯很发愁，逃遁中，时间也在流逝，第四个时辰到来了。

这一次他有了心理准备，在第四个时辰到来的瞬间，第四把钥匙出现的刹那，他有心要避开。他还听到了宋君婉的护法的喊声。

“夜葬，不要再继续吸收了，把钥匙给我们！”

“夜葬，停手！”

宋缺也在低吼。

可就在他们大喊的时候，那第四把钥匙竟直奔白小纯而来，速度之快，仿佛白小纯对它有强烈的吸引力，它根本不理会白小纯的意愿，自行融了过来，化作浓郁的血气，推动不死金刚卷再次爆发。

“夜葬，你……你找死！！”

宋缺大怒，身边的同伴也抓狂了。之前，他们本就在迟疑，此刻看到第四把钥匙也被白小纯吸走，顿时绷不住了。

毕竟，他们无法确定，白小纯把钥匙吸收后，是否代表整个团队拥有了钥匙，若是的话还好，可若不是呢？

一想到要被抹去，他们就紧张起来。他们不敢赌。

“我也不想啊……”

白小纯欲哭无泪，他原本打算躲在血色荒漠里看别人厮杀，等到最后几把钥匙出现之后再出手，可如今，他变成了众矢之的。

第 251 章

我的计划

这一次的血子试炼，因为白小纯的出现彻底乱了……

无尽血界时，只有贾烈一个人倒霉，可在血色荒漠，即便是宋君婉与血梅，也一起倒了大霉。

所有人变疯狂，皆因为白小纯……

白小纯也不想如此，内心焦急，可体内的不死长生功不断运转，肉身之力疯狂增强，蛮鬼再次多了一尊！

八尊蛮鬼使得他全身传出咔咔之声，气势更强。

宋缺等人一咬牙，准备加入追杀白小纯的队伍！

眼看宋缺等人也要追来，白小纯更着急了，脑子直转，想了无数法子，猛地大吼一声。

“宋缺，你们还不去抢第一把钥匙？你们去抢那把钥匙，其他的我都吞了，让血梅这一次一个人也带不进血色古路！咱们这叫兵分两路，你们去抢，他们焦急，必定阻止，而我就继续吸收钥匙。若是咱们抢到了，我就把钥匙全吸收了；若是没抢到，我最后留下两把，一样让他们失败后被抹去！这就是我的计划，哈哈，这样咱们就可以立于不败之地了！”

白小纯越说越觉得自己讲得有道理。

宋缺等人一震。他们都是心智不俗之辈，方才只不过是被白小纯弄得心神大乱，此刻一听这话，每个人都冷静下来。

而血梅的那些护法则面色大变，尤其是获得第一把钥匙的中年男子，更是面色瞬间变苍白。

“夜葬，你找死！”

天空中，正在与宋君婉斗法的血梅发出一声尖叫，宋君婉也不再沉默，而是娇笑起来。

“按照夜葬说的去做！”

宋君婉笑容如花，出手却更为犀利，逼得血梅连连后退。血梅既无法阻止宋缺等人，也不知道该怎么反驳白小纯所说的话。

宋缺等人纷纷放弃追杀白小纯，奔向血梅的护法——那个获得第一把钥匙的人。

如此一来，追杀白小纯的那些血梅的护法，不得不去阻止宋缺等人，一时之间，此地再次混乱起来。

白小纯终于松了口气。

“还好我反应快，否则的话，就太危险了……他们不是修为比我高，就是拿着重宝，一拥而上，我怎么打得过？”

白小纯赶紧后退，后退的瞬间，他毫不迟疑地施展撼山撞，整个人瞬间全面爆发，直接向前一步冲去。

下一秒，他之前所在的地方，一根血色的手指蓦然伸出，虽落空了，但是依旧发出了一道剑气，足有数十丈长，呼啸而过。

一旁赫然走出一个老者。

这老者穿着紫色长袍，脸上有一些斑点。

老者转身，看向白小纯。

白小纯额头流汗，方才那一瞬，他的危机感极强，若自己没有避开，必定会被老者戳中眉心。

“肖青！”

白小纯深吸一口气，警惕地看着老者，想着此人便是宋君婉所说的三个人中，随时可以突破的最强者！

“老夫闭关多年，最近出关后听了不少关于你的传闻。”

肖青微微一笑，缓缓开口。他虽是筑基修士，但地位不同，一旦结丹就是太上长老。此刻他的目光在白小纯身上扫过。白小纯更为警惕，感觉到对方的目光如同利剑。

“此人体内的灵海应该只差一丝就可以完全结晶……我若能施展全部手段，或许还可以与他周旋一番，但眼下……我不是他的对手！”

白小纯没有迟疑，猛地后退，急速远遁。

“夜葬师弟，何必着急离去？”

肖青微笑，一步走出，速度之快，竟与白小纯不相上下。他袖子一甩，一道血色剑气惊天而起，向着白小纯直接斩下。

“你这不是废话吗，我不离去，难道在这里等你来杀？你莫非修炼坏了脑袋？”白小纯诧异地开口，一闪身，直接避开血剑，速度飞快。

肖青脸上笑容一僵，他这一生与人斗法无数次，还从未遇见过这般说话的，此刻面色阴沉，冷哼一声。

“牙尖嘴利之辈，等老夫擒到你，撕下你的舌头，看你还如何开口！”

肖青冷笑，迈步追出时，右手掐诀一指，一道血气立刻凝聚，直奔向白小纯。

“你这老头真是修炼坏了脑袋，没了舌头，口不能言，可还有神念啊！”

白小纯心底焦急，默默计算时间，急速飞奔。

两人一个在前，一个在后，在血色荒漠上不断追击。途中肖青多次出手，甚至有那么几次，他的术法都碰到了白小纯，可白小纯的肉身防御力太强，术法未能伤他分毫，肖青越发心惊。

以肖青如今的战力，足以横扫筑基修士，可白小纯不仅速度飞快，而且皮糙肉厚，肖青越是追击，白小纯的速度就越快，似乎体内灵力十分充沛，让肖青觉得不可思议。

“凡道筑基中期，怎会有如此之力！”

肖青神情严肃，这一次在血色荒漠，白小纯表现出的战力让不少人大吃一惊，可更诡异的，是那钥匙似乎在随他而动。

肖青眯起双眼，继续追击，白小纯暗自叫苦，内心愤恨。

肖青还在不断纠缠，不管白小纯如何加速，都会被慢慢追上。此刻，白小纯气喘吁吁，若非肉身之力极强，还有天道筑基的基础，怕是早就承受不住了。

“等我肉身大成，我一定让这老头知道我的厉害！”

白小纯咬牙坚持着，此刻他心中无比期待第五个时辰到来。眼下他体内凝聚了八尊蛮鬼之力，可他觉得不够，若能再吞下一把钥匙，使得蛮鬼之力更强一些，才最稳妥。

时间流逝，第四个时辰慢慢过去，第五个时辰终于到来，一个红色的光点，直接出现在白小纯的眼前，距离他眉心不到三寸。

他只是向前一冲，这红点就直接碰触到了他的眉心，刹那间融入其内，一道红光从他四周升空，接着变暗。与此同时，他体内的不死金刚卷第二层加快运转。

咔咔之声从他体内传出，第九尊蛮鬼正在急速凝聚，追击而来的肖青眯起双眼。

“他身上的古怪不少啊，眼下他又吸收了一把钥匙，应该有信心与我一战了吧。”

肖青快速逼近。就在他靠近的刹那，白小纯猛地回头，看了他一眼，战意飙升，肉身之力全面爆发。

“肖青老儿，你可敢与我夜葬一战？”

白小纯右手袖子一甩，向着远处的肖青一指，如下战书。

“你终于有信心与我交手了吗？好，老夫给你这个机会！”

肖青脚步一顿，体内灵力扩散开来。

“肖青，我来了！”

白小纯大吼，眼神满含战意。他面对着肖青，身体却急速倒退，速度比方才还要快。

肖青一愣，眼看着白小纯一边怒吼，一边躲得越来越远。他呆了一下之后，发出一声怒吼。

“无耻！”

肖青怒火中烧，骤然冲出，可这么一耽搁，白小纯已再次与他拉开了一大段距离。此刻眼看肖青追来，白小纯不再倒退，赶紧转身，玩命狂奔。

“我也想打啊，可没法打啊，再等等，等到第六个时辰到来，我的九尊蛮鬼凝聚出来之后，再收拾这老儿！”

第 252 章

这一次真的不怪我

“连与老夫一战的信心都没有，夜葬，你还修什么道！血溪宗怎么会出你这么一个废物？今日老夫索性代表宗门，将你清理！”

肖青怒极。先是被白小纯出言讥讽，后又被白小纯以挑战的名义拉开距离，肖青心中的杀意只多不少，此刻追出时，全身灵力不断爆发，速度越来越快。

偏偏肉身之力变强，使得白小纯飞奔时速度更快。就这样，在追逐中，第五个时辰缓缓流逝，第六个时辰到来。

在第六个时辰到来的刹那，红点出现。这一次，红点距离白小纯的眉心只有一寸，白小纯向前倾身，钥匙就融入了他的眉心。

咔咔之声在白小纯体内回荡，他的身体颤抖，不死金刚卷运转，无穷的肉身之力滋生。

白小纯无法继续前行，停了下来，脸上狰狞无比，体内巨响震天，白小纯仰天发出一声嘶吼。

他的身后出现了八尊蛮鬼之影，蛮鬼之影更为清晰的同时，旁边出现了第九尊蛮鬼！

这第九尊蛮鬼的出现，全面提升了白小纯的肉身之力。

“啊！”

白小纯脸上青筋鼓起，短短的几个时辰，肉身之力疯狂攀升，即便是他，都只能勉强承受。此刻，随着嘶吼，他身后的九尊蛮鬼全部咆哮。

在肖青飞奔而来的刹那，这九尊蛮鬼依照白小纯的意志，骤然重叠在一起，形成了一个更为庞大，甚至在生命层次上完全不同的巨大身躯！

这身躯通体白色，有一根根狰狞的骨刺、锋利的指甲，还有碾压天地的气势，唯独没有头颅！

这是一尊没有头颅的天妖身，尽管还不完整，可一样惊人。

在天妖身形成的刹那、白小纯嘶吼的瞬间，无穷的肉身之力掀起了风暴。

这风暴在四周旋转，形成飓风，一飞冲天，甚至在苍穹上凝聚出了一个巨大的旋涡。

肖青脚步猛地一顿，神情凝重，这一刻的白小纯，虽然只比之前强了一些，但是随着没有头颅的天妖身出现，白小纯给人的感觉彻底改变了。

“肖青，来，与我战！”

此刻，白小纯看似如常，可实际上，他感觉自己在膨胀，五把钥匙形成的血气非常之浓，若不发泄，身体都会爆开。

吸收前四把钥匙时，还没有这种感觉，吸收第五把钥匙之后，这感觉一下子强烈无比。

此刻，他声音沙哑，向前走出一步，就到了肖青面前，接着，整个人直接撞了上去。

他的身后，那巨大的天妖之影狠狠撞来，这一撞，超出白小纯之力数倍，白小纯体内的气血疯狂宣泄，仿佛一切存在都会被撞得分崩离析。

肖青面色一变，正要闪躲，可撞击而来的白小纯突然抬起右手，似要一把掐向肖青的脖子，却在临近时，握手成拳，一拳轰来，封锁四周的同时，使得肖青失去了躲闪的机会。

肖青低吼一声，双手抬起掐诀时，身体内有刺目的血光散开，直接在身前形成一把血色大剑，向着撞击而来的白小纯一剑斩下！

这一切说来话长，实际上都是眨眼间发生的事情，巨响传出，震耳欲聋，回荡四方。

在白小纯的撞击下，肖青猛地后退，两人直接飞出了千丈，一路轰鸣，地面的沙子全部飞起，飓风断开，天地震动。

血剑崩溃，妖身裂成两半，肖青倒飞出去，白小纯口吐鲜血……

直至尘土消散，肖青的身影才出现在远处。他面色苍白，看向白小纯。此刻的白小纯擦去嘴角的鲜血，体内的气血宣泄大半，那种要爆开的感觉终于消失了，与此同时，肉身之力不断增强，白小纯也盯着肖青。

“肖青，这一战，你可满意？”

白小纯口中带着血丝，咧嘴一笑。

肖青沉默。方才那一刻，他有了危机感，一方面是因为夜葬爆发出的肉身之力，还有一方面，则是因为他隐隐觉得，在夜葬体内，还藏着一股让自己心惊肉跳的力量。

“此人必定还有隐藏！”

肖青知道，他虽有把握斩杀对方，但是他就算胜了，自己也会受重伤，如今血子试炼，要分清什么才是最重要的。尽管其他人觉得到了生死之战的时刻，可他知道，血梅的底牌没有揭开，这一切都是迷雾而已，还没有到生死相争的一刻。

还有另外一个原因，则是……

肖青想到这里，扫了一眼白小纯不远处，收回目光时，竟一句话也没有说，转身就走。

白小纯没有阻拦，任由肖青离去，他心底没有放松，而是转身，看向不远处，眼神冷厉。

“这位师兄，一路跟了这么久，还是出来吧。”

有笑声从白小纯所看的地方传出，一个中年男子缓缓走出。此人瘦高，只是背部有些鼓起，似驼背一般，可他走出的瞬间，给白小纯的危机感，丝毫不比肖青弱。

白小纯见过此人，他是宋君婉的护法，只不过似乎就连宋缺也不知道他真正的实力。很显然，他就是宋君婉准备的底牌之一，作用与肖青一样。

白小纯眯起双眼，他知道方才肖青离去，与此人有关。

“在下宋真……”

中年男子沙哑地笑了笑，目光在白小纯身上一扫，内心也有一些顾虑。他毕竟是宋君婉的护法之一，已看出夜葬与宋君婉关系有些暧昧不明。

“宋某不喜欢赌，也不愿被抹去，只喜欢稳妥，所以夜葬师弟，一会儿第七个时辰到来时，那第七把钥匙，你给我，我就不出手了。”

宋真望着白小纯，平静地说道。

白小纯衡量一番，半晌后点了点头。

“好，那第七把钥匙出现后，我会立刻后退，这钥匙有些邪门，喜欢追着我跑，能不能拿到，就看你的本事了，若你速度慢了，可不能怨我。”

白小纯看向宋真。

“夜葬师弟放心，只要你不主动吸收，这钥匙出现后，我一定可以拿到手，不过若你主动吸收了，就不要怪宋某翻脸。”

宋真皮笑肉不笑，继续开口。

“如此一来，夜葬师弟可在这里打坐，我们等待第七个时辰到来。”

白小纯觉得这也是个方法，那钥匙虽好，但是整个血溪宗都是修炼不死卷的圣地，白小纯觉得自己没必要为了一把钥匙，在这里与人厮杀。

至于失败的团队会被抹去，这一点白小纯很放心，之前那些诡异的事情，让白小纯很确定一点，那就是谁都有可能被抹去，唯独自己不会……

这么一想，白小纯就放心了，盘膝坐下，一边警惕宋真，一边调整自身状态，使得伤势慢慢恢复，同时也在调节暴增的肉身之力。

宋真一样在打坐，默默计算时间。

至于其他人之间的争夺，宋真不放在心上，白小纯也无暇去理会。时间流逝，第六个时辰慢慢要结束，第七个时辰即将到来。

宋真双眼睁开，起身靠近白小纯一些，右手闪烁着光芒，盯着白小纯前方，他有十足的把握，只要这钥匙出现，他就可以获得第七把钥匙。

即便白小纯反悔，要主动吸收钥匙，距离如此之近，宋真也有自信抢在夜葬之前拿到钥匙。

时间一点点过去，十息，九息，八息……直至第七个时辰到来。

宋真仰天长笑，右手猛地一挥，化作残影，轰鸣滔天，一股大力爆发，笼罩四周，他也没放过白小纯，将其笼罩在内。

就在这时，一道耀眼的红光从白小纯体内爆发出来，冲天而起，第七把钥匙出现！

第七把钥匙没有出现在白小纯的身前，而是出现在他的体内！

光芒出现的同时，白小纯整个人都蒙了。他发现自己体内出现了一把钥匙，没等他反应过来，这把钥匙就化作血气，扩散全身……

宋真都愣了一下。

“这……”

“这一次真的不怪我，它……它自己到我肚子里了啊！！”

白小纯睁大了眼，尖叫一声，猛地后退。

宋真面色大变，很快发出一声怒吼。

“夜葬！！”

第 253 章

十鬼天妖身

白小纯后退时，体内的不死长生功骤然爆发，吸收钥匙化作的血气，白小纯身上再次响起咔咔之声。

在这个时候，他的身后幻化出九尊蛮鬼之影，齐齐嘶吼，第十尊蛮鬼之影也快速凝聚，狂暴的肉身之力为白小纯所拥有。

血色荒漠一共七把钥匙，六把都被白小纯吸收了，在这一瞬，白小纯清晰地感受到了第一把钥匙的波动，仿佛这七把钥匙在一起才是一个整体。

白小纯来不及思索太多，此刻，他呼吸急促，急速后退。

宋真愤怒到了极点，他神色狰狞，嘶吼一声，化作一道长虹，直奔白小纯，右手掐诀，一把血色的大剑在他身后形成。

他一把抓住剑柄，向着远处的白小纯，蓦然斩下。

这一剑凝聚了他筑基大圆满的全部灵力，那血色大剑在挥舞时，不断膨胀，足足变成了数十丈长。

一剑斩下，雷声震响，四面八方的人都能看到这弧形的剑光，直直地朝白小纯斩落下来。

白小纯头皮一炸，来不及多想，抬头时，双手掐诀，运转全身灵力，凝聚肉身之力，体内的三层灵海也开始波动，不死长生功飞速运转，生生从体内挤出一丝真正的不死血！

这不死血刚出现，立刻膨胀起来，同样化作一把血色大剑，白小纯低吼着，双手握住剑柄，向着来临的血色剑气，悍然对抗。

轰轰轰！

巨响震天，白小纯骤然倒退。

宋真全身一震，体内气血翻滚，正要追击，嘴角带着鲜血的白小纯，抬起右手，神情狰狞，向着宋真遥遥一指。

驭人大法！

在这危急关头，白小纯依旧没有施展出灵溪宗的术法，这驭人大法是他自创的，虽有种种弊端与破绽，还不完整，但如今一出，依旧让宋真一顿，大吃一惊。在驭人大法的影响下，宋真全身的衣服竟在瞬息间全部碎裂！

有风吹来，一阵清凉……

宋真呆了，神色茫然，下意识地低头，发出了一声凄厉无比、传遍半个血色荒漠的惊人嘶吼。

“夜葬，我要杀了你！！”

宋真立刻换上衣服，全身颤抖，目露疯狂，想要追击。可这么一耽搁，白小纯早就加快速度，急速远去。

白小纯心惊肉跳，愁眉苦脸。这一次的血子试炼，他觉得一切都不对劲，几乎所有人都在针对自己。

“还剩最后一个时辰，只要熬过这个时辰一切就都过去了！”

白小纯咬牙急速飞行。忽然，他倒吸一口凉气，他感受到，远处的第一把钥匙居然向着自己飞速靠近。

“我不想要啊……”

白小纯头皮发麻，之前，他好不容易才把众人引走，如今身后还有宋真，眼下这第一把钥匙，明显是一个祸源，会把所有人都引来。

“你走开，别过来……”

白小纯眼泪在眼眶里打转儿，就算吸收钥匙之后，可以加快不死金刚卷的运转速度，可他不想拿自己的小命去赌，尤其是一想到所有人都要杀自己时，他的身体就不由自主地颤抖。

他赶紧改变方向，远离第一把钥匙。

就在他改变方向的瞬间，第一把钥匙的速度再次加快，白小纯甚至听到了那第一把钥匙飞来的呼啸声。

“别过来啊……”

白小纯猛地看向前方，只见在血色荒漠内，一道红色光柱飞速而来，看其飞行方向，分明是向着自己来的。

“不！！”

白小纯悲呼。

这正是第一个时辰出现的第一把钥匙，在这钥匙的后方，则是十多个双方的护法。

这钥匙原本被血梅的一个护法取得，可在白小纯的计策下，众人纷纷争夺，在之前的几个时辰内，换了好几个主人。

原本，最后一次被宋缺拿到了。宋缺正要后退，不知为何，第一把钥匙竟生出一股大力，直接脱手飞出，化作长虹，自行飞远。

这一幕让双方的护法都吃了一惊，来不及多想，这十多人全部飞出，追击钥匙。

他们也看到了白小纯，看到了白小纯身后怒发冲冠的宋真，更看到那把钥匙的速度瞬间加快，直奔白小纯而去，眨眼间就到了白小纯身边，没有半点停顿，瞬间融入他的眉心。

“夜葬！！”

宋缺眼睛都红了，发出一声凄厉的嘶吼。

“夜葬，不要啊……”

“该死的夜葬，你你你……”

不管是血梅的护法，还是宋君婉的护法，此刻都红了眼，望着白小纯，释放出了滔天的煞气。

白小纯哆嗦了一下，欲哭无泪，他觉得这一次的血子试炼彻底变味了。

实际上，不仅他有这种感觉，宋君婉与血梅也一样，此刻二人虽还在半空中缠斗，但心中皆有荒诞之感。

她们也发现了最后一把钥匙被白小纯吸收的事情，心底都茫然起来，二人很快放弃了斗法，向着白小纯所在的方向，急速而去。

“这不是血子试炼，这是杀我试炼啊……”

白小纯十分着急，咬牙逃遁。他的身后，众人比他还要抓狂。

最后的一个希望都没了，他们看着第一把钥匙消失在夜葬体内，整个血色荒漠如今一把钥匙都没了……

按照规则，所有护法，没有一个可以被传送进血色古路，这还不是最恐怖的，最恐怖的是，他们担心这代表双方都失败了。

如此一来，第七个时辰过去后，他们不知道自己会不会被抹去……

而造成这一切的罪魁祸首正是夜葬！

此刻，他们对夜葬的恨已经难以形容，甚至还有不少人直接癫狂起来，要在被抹去之前，亲手灭了夜葬。

这一刻，什么宗门，什么未来，什么责任，似乎全都被扔掉了，杀意爆发，轰鸣回荡，竟有两三个修士直接利用重宝，施展术法。术法之光闪耀，神通向着白小纯疯狂而来。

白小纯如同一只被踩了尾巴的兔子，上蹿下跳，在众人的追杀中，不断飞奔。他身后追击的众人，都有一种很奇怪的感觉，似乎夜葬对于被追杀很熟悉，每一次提速，都能恰到好处地避开更多的神通术法，甚至还利用这些术法神通的冲击力，使得自身的速度更快。

白小纯心中无限感慨，他之所以这么熟悉逃亡，是因为在灵溪宗的时候，每一次闯祸后，他都会遇到类似的事情，从开始的慌张，到如今的驾轻就熟，对于如何逃走，他已经有了本能反应……

尤其是他体内轰鸣不断，不死长生功运转，正在全力吸收最后一把钥匙的血气，他的上方，第十尊蛮鬼之影凝聚的速度越来越快，正变得越来越清晰。

他的气息变得更强悍了，也就是半炷香时间，在众人疯狂的追击下，他忽然脚步一顿，体内传出了雷鸣！

雷声回荡时，第十尊蛮鬼之影完全凝聚，成功降临！

在第十尊蛮鬼之影降临的刹那，十尊蛮鬼齐齐咆哮，全部走出一步，竟在半空中，彼此重叠在一起……

“十鬼天妖身！”

白小纯喃喃低语的刹那，一股撼天动地的气势从他身上轰然爆发！

第 254 章

时辰到来

不死金刚卷，分为五身四层，分别是巨象身、蛮鬼身、天妖身、修罗身以及最终的金刚身！

十象之力化作蛮鬼，十鬼之力凝聚天妖，十妖之力降临修罗，十修之体化作金刚！

这不死金刚卷，放眼整个修真界，能修成之人少之又少，原因是修炼不死金刚消耗太大，等闲的宗门根本就无法支撑。

即便是白小纯，若是始终在灵溪宗，他想将不死金刚卷修炼到天妖身也很难，但并非不可能，只不过至少需要一甲子的时间，还需要一定的机缘。

但他来到了血溪宗，使得修炼时间不断缩短，再加上这七把钥匙的出现，更是让白小纯的不死金刚卷第二层直接攀升到了巅峰！

十鬼融合，凝聚出了一个天妖身！

轰轰轰！

巨大的声音响彻血色荒漠，白小纯站在那里，他的每一次呼吸都如天雷滚滚，身后的天妖身通体白色，正在仰天咆哮。

一层层波纹向着四周扩散，更有狂暴的力量从白小纯体内宣泄出来，向着四周横扫，形成一道飓风，似与天地连接，冲天而起。

狂风扑面，追击而来的众人全部停下脚步，神色大变。即便是宋真与肖青，也对白小纯忌惮。

“这莫非是少泽峰的炼体之法？”

“天啊，这种气势是筑基修士能拥有的？”

“这夜葬到底藏了多少秘密？！”

在众人疑惑时，宋真面露杀意，骤然走出，直奔飓风而去，右手掐诀一指，全身气血翻滚，化作一道血色剑气，轰向飓风。

在他出手的同时，宋缺以及四周的修士纷纷出手，眨眼间，各种神通、法宝，全部直奔飓风而去。

轰!

巨响轰鸣，大地震动，苍穹似在摇晃，飓风爆开，白小纯在飓风内，嘴角溢出鲜血，身后的天妖身咆哮，他目中杀机一闪。

“原本，我夜葬看在同门的情分上，不愿与你们打打杀杀，那些钥匙，我又不是故意吸收的，你们还非要追着我不放，真是欺人太甚！距离第七个时辰过去只有一炷香的时间，那么，就看看这一炷香内，是你们将我击杀，还是我将你们击杀！”

白小纯身上竟有了一股杀意。在血溪宗这些年，与那些修士接触，白小纯早就知道了一个道理：只有比对方更强，才可以讲道理!

话音刚落，他猛地冲出，速度飞快，瞬间靠近宋真。

宋真眯起双眼，双手刹那间成为血色的，在白小纯靠近的瞬间，直接拍去。

“退开！”

白小纯沙哑地嘶吼，撼山撞猛然爆发。

宋真面色大变，两者撞击在一起，轰的一声，宋真嘴角溢出鲜血，蓦然后退，白小纯直接飞出，到了其他人身边。

白小纯右手握拳，一拳落下，天妖身的力量，在这一刻骤然爆发。

那是十尊蛮鬼之力，那是百尊巨象之力，对任何筑基修士而言，那都是难以承受的肉身之力。

这一拳直接落在一个筑基后期的修士身上，此人眼睛猛地睁大，根本无法抵抗，轰的一声，全身骨头碎裂，他惨叫着，如同断了线的风筝，被抛了出去。

其他人的术法也攻向了白小纯，其中有六道血剑，还有一条血龙，更有三把飞剑。

白小纯脚步不停，一步走出，直接出现在另一个筑基修士面前，一把将其抓住，面目狰狞，一头撞了过去。

轰的一声，那筑基修士被白小纯一把抡起，挡住了三道血剑与两把飞剑，惨叫声传出，余下的血剑与飞剑却直接轰在了白小纯的身上。

白小纯全身一震，却如同毫发无伤一样，左手猛地抬起，一把抓住那条冲来的血龙，狠狠一捏。

血龙崩溃。众人再次临近，这一次，杨洪武、张云山，还有宋缺，全都从之前的慌乱中恢复过来，齐齐出手。

白小纯冷哼，骤然施展撼山撞，如一尊远古凶兽，速度之快，不但避开了那些人的重宝，而且撞在了宋缺的身上。宋缺感觉自己似乎被一头凶兽踏过，鲜血喷出，惨叫着使出保命法宝，这才勉强逃开，后退时，他神色惊恐，看着白小纯的身影远去。

“想跑？”

肖青眼中杀意一闪，正要追去，远处的白小纯脚步一顿，回头冷笑。

“谁想跑？”

说着，白小纯再次施展撼山撞，轰鸣间，天妖之影咆哮，再次随着白小纯一起，直接撞来。肖青面色大变，对于白小纯的这一招，他颇为忌惮，眼看白小纯居然能多次施展这一招，他咬牙避开，可他身后的众人没能及时避开，直接被白小纯撞上了。

轰的一声，那些人全身一震，后退数步，集合众人之力才抵消白小纯那一撞之力。

白小纯杀入人群内，惨叫声传出，当白小纯再一次远去时，他又带走了一个筑基修士的生命。

白小纯出现在远处，全身沾满鲜血，这些血都是别人的，他嘴角虽然带着血，但自身的伤势正在急速恢复。

此刻，白小纯虽然气喘吁吁，但是他那如入无人之境的气势，让所有人都心神一震，呼吸急促。

他们不知道施展了多少神通术法到白小纯身上，可白小纯竟完全没有停顿，防御之强，难以想象。他出手不但没有迟缓，反而更为迅速！

哪怕众人的围攻配合并不是很默契，实际威力没有想象中大，但那依旧不是一个寻常的筑基修士能承受的。

白小纯不仅承受住了，而且还反杀数人，这让那些人有些惶然，看向白小纯时，目光中充满迷茫和恐惧。

肖青眯起双眼，目中杀意依旧。他冷哼一声，扫过杨洪武与张云山二人，他们三人都没有出全力，似乎都在等待什么。

此刻，三人彼此对望，远处的天空上，有两道长虹正急速飞来。

白小纯沉默，抬头看向天空。

来者正是宋君婉与血梅，她们在半空中一顿，看着如魔神一样的白小纯。宋君婉面色苍白，嘴角残留着鲜血，那是与血梅斗法时留下的。此刻她神色复杂，更有些茫然。

一旁的血梅，面具下也有鲜血滴落，她似乎忘记了将血擦去，右手的手背上还有一道细微的伤口。此刻，伤口处有血流出，那是宋君婉的血剑伤的，看似小伤，影响却可能很大。

同时，血梅的修为似有些不稳，显然，与宋君婉一战，她有伤在身。可她眼神阴冷，死死地盯着白小纯，然后狠狠一咬牙，突然笑了起来。

她的笑声传出时，正是这第七个时辰结束的瞬间，一股无上之意骤然降临，如一只看不见的大手，直接盖住这个世界。

时间仿佛静止了，白小纯身体一震，一动不动。四周的其他护法，包括宋真、肖青在内，在这一瞬，身体全都被定住了，就连思绪也停止了，仿佛成了雕像。

唯独宋君婉与血梅，二人身上有令牌之光闪耀，安然无事。

这股无上之意似在衡量双方团队的胜败，却无法判断出来，渐渐消失。与此同时，那些静止的修士虽还是无法动弹，但是渐渐出现了被排斥的迹象，似乎很快就要被排斥出血祖体内。

第 255 章

碎喉锁再现

“时间到了。宋君婉，这一次真的要感谢夜葬，若非他出现，我即便动用了撒手锏，想要成为血子，还是没有十足的把握。可现在，没有了钥匙，这血子的身份非我莫属！”

血梅的笑声从面具下传出，再看肖青、杨洪武、张云山三人，面上也都露出了笑容！

这三人身上的排斥之力瞬间消失，身体也渐渐可以活动了，接着，三人各自拿出一枚只有宋君婉与血梅才有的血子令牌！

这三枚血子令牌颜色有些淡，似与宋君婉、血梅的令牌不太一样，而他们的神情如常，显然来此之前，就做好了打算。

“我原打算让其他人争夺了钥匙之后，再带这三人进去，那样的话，就可以碾压你的护法了，可现在结果一样。”

血梅的笑声传出，眼神冰冷。

“血梅，你居然如此大胆，做出这种事情，这不仅是作弊，而且触犯了我血溪宗的门规！！”宋君婉难以置信，她心中苦涩，这一幕，的确让她感到绝望，知道这一次的血子争夺，自己已算输了。

即便夜葬没有吸收钥匙，血梅使出那样的手段，也可以在血色古路上缠住她。血梅会第一个进入血色古路的尽头，踏入心房内。

“我一旦成为血子，谁还会在意今日之事？况且这三枚令牌，只可进入血色古路，进不得心房！”

血梅微微一笑，看着天空。此刻天空上出现了一个旋涡，正不断转动，旋涡内幻化出了一条血色古路……

那血色古路的尽头，就是心房所在。

血梅一闪身，直奔旋涡而去，肖青三人一言不发，相继飞起，只不过临走前，他们三个看了白小纯一眼，眼中杀意一闪。不过，三人显然知道轻重缓急，冷哼一声后直奔旋涡。

宋君婉默默地站在那里，苦涩地握紧了拳头。她输了，还没有进入血色古路，就已经输了，有肖青三人在，她要怎么对付血梅？只要他们将她缠住，一切就属于血梅了。

可她不甘心，此刻咬牙之下，一样飞起，就在她飞向旋涡的瞬间，一个低沉的声音在她耳边回荡。

“君婉何必绝望？”

这声音的出现，让宋君婉身体猛地一颤，难以置信，低头时，看到了下方原本正在消散的夜葬。夜葬猛地睁开双眼，如同黑夜里的闪电，可以撕开夜幕，撼动苍穹。

此刻，夜葬一步走出，踏空而来，出现在她的面前。

“你……”

宋君婉呼吸急促，前后变化太大，让她不敢相信。

“我说过，要让你成为血子。”

白小纯抬起下巴，淡淡开口，心底也在惊喜，之前那无上之意降临时，他也受到了一些影响，可很快就恢复如常。

此刻，他一甩袖子，拉住宋君婉的手，直奔旋涡飞去。

宋君婉手一颤，没有挣扎，而是安下心来，这一刻，她觉得夜葬异常可靠。她顺从地与夜葬一起，化作两道长虹，飞向旋涡。

在踏入旋涡的瞬间，二人眼前一花，旋涡也散去。血色荒漠内的宋缺等人，身体全部模糊，一一消失，再次出现，已在血祖体外，血溪宗的半空中。

血子试炼第三关，名为血色古路，这是一条狭长之路，路的尽头正是心房，第一个踏入心房的人，就可以获取血晶，成为血子。

此刻，在这条血路上，肖青、杨洪武以及张云山三人，开始时身影是模糊的，很快就变清晰了，一出现在血色古路，三人立刻看向四周，却没有看到血梅的身影。

三人一怔，他们明明记得，血梅是在他们之前踏入旋涡的。

就在他们诧异时，数丈外的古路忽然扭曲，戴着梅花面具的血梅突然出现。

刚出现时，血梅似乎有些不太适应，但很快就恢复过来。

她看了看四周，正要直奔古路尽头。突然，一旁的古路上，白小纯与宋君婉的身影突然显现，宋君婉更是一步走出，直接出现在血梅身前，挡住其去路。

看到宋君婉并非一个人，血梅一怔，肖青三人更是面色微变。

“夜葬！！”

“大家好啊，我们又见面了。”

白小纯眯着眼，抬着下巴，目光扫过四周，注意到了血梅，惊讶地发现血梅的伤势竟已痊愈，右手背上的伤口也消失了，显然是有特殊的恢复方法，很不俗。

“什么神通，恢复这么快？那可是宋君婉的血剑造成的伤，非比寻常！”

白小纯正好奇时，血梅眼中精光一闪。

“肖青，你三人分出两个，拦住宋君婉！”

话音一落，血梅不理宋君婉，直奔血色古路尽头而去。

宋君婉正要拦截，张云山与杨洪武毫不迟疑地利用重宝开始轰击她，他们不仅要阻止宋君婉拦截血梅，更要将宋君婉拖在此地。

他们利用令牌进入此地，若血梅无法成为血子，宗门追究下来，他们必死。此刻，他们早已豁出一切。

“你们找死！！”

宋君婉面色一变，有心甩脱他们，可杨洪武与张云山利用重宝，使出全力，宋君婉一时难以摆脱他们。

他们不求击败宋君婉，要的只是拖延，这一点，他们自信可以做到。

只要拖延十息，就可以决定血子的归属！

眼看血梅已在十多丈外，直奔古路尽头，宋君婉心急，而白小纯比她还要着急。

“不能让血梅成功，她若成为血子，我不仅拿不到永恒不灭之物，而且很有可能死。以我们之间的过节，她一定会公报私仇。”

想到这里，白小纯大吼一声，天妖身骤然爆发，向前猛地一冲，再次展开撼山撞，撞开肖青，杀入宋君婉与杨洪武、张云山三人之间，右手抬起，猛地一推宋君婉。

“君婉快走，一切有我！！”

白小纯的吼声在血色古路回荡，他抬起双手，向着两边猛地一挥，一股大力立刻从他体内爆发出来，阻挡杨洪武、张云山，任由二人的重宝轰在自己的身上，看上去真是一夫当关，万夫莫开！

白小纯气势如虹，身后天妖身更是不断咆哮，肉身之力扩散，一挥之下，让杨洪武、张云山二人气血翻滚，倒退数步。

“夜葬，你找死！！”

肖青面露厉色，杨洪武、张云山也是怒极，三人再次逼近，刚要联手，忽然，白小纯笑了笑，右手突然抬起，一拳轰在地面上。

轰轰轰！

血色古路震动，形成冲击波，使得杨洪武、张云山不得不避开，唯独肖青狰狞地逼近白小纯。

“血色荒漠上人多眼杂，杀你会引起一些麻烦，可在这里，夜葬，你既然找死，老夫就成全你！”

肖青冷笑，他之前就知道血梅的计划，所以对于钥匙并非很在意，至于击杀白小纯的事情，也并非很热衷，只是推波助澜而已，可眼下，血色古路人少，夜葬又自己跳出来找死，他心中的杀意立马爆发。

“这句话也正是我想说的。”

白小纯忽然抬头，双眼充血，看上去满身煞气。

“就算你有什么隐藏的手段，这一次也必死无疑！”

肖青右手蓦然抬起，双指化剑，形成剑气，直射向白小纯眉心，强烈的波动在他身上轰然爆发，仿佛一团烈火，欲焚烧一切。

可就在他靠近白小纯的瞬间，白小纯的右手骤然成爪，一把抓向肖青的喉咙，一股吸力从掌心传出，正是来到血溪宗后，白小纯从未施展过的碎喉锁！

第 256 章

你是白小纯

经历了落星山脉和陨剑世界，从凝气到筑基，碎喉锁已被白小纯修炼得炉火纯青，虽然这只是不死金刚卷第一卷的神通，但随着白小纯修炼不死金刚卷，碎喉锁的威力不断变大。

这一爪，白小纯更是忍了很久，之前在血色荒漠内，人多眼杂，哪怕是危急关头，他也忍住了，没用碎喉锁，还有紫气化鼎，也被他压下，至于驭力，更不可施展。

毕竟灵溪宗是以驭力为主，一切可能暴露身份的神通功法，白小纯都不可以施展，还有他那眉心内的通天法眼，也是如此，甚至连龟纹锅以及木剑、炼灵三次的宝物，他全都放弃了，可如今在这里，他不愿再忍。

随着一声低吼，碎喉锁出现，一股真正的嗜血之意从白小纯身上爆发出来，气势磅礴，配合天妖身，碎喉锁的威力更是惊人。

轰的一声，他的右手出现在肖青面前，任由对方的血剑临近，一把抓去，气势之强，更有吸力传出，使得肖青面色大变。

肖青有种错觉，仿佛眼前的夜葬已经换了一个人，无论是气势还是感觉，都与之前截然不同。

尤其是夜葬的右手，更是让肖青心惊肉跳，那上面传出的恐怖气息，让肖青倒吸一口凉气，有种危机感。

肖青强行后退，右手血剑改变方向，直奔白小纯的右手而来，身体以不可思议的方式扭曲，竟避开了白小纯的碎喉锁。

可在避开的瞬间，他的右手血剑与白小纯的碎喉锁碰到了一起，刹那间，剑气轰在白小纯的手心，竟传出金铁之音，而白小纯的碎喉锁，也一把捏在了肖青的双指上，狠狠一掐！

咔嚓一声！

肖青闷哼一声，身体骤然倒退。他的右手颤抖，两指扭曲，竟被生生掰断！

“这夜葬不对劲，杨洪武、张云山，一起出手，击杀此人！”

肖青面色大变，急速开口，杨洪武、张云山也倒吸一口凉气，咬牙出手，香燃烧，烟丝如刀，宝扇飞舞，狂风骤起！

白小纯呼吸有些急促。他没有停顿，低吼一声，如同一头狂暴的凶兽，直接冲出，向着肖青杀去。

他右手握拳，隔空朝着肖青一拳轰去，天妖身现出，咆哮一声，随着拳头奔去。

与此同时，白小纯左手掐诀，向着杨洪武一指，这一指之下，他储物袋内立刻有十多把飞剑飞出，每一把飞剑虽都涂抹了别的颜色，但是仔细一看，上面都有两三道银线！

这正是白小纯的炼灵之宝，此刻被他操控，威力之大，刚出现，就让杨洪武面色大变。

白小纯没有停顿，直接看向另一侧，口中吐出一个字！

“鼎！”

一尊紫色的大鼎出现在张云山前方，其上有着各种符文，散发出紫色光芒，更有一股浩荡之意，撼天而来！

轰轰轰！

声响回荡，白小纯全面爆发，一人战三人。

肖青面色变化时，杨洪武的烟丝被飞剑穿透，他发出凄厉的惨叫，快速后退时，全身溢出鲜血。

可刚刚退后一步，白小纯就一步追来，背后的元磁翅出现，猛地一扇，速度之快，超出之前太多，瞬移般出现在杨洪武的面前，右手抬起，碎喉锁之力爆发，掐向杨洪武的脖子。

杨洪武发出凄厉之音，全力阻挡，可依旧失去了先机，直接乱了心神。任凭他有多少斗法经验，在这一刻，也都于事无补。

咔嚓一声，白小纯的右手两指，直接掐在了杨洪武的脖子上，狠狠一捏。

惨叫声戛然而止，杨洪武气绝身亡。直至死去，他的双眼都瞪得很大，似乎不敢相信自己会死在夜葬手中。

“紫气化鼎，你……你不是夜葬！！”

一旁的张云山发出一声尖叫，话语传出时，白小纯正好摸走杨洪武的半根香，直奔他而去！

肖青面色变化，灵力扩散，正要阻止白小纯。突然，一口大锅直接出现在他面前，猛地轰来，任凭肖青如何反击，都破不开这大锅，被生生阻拦了半步。

而这半步，对于张云山来说，就是生与死的距离。

白小纯既已露出功法，岂能在此地留下活口？

此刻，他一步走出，背后翅膀扇动，速度暴增。借助极快的速度，他施展了撼山撞，肉身之力增强了数倍，比寻常的撼山撞强大了太多。

现在的白小纯，不但速度极快，力量更是惊人。若仅仅如此也就罢了，白小纯右手抬起，竟在撼山撞的基础上，施展了碎喉锁！！

这两种神通同时施展形成的恐怖之力，已难以形容，白小纯的右手两指，在张云山无法闪躲、没有反应过来的时候，带着极致的力量，掐在了张云山的脖子上。

白小纯根本就不需要狠狠一捏，手指碰触到张云山的脖子之后，在惊人的速度与力量的支持下，居然直接推着张云山，轰在了一旁的墙壁上。

轰轰轰！

声响震动四方，就连血色古路都震颤了几下。

张云山的身体被白小纯按在墙壁上，应该说是被白小纯镶嵌在了墙壁内，墙壁出现了一道道裂缝。

与此同时，肖青终于追了上来，披头散发，目露骇然与疯狂之色。

“你是白小纯？！”

他若还猜不到白小纯的身份，就白活了这些年，血溪宗对白小纯的调查从来就没有停止过，尤其是他们这些筑基修士，更是听说了太多白小纯的事情。

在许多人眼中，白小纯标志性的术法就是碎喉锁，就算肖青之前没想到，可看到紫气化鼎后，再看碎喉锁，他立刻就认出了白小纯！

“杀了你，就是大功！”

肖青没有迟疑，认定夜葬就是白小纯。可是，他知道若没证据，就算通知血梅和宋君婉也无用。

此刻正是危急关头，肖青咬牙抬起右手，在胸口狠狠一拍，顿时一股狂暴之力轰然爆发，他体内的最后一丝灵海正在飞速结晶，他要在这里踏入结丹境！

一旦他结丹成功，击杀白小纯易如反掌。

尽管这样做存在很高的风险，可他不能再等了，这一刻的白小纯，让他充满了危机感，以他现在的修为，他自问拼不过白小纯。

就在他体内最后一丝灵海化晶的刹那，白小纯体内的天道气息骤然爆发。

尽管此刻白小纯只是筑基中期，不足以成碾压之势，可也能让肖青的地脉筑基灵海掀起波澜，结丹之势，锐减三分！

与此同时，白小纯的眉心，通天法眼蓦然开启。

在这一瞬间，那紫色的眼睛睁开了，一切言辞都无法形容那只眼睛，仿佛众生皆为蝼蚁，更有一股无法形容的驭力，骤然爆发！

若是肖青大吼通知宋君婉与血梅，告知夜葬的真实身份，那么通天法眼就会发威，让对方的一切成空！

轰轰轰！

肖青心中如有天雷爆开，身体颤抖，神色扭曲，舌头都被控制了，口中只能发出模糊不清的低吼，青筋鼓起。

他骇然发现控制不住自己的右手，右手正缓缓抬起。他目中满是恐惧，发出嘶吼，他的右手向着自己的天灵盖，狠狠拍下！

“不……”

砰！

一掌落下，肖青直接气绝身亡，灵海停止化晶，寸寸碎裂。

白小纯身体一颤，眉心的第三目也有鲜血流下，缓缓闭合。

他十分疲惫，有些眩晕，呼吸紊乱，右手从张云山的脖子上撤回。

张云山虽然还睁着眼，但早已气绝身亡。此刻，他眼神茫然无光，身体慢慢滑向地面！

杀这三人，从始至终，白小纯只用了几十息，可消耗非常大，让他面色苍白。好在他灵药充沛，立刻吞下灵药，来不及打坐，便收起龟纹锅，拿走三人的储物袋，抬头看向古路尽头，咬牙飞奔，背后翅膀不断扇动。

第 257 章

小肚肚

借助白小纯之前的推力，宋君婉顺利挣脱出去。她一咬牙，不惜燃烧生命之血，换来惊人的速度，骤然冲出，向着血梅追去。

血梅在前，看到这一幕后皱起眉头，加快速度，可宋君婉燃烧了生命之血，速度越来越快，二人逐渐靠近，彼此立刻出手，边战边飞，一路轰鸣不断。

随着出手，宋君婉面色越发苍白，她发现血梅不仅伤势恢复得快，甚至修为都比之前精进不少，竟与自己旗鼓相当，二人对战，速度都慢了一些，很快就听到了身后传来的轰鸣声，甚至还有一些争吵声，只不过听不清晰。

宋君婉面色一变，她虽在意血子身份，但也担心身后的夜葬。她知道夜葬去阻止肖青三人很危险。

在她看来，夜葬这是用生命为自己换取血子身份，她心中有些刺痛，甚至有些茫然，她不知道自己的选择是否正确，此刻，她已无法思索太多，只能全力出手，与血梅交战。

这一路，血梅的话都很少，也有些焦急。宋君婉修为不俗，她一时半刻无法将其甩开，一路纠缠。她们身后的轰鸣声也早已消失，二人慢慢到了血色古路的尽头。

尽头之处有一道弧形大门，浓郁的血光从门内发出，甚至在这里都可以感受到，门内有难以形容的血气。

那正是心房所在，也是血晶出现的地方，谁第一个踏入里面，就有机会第一个获得血晶，成为中峰血子。

到达尽头的刹那，她们听到身后传来音爆之声，听这音爆之声，可以想象必定是一个强者，正展开全力呼啸而来，最多五六个呼吸，对方就会靠近。

就算知道来者是夜葬的可能性不大，血梅也不愿赌。此刻，她与宋君婉靠近弧形大门，彼此出手，欲抢先进去，血梅忽然一笑。

“宋君婉，血子的身份，不属于你。”

这一笑使她多出了一些傲意，抬起手时，她的手腕上突然出现了一个三角形的印记。

这印记是紫色的，在出现的刹那，竟从皮肤上飞出，化作三个菱形紫片，向着宋君婉镇压而去！

轰的一声，宋君婉全身一颤，身体竟被一股大力轰击得倒退几步，远离血门，那三个菱形紫片在她头顶环绕，散发出阵阵封印之力，将宋君婉封印在内，使其无法挣脱。

“血梅，你先是作弊，无极子更是不顾规则，给了你封印之宝，这一次就算你成为血子，我宋家也绝对不会罢休！”

宋君婉身体颤抖，看着胜利就在眼前，自己却被血梅直接封印，而且这种封印方式匪夷所思，想来定是无极子的手段。

“乖乖待在这里，血子，不属于你。”

血梅轻笑，一步走出，直接踏入弧形血门内。

宋君婉惨笑，她的目中露出绝望，对于血梅的恨已到了极致，可就在血梅踏入血门的刹那，轰的一声，白小纯直接出现在宋君婉的身边。

看到那三个菱形紫片时，白小纯面色一变，抬起右手，直接一拳轰出。

这一拳凝聚了天妖之力，落在菱形紫片上时，竟无法撼动丝毫，甚至还有反震之力，这让白小纯倒吸一口凉气。

“这是老祖级别的封印？”

此刻，宋君婉也看到了白小纯，她来不及思索白小纯是如何打败肖青三人的，右手突然抬起，手心内出现了一枚血色的令牌。

这令牌十分诡异，一出现就使得封印扭曲，在血色令牌力量的作用下，最多一炷香的时间，封印就会崩溃。

可宋君婉等不了一炷香的时间。

“夜葬，血子令牌给你，不管你用什么手段，哪怕你成为血子，也不要让那人成功！”

宋君婉已完全豁出去，话语传出时，她把令牌狠狠向外一扔，封印之力居然都无法阻挡令牌飞出，白小纯一把将其抓在手中，令牌颤抖，似有无限的喜悦，仿佛认可了白小纯。

白小纯一怔，来不及多想，狠狠一咬牙，知道绝对不能让血梅成功，否则自己就危险了，便拿着令牌，直奔血门。

他速度极快，瞬间临近，踏入门内！

宋君婉看着这一切，人一下子虚弱下来，脸上却露出解脱的笑容。

“夜葬，你若成功，我一定全力助你坐稳血子之位！”

她忽然觉得，自己的这个选择并非不稳妥，倘若夜葬真的成为血子，对宋家来说，也是可以接受的！

心房世界，一片血光，在中心地带，有一个巨大的心脏，虽然不再跳动，但是有无上的威压扩散开来。

一条条粗大的血管纵横，使得这个世界看起来如同迷宫。

在心脏上，有一枚血晶，散发柔和的光芒，更有威严之意充斥其内，似乎谁得到了这枚血晶，谁就掌握了一部分传承！

这血晶正是血子必须得到的东西，谁能得到，谁就是中峰这一代的血子！

此刻的血梅正飞奔前行，直奔血晶而去，她的身边飘浮着一个头颅大小的水晶，这水晶内有一个模糊的身影，此刻正发出阵阵尖叫。

“就是这里，就是这里……”

“闭嘴！”

血梅低喝一声，速度更快，突然她双眸一眯，回头时，立刻看到了入口处踏进来的夜葬。

看到夜葬的瞬间，血梅先是一愣，而后杀意骤起，转身时，速度更快，直奔心脏。

白小纯倒吸一口凉气，目光扫过四周，与血梅对望后，他一跃而起，背后翅膀猛地一扇，速度加快。

为了追上对方，他还施展了元磁的引力和斥力，使得速度更快一分，在血梅靠近心脏的刹那，他终于追了上来。

白小纯也郁闷，他要争夺的是大长老之位，可阴差阳错之下，却成了争夺血子之位。如今，由不得他多想，无论如何，他也不能让血梅成为血子。

“我倒是小看了宋君婉的魄力。”

血梅冷笑一声，右手掐诀一指，一道金色的弧形闪电立刻出现，射向白小纯。

白小纯正要反击，可忽然面色一变，这金色的弧形闪电给他的感觉，居然比之前面对肖青三人时，还要惊心。他没有迟疑，低吼一声，骤然施展撼山撞，速度暴增，轰的一声，避开这闪电，直接出现在血梅面前，抬起右手一拳轰去。

血梅眯起双眼，左手掐诀，轻轻一拍，白皙的手与白小纯碰触的一瞬间，直接变成了金色。

白小纯倒吸一口凉气，只感觉一股大力从对方手中传出，竟只比自己的肉身之力弱了一筹，他身体被震得后退几步。

血梅也很吃惊，她被迫后退，呼吸急促，正要继续出手时，突然，那巨大的心脏上的血晶似乎因白小纯的到来而开始震动，震动越来越强烈，最后血晶居然自行飞起，朝着白小纯呼啸而来。

这一幕让血梅大吃一惊，她身边飘浮的水晶内的模糊身影，也在这一刻尖叫起来。

“阻止他，不能让他获得血晶！”

“闭嘴！”

血梅银牙一咬，焦急之下，目中充满杀意，双眸居然也在这一刻成了金色的，全身血光消失，整个人散发闪闪金光，而且明显消瘦了一些，似乎施展这一招神通，需要耗费大量生机。此刻，她抬起右手，向着白小纯蓦然一指。

正是她最后的撒手锏！

这一指之下，她的身后竟幻化出了同样的一根手指，这手指庞大无比，带着一股无上之力，瞬间就让白小纯有了危机感，甚至感觉到阵阵酸麻！

此刻，血梅带给他的危机感，超越了肖青三人，超越了落陈家族之人，只有在陨剑世界内遇到的那个白衣小女孩能与之相比。

他脑中嗡的一声，自知大事不妙，决不能闪躲，一旦闪躲，必死无疑。直觉告诉他，要想活下来，只有一个办法，那就是正面迎战！

这一刻，白小纯全面爆发，背后翅膀急扇，利用引力和斥力加速，施展撼山撞，身体骤然冲出，直奔血梅而去！

“点石成金！”

血梅口中吐出这四个字，字字如天雷炸开，她的手指落下，身后那巨大的手指，如天神之指，轰轰落下。

二人瞬间接近，血梅的右手食指，点向白小纯的眉心，白小纯的右手两指施展碎喉锁，抓向血梅的脖子。

这一刻的他，没有半点保留，施展出了全部战力，龟纹锅也已出现，笼罩在他身前。

就在白小纯即将触碰到血梅脖子的刹那，血梅突然身体模糊，竟欲闪躲。白小纯岂能没有准备？手心的吸力轰然爆发，不仅锁定了血梅的身体，让其无法移动，更将其脸上的面具一把吸了过来。

一张吹弹可破，美丽无双的脸露了出来！

白小纯在看清血梅的脸之后，整个人如遭雷劈，脑海嗡鸣，失声惊呼。

“小肚肚！！”

第 258 章

中峰血光

这女子竟然是杜凌菲！！！

白小纯绝对不会记错那张脸，也不可能忘记那张脸，正是当日失踪的杜凌菲！

白小纯心神一震，心中掀起滔天大浪，他无论如何也没想到，面具下居然是这么一张熟悉的面孔。

在“小肚肚”这三个字传出的瞬间，失去面具的血梅惊诧不已，这三个字如天雷一般在她脑海里炸开，掀起风暴。

这辈子，只有一个人用这三个字来称呼自己，那个人就是灵溪宗的白小纯！

“白小纯！！”

杜凌菲失声惊呼。

她以为自己这一生再不可能与白小纯相遇，当日离去之时，她想要斩断内心的情，抹去自己的回忆，可如今听到“小肚肚”这三个字，她身体立刻就开始颤抖。她明白，自己忘不了灵溪宗，忘不了落星山脉，忘不了白小纯。

时间仿佛在这一刻静止，白小纯与杜凌菲的目光碰在了一起。

这一刻，白小纯猛地一顿，咔咔声从他的手臂骨头内传出，就算会遭到反噬，他也不想伤了杜凌菲。

他下意识地改变动作，使得右手从杜凌菲身边擦过。

只不过，白小纯可以勉强改变动作，杜凌菲可不一定，这点石成金之法，显然需要耗费大量能量才可以施展，并非她自身早已拥有的神通，自然难以做到收放自如，更做不到停止。

“不！！”

杜凌菲十分着急，身体颤抖，左手抬起，用最快的速度，直接轰在了右手上，咔嚓一声，她的右手受伤，虽稍微改变了方向，但是身后那巨大的手指虚影没有任何停顿，直直地朝着白小纯点去。

这一切说来话长，实际上都在瞬间发生，眨眼间，那虚幻的手指就落在白小纯的面前，一声惊天动地的轰鸣响起。

白小纯整个人如断了线的风筝，直接被震飞。

他身后的天妖身，寸寸碎裂，一方面是因为遭到了反噬，另一方面则是因为杜凌菲的这一神通威力极大！

他的身体正飞快地变作金色的，那不是不死金皮的光芒，而是他的身体结构正在飞速地被改变，仿佛要化作一个真正的金人。

杜凌菲眼泪直流，整个人失魂落魄，疯了一样要飞向白小纯。

“小纯……”

白小纯面色苍白，望着杜凌菲。他有太多的话想要问，有太多的话想要说，他眼神复杂，正要开口，却喷出一口鲜血，全身的灵力似乎都在体内乱窜，眼前渐渐模糊。

杜凌菲万分着急。这一刻，她忘记了血子试炼，忘记了自己的使命，她的眼中只有白小纯。

她一闪身，正要靠近白小纯，就在这时，之前从心脏上飞出的血晶，似乎感受到了白小纯喷出的鲜血，居然如同瞬移一般，直接出现在白小纯的身边。

这枚血晶没有停顿，似乎十分喜悦，直接飞到白小纯的心脏位置，然后化作丝丝血气，钻入白小纯的心脏，与其融合！

在融合的刹那，白小纯全身震动，一阵剧痛从心脏处传来，他发出一声嘶吼，身体被抛出，直接碰触到了心房内的血管，血管原本是枯萎的，却在这一瞬焕发出了生机，还传来了一股巨大的吸力，竟将白小纯直接吸入血管内。

这条枯萎的血管发出血光，随着血光的扩散，眨眼的工夫，整个心房世界的血管居然恢复了生机，开始跳动，似有一股股大力，从一条条血管内迸发，直奔正中间的心脏！

怦怦！

枯萎的心脏在这一瞬猛地一跳，传出一声巨响。巨响传遍四周，回荡在血祖体内。

可也就跳动了一下，似乎就用去了全部的力量。借助这一次跳动，这心脏内迸发出一股惊人的推力，推动白小纯顺着血管向着一个未知的区域而去。

做完这些，心脏又枯萎了，四周的血管一样如此，更有一股排斥之力降临，不管杜凌菲有多想要留下，也无法做到。

她望着白小纯消失的地方，轻叹一声，知道白小纯虽有伤势，但在这里，显然另有传承，不会有大碍。

她沉默着，拾起面具，身体渐渐模糊，很快，就被排斥出了血祖体内。

不单她被排斥出去，在心房外的宋君婉，一样身体模糊，慢慢消失。

这一刻，整个血祖体内，生者只有白小纯一人！

而之前心脏跳动的声音，虽只有一下，但还是传到了外界，让天地失色，大地震动，甚至通天河都掀起了浪花！

血溪宗内的无数修士，也在这一瞬，心脏不受控制地跳动，修为瞬间一顿。

下到外门弟子，上到老祖，全部如此！

“怎么回事？”

“不对劲，刚才我的心脏竟不受控制！”

“修为似乎不稳，怎会如此？！还有刚才，是什么声音？”

所有修士、大长老纷纷色变，即便是血子都被惊动了，齐齐飞出。

就连祖峰上的那些大长老，还有闭关修炼的血擘、血溪宗的老祖，也都心神震动。

宋家老祖正在打坐，双眼蓦然睁开，神色动容。无极子也从洞府内走出，遥望远方。

“莫非是中峰血子选出来了？”

“可就算是血子选出来了，也不会如此夸张……”

就在所有人吃惊时，血梅与宋君婉，还有宋缺等人全部被血祖体内的奇异之力传送出来，出现在半空中。

宋君婉呼吸急促，一眼就看到了不远处的血梅，可找了一圈，也没有找到夜葬，她内心咯噔一下，以为夜葬失败了，却发现血梅不像是晋升血子的样子。

血梅戴着面具，眼神迷茫，似乎有些失魂落魄。

随着众人的出现，血溪宗之人惊疑不定，突然，中峰之上爆发出了一道血光，血光冲天而起，在半空中凝聚成了一张巨大的面孔。

这面孔，赫然是夜葬的样子！

“中峰血光，血子标志！！”

“这……历代血子争夺，成功晋升者，所在山峰会形成光柱，凝聚其面孔，夜葬……他是血子！这怎么可能？”

“这一次的中峰血子，应该从血梅与宋君婉二人之中选，怎么会是夜葬？”

看到这面孔的刹那，血溪宗所有修士都睁大了眼，议论纷纷，大为震惊。

尤其是祖峰上，在这一瞬，一道道神识爆发，更有老祖的神识在内，似乎极为吃惊！

一股至高无上的威严降临，不管中峰的修士意愿如何，这一瞬，他们都控制不住地向着天空中夜葬的面孔，齐齐跪拜。

宋缺、宋真、宋君婉、血梅、神算子，所有人，只要修行了中峰的秘法，都在这一刻，不得不跪拜，若不跪拜，体内的血气似乎都要崩溃。

这就是血子之力，掌控一峰！

第 259 章

记忆，就是传承

中峰血光内的面孔告诉了所有人，中峰血子已选出来，此人就是夜葬！

所有熟悉夜葬的血溪宗修士此刻都心神震动，许小山倒吸一口凉气，使劲揉了揉眼睛，觉得不可思议，但又似乎在情理之中。

夜葬虽然是近几年才崛起的，但其光芒早已扩散至整个血溪宗，甚至在血溪宗外也声名赫奕。

所以，他成为血子，看似出乎意料，可仔细一想，也在情理之中！

尸峰大长老睁大眼，呆呆地看着血光内夜葬的面孔，一旁的尸峰血子也神情恍惚了一下，可很快就笑了笑。

任何一个血子都是高傲的，能被他们看作是对手的，只有同样是血子之人！

“有意思。其他山峰都出现过非修真家族之人成为血子的事，在此之前，唯独中峰不曾发生过。”

“这夜葬竟能逆天改命，成为血子。再加上此人的药道造诣，未来定是一个劲敌！”

少泽峰上，少泽峰的血子眼神复杂。他深吸一口气，知道从这一刻起，他再遇到夜葬时，不能如以往那样了。沉吟片刻，他对身边的大长老缓缓开口：“准备一份大礼送过去，化解之前的过节。”

少泽峰大长老心神一震，点了点头，他明白，夜葬，从此以后完全不同了。以前，只有宗门老祖看好他，可那毕竟是外力，造化掌握在老祖手中，一念可使之居万人之上，一念同样可使之居万人之下，但现在，一切彻底改变了。

成为血子后，夜葬如同有了根基，这根基坚固无比，他有了踏入血溪宗核心队伍的权力，拥有一峰之力，更有血祖的认可。就算是血溪宗老祖，也无法轻易撼动他的地位。

而且，只要夜葬日后成功结丹，就可成为血擘，地位更高，凌驾于太上长老之上，是血溪宗的核心人物！

这样的人，血溪宗内，没有几个人愿意招惹。

无名峰血子与大长老也在这一瞬，改变了对夜葬的态度，纷纷安排下去，准备一份大礼，同时也有要去拜访的打算。

整个血溪宗因夜葬成为血子而震动时，半空中的血梅，神色茫然，张口似要说些什么，最终还是什么都没说。她眼神黯淡，猛地转身，化作一道长虹，直奔祖峰。

她在踏入祖峰的瞬间，第一件事情就是找到无极子，随后回到自己在祖峰的洞府，闭关不出。

对于血梅的变化，众人都看在眼里，却没有多想，毕竟血子身份被夺走，换了任何人都难以接受，血梅的反应也符合常理。

宋君婉喜忧参半。非宋家族人成为血子，此事太大，既然已成事实，不可改变，宋家老祖必定要问询很多细节。

“夜葬，我答应过你，只要你阻止了血梅，哪怕你自己成为血子，我一样会帮你劝说老祖，获得认同与支持！”

宋君婉深吸一口气，眼神坚定，踏上祖峰，拜见宋家老祖。

夜葬成为血子之事，引起了太大震动，可很快，血溪宗的修士就发现了不对劲……

“奇怪，这夜葬成为血子后，怎么没有出来？”

“以往选出血子后，血子最后才会被传送出来，这都多久了，夜葬怎么还没有现身？”

慢慢地，越来越多的人察觉到了不对劲。

血祖体内的白小纯，出现在一个血溪宗弟子从未踏入的奇异之地！

这是一个破碎的世界，放眼看去，这个世界仿佛由一个个残片组成，每一个残片都如同一个大陆，乍一看，仿佛一面碎裂的镜子。

放眼看去，此地似乎没有边际，看不到尽头，只能看到那无数的残片被死亡气息所笼罩，弥漫在一片灰色之中。

这里没有生命，没有生机，就连颜色也是灰暗的，看的时间长了，会给人一种难以形容的压抑感。

白小纯有些茫然，他不知道自己怎么会出现在这里，他的记忆还停留在血梅面具脱落后，他看到杜凌菲的那一刻。

事情发生得太突然，白小纯没有丝毫准备，完全没有预料到会是这样的结果。

白小纯心神震颤，心中如有惊雷炸开，他有太多的话想要问一问杜凌菲，可没等他开口，他就被吸入了血管内。当他清醒过来时，他就出现在了这个灰色的世界。

此刻，白小纯站在这里，深吸一口气，低头时，发现自己的伤竟已彻底恢复了，他重回巅峰状态。

一股浓郁的血气正在体内游走，甚至在来到奇异之地后，他的不死长生功也运转得更快，甚至还和这个世界有了一丝共鸣……

一股更惊人的波动骤然散出。那些残片之间，似有无数光点一闪而过，白小纯呼吸急促，他隐隐猜到了这里是什么地方。

他当初踏入血溪宗，感受到的第一次共鸣，就是从此地传出的！

他在血溪宗的所有共鸣，全都来自一个地方，来自这里！

白小纯心脏怦怦加速跳动，他尝试向前走出一步。

这一步落下的瞬间，整个世界猛地传出一声巨响，白小纯体内的不死长生功与这个世界的共鸣更为强烈，声响更大，仿佛整个世界都在嘶吼。

这嘶吼，充满了振奋，充满了期待！

与此同时，整个世界闪耀着光芒，这一次，光芒持续的时间比之前久了很多，使得那些碎片之间的光线更为清晰地连接在一起，形成了一道道闪电，游走在无数的碎片世界，仿佛要将其彻底连接在一起。

这些闪电越来越快，似乎有一股生机之力，在沉睡太多年后，要借助这一刻的共鸣，从死亡中挣扎出来！

轰轰轰！

天地震动，闪电不停，很快，此地就亮如白昼。整个世界在这一刹那，彻底苏醒过来，光线刺目，不再闪烁，而是彻彻底底连接在了一起，无数光芒在这世界内扩散，一股生机之力轰然爆发。

这生机仿佛积累了太多岁月，要在这一刻彻底爆发出来，哪怕只是刹那的芳华，也要完成血祖的遗愿！

轰轰轰！

世界内的无数碎片动了起来。借助那一股生机之力，闪电脱离那些碎片，直奔白小纯！

眨眼间，这些闪电就出现在白小纯面前，从他身体的毛孔中疯狂地钻了进去，不断融入。

白小纯身体颤抖，仰天发出一声长啸，更多的闪电射来，似乎这个世界要用最后的力气，将传承送出！

这是终极传承，凌驾于血子之上。

每一道闪电内都蕴含了一丝记忆，无数闪电钻入白小纯体内，相当于无数记忆的片段进入了白小纯的大脑，在白小纯的大脑里面组合在一起，形成了一段又一段完整的记忆！

记忆，就是传承！

第 260 章
第二血祖

这些记忆里，没有血祖的来历，没有此人一生的回忆，更没有他是如何死亡的片段，似乎一切与血祖有关的意志都已消散，不复存在。

又或者，血祖当年临死前，没有想过在若干年后要夺舍存活，他所想的只有一件事情，那就是传承！

传承不死长生功！

仿佛，对于血祖而言，不死长生功的传承比一切都重要，凌驾于自己的生命之上！

轰隆之声不断在白小纯脑内回荡，随着闪电的脱离和生机的消耗，这个世界的无数碎片渐渐地不再散发光芒。

而那些闪电钻入白小纯体内，记忆逐渐完整，终于形成了第一份传承！

那是不死皮！

不死长生功的第一卷，不死皮的修行之法清晰无比地显露出来。

在对比之下，他发现这个不死皮与自己修炼的不死皮有一些细微的差别，似乎刚刚得到的这一份传承更为古老！

没等白小纯仔细对比，脑海再次轰鸣，第二份传承骤然出现，那是不死金刚卷，诡异的是，这一份传承与白小纯从守陵人那里获得的一模一样，没有任何差别！

白小纯呼吸急促，在脑海里扫过一遍之后，第三份传承浮现出来，看到这份传承的瞬间，白小纯心神震动，十分激动。

那赫然是不死筋！

而不死筋的传承里，开篇的第一句话就是“筋长一分，寿延十年”！

修炼不死筋的完整步骤与口诀全部浮现出来。白小纯呼吸急促，他明白，哪怕现在传承结束，仅仅是得到不死筋的修炼之法，也足矣！！

显然，传承不会就此结束，随着闪电不断融入身体，第四份传承于白小纯的脑海中形成！

那是不死骨！

骨为力之坚，支撑一切力之无极！

白小纯颤抖着，目中如有火焰在燃烧，他想着不死骨的修炼之法，心脏怦怦加速跳动，他首次主动吸收四周的闪电，让那些闪电更快地融进身体。

“下一卷，一定是不死卷的终极，不死血！”

白小纯放声嘶吼，他的脑海里，终于浮现出了……

不死血！

血，肉身之源！

这一刻，不死卷的五卷，都刻在了白小纯的脑海里！

完整的不死卷，对于白小纯而言，其珍贵的程度难以形容。若没有这一次的造化，不死金刚大成后，他想要进一步修行，就必须想办法获得不死筋的修炼之法，可通天大陆太大，他根本不知道去哪里寻找，没有半点头绪，他只能自己摸索，又或者花费大量时间，跑遍整个通天大陆去寻找。

这种大海捞针的情况会一直持续下去，就算白小纯有莫大的机缘，获得了不死筋的修炼之法，可他还需要获得不死骨和不死血的修炼之法。

可现在，不死卷的修炼之法完整地浮现出来，等于是直接为他铺好了接下来的修行之路，这种造化堪称万年难得一遇！

五卷完整的不死卷，似形成了一个循环，使得白小纯在这一刻，对于不死卷有了更为清晰的了解。

皮是外御，肉为金刚，筋可延力，骨为基础，血为本源！

这五方面融合在一起后，就是不死卷，一旦修成，世间能将其击杀者，凤毛麟角，故而称之为“不死”！

甚至他的天妖身，也因为不死卷的完整，在这一刻骤然爆发，无穷血气从四周滋生出来，在白小纯身后形成第二具天妖身！

白小纯的肉身之力顿时成倍暴增。他身体颤抖，再次仰天嘶吼，传承依旧没有结束。

四周的闪电竟在这一刻凝聚在一起，形成了一枚闪电结晶！

这枚结晶璀璨无比，里面蕴含了无数符文，符文闪烁，仿佛有无数思绪在内凝聚，仔细一看，这些思绪似乎化作了一张张面孔。

白小纯看到这些面孔后，内心狂震，呼吸急促，因为他看到了太多熟悉的血溪宗修士的面孔，里面有宋君婉、宋缺、宋家老祖、无极子、许小山以及各峰血子，还有很多很多他没见过的人。

“这是……”

白小纯睁大了眼，他不需要思索太久，就可以猜出这些面孔的来历……

“所有依靠血祖的大手修行的人，他们在借助血祖之手修行的同时，也等于和血祖在冥冥中建立了某种联系！”

白小纯脑中如有天雷滚滚，他看到闪电结晶的一瞬，四周的无数碎片骤然暗淡下去，失去所有生机的同时，闪电结晶释放出了万丈光芒。

随着闪电结晶的出现，血祖体内的一切似乎都变暗淡了，就好像这闪电结晶凌驾于一切之上一样。

“传承分为两部分。第一部分，是不死卷的传承，而第二部分，则是血祖本身的传承！多少年来，借助血祖之手修行的修士，冥冥中与血祖建立起了联系，这些联系就是传承的一部分！血祖体内，除了血子传承外，传闻还藏着一个终极传承，叫血魔传承！而我现在接触的就是血魔传承！”

白小纯脑海轰鸣，明悟一切的瞬间，闪电结晶直奔他眉心而来，刹那间，就融入了进去，白小纯发出一声惊天嘶吼，一股剧痛从眉心传遍全身。

他身体颤抖，意识似乎脱离了身体，从体内向外疯狂扩散，以他所在之地为中心，试图覆盖血祖的整个身躯！

从头颅开始，扩散至上半身，而后是双腿，最终是双手……

当他的意识化作千丝万缕，融入血祖体内的刹那，他感受到了通天河水，感受到自己的身体似乎浸泡在通天河内，他的右手抬起，从通天河深处伸出，似要抓住苍穹，却没有多余的力气。

同时，他感受到自己的右手上居住了一个宗门，感受到了宗门内所有借助自己这只手修行的修士。

那些人，上至老祖，下至外门弟子，每一个人在他的眼中，都是一个血色的光点。这种感觉很奇异，他来不及仔细体会，一切就结束了。

他的意识渐渐回归，睁开眼时，他依旧在血祖体内，仿佛之前的一切都是一场梦。

白小纯深吸一口气，眼神茫然，方才那一刻，他似乎成了血祖！

那感觉虽然马上就消失了，但是在他的意识里，多了无数思绪，那些思绪不属于他，而是来自悠久的岁月，来自所有借助血祖之手修行之人。

随着无数碎片的光芒暗淡下去，传承终于结束了，虽结束得无声无息，但白小纯感受到了一丝不同。

他有种预感，自己似乎可以压制所有利用血祖之手修行的修士的修为，不管是外门弟子、内门弟子、护法、长老、血子、太上长老、血擘、老祖，还是血溪宗的兽、魔头等，都要受他影响。

白小纯感觉自己一念之间，就可压下血溪宗所有人至少一半的修为！

压制这些人修为的不是他，而是血祖，白小纯获得了血祖的传承，从某种意义上说，他就是血祖！

尽管白小纯修为不够，没有血祖那么恐怖与强悍，可准确地说，他是接受了传承的活着的第二个血祖！

第 261 章

杜血梅，你出来

白小纯有种强烈的感觉，自己不仅可以凭借一个念头压制所有借助血祖之手修行的人，更可以散发自身的血气，让所有借助血祖之手修行的人的战力刹那间暴增。

想到这里，白小纯心跳加速，他眨了眨眼，脑海中不由得浮现出自己一抬手，整个血溪宗为之震动的画面。

紧接着，他又想到了另一个画面，他在抬手之后，血溪宗的人疯了一样要来击杀自己……

“血……血魔！天啊，你居然成了血魔！”

在白小纯幻想时，假夜葬亲眼目睹了这一切，忍不住发出尖叫。

血魔，传说中的存在，可以成就血溪宗，同样能毁了血溪宗！

这声音传入白小纯耳中，白小纯深吸一口气，神色严肃。

“小点声！”

他一拍储物袋，下意识地看了看四周，有些激动，又有些忐忑。

“我原本的目标，是成为大长老，结果却成了血子，血子也就罢了，没想到最后竟成了血魔……”

白小纯心里美滋滋的同时，又愁眉苦脸起来。

或许有一部分人认同血魔的存在，可必定有不少人不愿血魔诞生，一定会不惜代价地将其击杀！

“一定不能让血溪宗的人知道。唉，太优秀了，实在是苦恼啊！”

白小纯感慨，抬起下巴，小袖一甩，露出高手寂寞的样子。

“我白小纯弹指间，血溪宗灰飞烟灭……”

白小纯感慨，自己在灵溪宗做不到的事情，居然在血溪宗做到了。

白小纯回想起自己来到血溪宗后发生的事情，感慨更多，直至想到杜凌菲的面孔，他才深吸一口气。

“血梅……杜凌菲！”

白小纯深吸一口气，凭着体内的传承，向前走出一步后，他的面前直接出现了一个旋涡。踏入旋涡的瞬间，他立刻消失了。

再次出现时，他在血祖的身体外，在血溪宗的半空中，飘在那属于他的巨大面孔之上。

他出现之前，血溪宗内无数人议论纷纷，都在猜测他到底是什么情况，此刻，他出现之后，周围顿时传出惊呼。

“出来了！”

“他在血祖体内停留的时间比以往的血子要久得多，莫非是另有造化？”

“嗯？这夜葬给我的感觉，似乎比以前强了不少……”

宋缺内心苦涩，许小山倒吸一口凉气，神算子心神都在颤抖……

无数的目光，在这一瞬间都凝聚在了白小纯身上。血溪宗之人思绪万千，尤其是中峰的人，更是身体一颤，白小纯释放出的威压，使得他们不得不低下头，更有一些直接跪拜下来。

整个血溪宗都震动了，白小纯站在半空，看到那些血溪宗弟子对自己的态度，心里很享受这种万众瞩目的感觉，若是换了其他时候，他一定会摆出一副淡然的样子，再说几句话显摆一下，可如今他没有这样做，而是看向祖峰。

他能感受到那里有血梅的气息。

不管是成为血子，还是成为血魔，白小纯都只是有些开心而已，感觉并没有那么强烈，他更在意的是杜凌菲。

一切似乎都因为杜凌菲的出现而改变了。

“杜凌菲就是血梅，而血梅又是无极子老祖的独女，在血溪宗地位极高……”

白小纯沉默地想着。

血梅是杜凌菲，白小纯对此没有一点心理准备，此刻回想起来，一切又似乎能解释得通了。

白小纯沉默片刻，化作一道长虹，直奔祖峰而去。随着他的靠近，一道道神识从祖峰散出，落在白小纯身上，可没有阻止他的到来。

很快，白小纯就靠近了祖峰。他没有迟疑，按照气息的指引，直接来到了血梅的洞府外。

血梅的洞府四周是一片梅林，洞府大门关闭，血梅似乎不愿见任何人。

白小纯在梅林外，望着洞府的大门。他想要见一见血梅，他想去问对方一个问题！

这个问题，从当年杜凌菲失踪，直至掌门郑远东说灵溪宗有奸细，就始终如一根刺，扎在白小纯的心里。

他想知道，如果灵溪宗的一切都是杜凌菲刻意做出来的，那么，使得二人迅速走近的落星山脉之事，到底是真是假？

“血梅，出来见我！”

白小纯在血梅的洞府外蓦然开口，声音传出，回荡四周。祖峰之人此刻都在关注白小纯，也听到了他的话语。

洞府内的血梅自然也听到了，可白小纯在外等了许久，依旧没有任何声音从洞府内传出。

“杜血梅，出来见我！”

白小纯再次开口，这一次声音更大，祖峰内的那些老祖、太上长老，还有闭关的血孽也在关注。

他们不知道血梅与夜葬之间到底是怎么回事，只不过想得出，夜葬能在血梅与宋君婉的争夺中成为血子，其间必定发生了一些事情。

过去了数个时辰，血梅的洞府内依旧没有任何声音传出，梅林内安静无比，白小纯站在那里，神情黯淡。

白小纯内心苦涩，摇了摇头，深深地看了一眼血梅的洞府，半晌后转身，向着山下走去，既然对方不愿见自己，他也不愿继续留在此地。

可还没等他走下祖峰，一道长虹就从祖峰上飞出，直奔白小纯而来，来者不是血梅，而是宋君婉。

白小纯脚步一顿，抬头看向宋君婉，二人四目相对，白小纯看出了宋君婉内心复杂的情感。尽管是她给他令牌的，也说过哪怕他成为血子，也不要让血梅成功，可是此刻相见，心中还是会有各种念头升起。

“我……”

白小纯刚要张口，宋君婉就深吸一口气，向着白小纯欠身一拜。

“宋君婉拜见血子！还请血子移步，我宋家老祖有请！”

白小纯沉默片刻，将杜凌菲的事情压在心底，不去想。他明白，尽管自己已经拿到血晶，可若是血溪宗不认他这个血子，那么局势一定会立刻改变。

“我来血溪宗的目的是获得永恒不灭之物。若杜凌菲对人说出我的身份也就罢了，可若是她没有说出来，那么眼下宋家老祖这一关，我必须挺过！”

白小纯思绪很乱，勉强打起精神，向着宋君婉点了点头，与宋君婉一起，去了祖峰上宋家老祖的洞府。

一路上，宋君婉都很沉默，白小纯也不知道该说些什么，直至到了洞府外，宋君婉脚步一顿，回头深深地看了白小纯一眼。

“我答应你的事情，不会反悔，老祖那里我已交代清楚，在我心里，你已是血子。至于老祖如何看待此事，以及你能否真正成为血子，都要看你自己，我已尽力。”

白小纯点了点头，深吸一口气后，一咬牙，就要走入前方的洞府。在他踏入的瞬间，宋君婉迟疑了一下，快速传音，说出一句话。

“在血溪宗内，血子的身份也有数次被人意外获得，你可以强势一些。”

说完，宋君婉转身离去。

白小纯看了宋君婉一眼，迈步踏入洞府内。很快，他就来到内部的大厅，一眼就看到了盘膝坐在石台上的宋家老祖！

宋家老祖坐在那里，苍老的面孔给人一种岁月之感，四周有一股威压，笼罩四周的同时，压向白小纯。

轰轰轰！

老祖的威压在这一刻骤然落在白小纯身上，使得白小纯脚步一颤，呼吸急促，如同背负无数山峰，体内灵力不由自主地运转，全力抵抗。

只一瞬，威压就消失了，这一压一收，使得白小纯的灵力如脱缰的野马，不受控制地爆出，身后两尊天妖身立即幻化而出。

就在这一刻，盘膝坐在石台上的宋家老祖，双目蓦然睁开，两道精光射出，落在白小纯身上，仿佛要将他里里外外看个清楚。

尽管白小纯灵力失控，可他依旧在尽力隐藏自己的真实实力。好在面具实在逆天，宋家老祖仔细观察了白小纯一番，似乎没有看出端倪，才慢慢收回目光。

这一切，只是几个呼吸的时间，可对于白小纯而言，极为漫长，他的额头有汗水流下，直至宋家老祖收回目光，白小纯才松了一口气，抱拳深深一拜。

“夜葬拜见老祖。”

第 262 章

老祖义子

“夜葬，你可知罪？”

白小纯刚刚说完，一声冷哼就从宋家老祖口中传出，声音如天雷炸开，回荡洞府，使得白小纯脑海轰鸣。

体内灵海都在颤抖，似要被这声音震碎。白小纯面色苍白，感觉这一刻的宋家老祖好似化作了怒海，而自己则是怒海中的孤舟，随时可能被湮没。

他险些没忍住，要去压制对方，好在这股冲动被他压了下来，想到之前宋君婉的话语，回忆起与对方的点点滴滴，他决定相信宋君婉一次，于是一咬牙，在宋家老祖的威严下，强行抬头，直视宋家老祖。

“夜葬何罪之有？”

白小纯一个字一个字地说道，露出一股铁血冷酷之意，身上煞气散出，就连声音也冷了下来。

“中峰血子，只能在宋君婉与杜血梅之间产生，不管出现什么意外，其他人成为血子，都要将身份归还！这是不属于你的身份，老夫要将其收回，你可服气？”宋家老祖淡淡开口。

“我夜葬对宗门忠心耿耿，立下无数功劳，区区血子身份，我若得不到也就罢了，既然得到了，老祖说收就收，我夜葬是反抗不了，可我……不服！”

白小纯虽忐忑不安，但还是看出了一些端倪，对方若真要收回自己的血子身份，根本就不用说这么多，直接将他击杀就是了。

现在却说了这么多，显然宋家老祖并非真的要收回血子身份，最主要的，血子身份恐怕也没那么容易收回，若是他死了，短时间内，很难再找一位血子。

否则，中峰也不可能这些年来始终没有血子。

想到这里，白小纯越发摆出一副坚毅的样子。

宋家老祖看了白小纯一眼，冷哼一声。

“君婉那丫头，知道老夫的喜好，教了你不少事情。”

白小纯眨了眨眼，没有吱声。

“夜葬，你可愿拜老夫为义父，成为我的义子？”

宋家老祖袖子一甩，从石台上站起，淡淡开口。

白小纯心神震动，被宋家老祖的话惊到了，抬头望着宋家老祖，看出宋家老祖没有恶意，而是真的看重自己。

他心里有些触动，情绪复杂，沉默片刻后，向着宋家老祖，抱拳深深一拜。

“夜葬拜见义父！”

宋家老祖原本严肃的脸上露出一丝笑容，目中藏着赞赏，实际上谁成为血子，对他来说都不是特别重要，重要的是，此人不仅要与宋家亲近，更要有骨气。

血子，那是血溪宗的门面，掌握一峰之力，更是对血溪宗的未来至关重要的人，有骨气的人才是血溪宗需要的。

而他早就关注了夜葬，夜葬无论是心性还是手段，都让他满意，尤其是药道，更是惊人，他很欣赏。

他唯独不满的是夜葬的根基不够，凡道筑基，在他看来是软肋，将会影响夜葬日后的发展。

“大战在即，你若能立下战功，老夫出面与其他几位商议，为你逆天改命，重塑灵海，虽做不到一步登天，但让你以凡道结丹，还是有几分把握的。一旦结丹，你就是血孽，未来到底能走到哪一步，就要看你个人的造化了。不过，以你的气运，说不定还真有可能，走出属于你自己的道路。”

宋家老祖神色缓和下来，语气也柔和了一些，右手抬起一挥，一个拳头大小的紫色灯笼从他的袖口内飞出，飘浮在了白小纯的面前。

“你既身为老夫的义子，此物便送你防身，这是老夫当年的一件法器，可释放血火，焚烧一切，堪比寻常结丹修士一击之力。”

白小纯望着面前这个紫色的灯笼，能看出这一定是宋家老祖的心爱之物，时常放在手中把玩，所以才散发出柔和的光芒，绝非凡品。对方能把此物送给他，显然是真的将他看成义子。

想到这里，白小纯欣喜之余，情绪变得更加复杂了一些。

“多谢义父！”白小纯低头，轻声开口。

“你身为血子，可在祖峰开辟洞府，任意来此地，又是老夫的义子，特准你随时来拜见老夫，一些修炼上的事情，若有不懂，老夫可为你解答。”

说到这里，宋家老祖脸上的笑容更为明显了一些，目中露出鼓励之色。

“下去吧，七天之后，举行血子继任仪式，昭告天下，夜葬，成为我血溪宗中峰血子！”

白小纯有些发蒙，他没想到这么简单就把这件事情熬过去了，宋家老祖的话，给他一种自己非常受器重的感觉，直至离开宋家老祖的洞府，回到中峰，坐在自己的洞府内，他都觉得这一切如同梦幻一般。

先是发现血梅是杜凌菲，随后自己不仅成了血子，更成了血魔，而宋家老祖又收自己为义子，这一切，让白小纯觉得，血溪宗对自己真的是太好了，他心里有些过意不去。

夜色稍晚，白小纯神色一动，抬头看向洞府外，很快，就有一道恭敬的声音从洞府外传来。

“夜葬尊者，神算子求见。”

洞府外，神算子一脸阿谀地站在那里，小心翼翼、满是恭敬地开口。从看到夜葬成为血子，他就忐忑不安，一想到两人之间的过节，他就觉得背后凉飕飕的。

他不敢拖延，察觉到夜葬回来后，就不惜肉痛，准备了一份大礼，赶紧过来拜访。

白小纯正想心事，被神算子打断，很心烦，冷冷地说了一句：

“何事？”

声音传出洞府，落入神算子耳中，他心神一震，暗自叫苦，琢磨着对方语气不善，这是准备跟自己秋后算账，不由得想到了无数个收拾自己的方法，无论是把他关入血牢，还是把他送上战场，反正有太多的手段能置他于死地。

他身为中峰长老，无法脱离或背叛血溪宗，此刻越想越心慌，在尊严与生命之间挣扎，最终，扑通一下跪在白小纯的洞府外。

“求血子开恩，大人不记小人过，我之前不懂事，求血子网开一面，我愿送出一张早年偶然获得的上古神力符，请血子息怒。”

说着，神算子取出了一张青色的符纸。

哪怕白小纯在洞府内，也立刻察觉出此符纸散发出一种古老的波动。他内心微动，起身走出洞府，到了神算子的面前，一把将符纸拿过来，看了几眼后，有些心动。

这上古神力符可以让人的肉身之力短时间内暴增，肉身越强，使用后获得的力量就越多，至于其炼制方法则已失传。

对于白小纯来说，一旦使用这上古神力符，其战力将攀升到一个惊人的程度。

白小纯看了神算子一眼，将上古神力符放入储物袋，干咳一声。

“大家都是同门，你不用这样，以前的事情，我早就忘记了。”

说着，他还拍了拍神算子的肩膀。

神算子原本忐忑不安，万分恐慌，此刻听到夜葬的话，顿时感动，有一种绝处逢生的感觉，对方如此宽宏大量，他甚至有一丝感激。

于是，神算子连连作揖，发誓唯夜葬马首是瞻，在看到夜葬满意的微笑后，神算子更感动，这才离去。

白小纯眨了眨眼，似有所悟……

第 263 章

闺房盗宝

时间很快流逝，七天过去。在这七天里，中峰的不少修士纷纷前来拜访，甚至其他山峰的人也送来了拜帖，每个到来的人都带着重礼，欲与白小纯化解之前的种种矛盾。

白小纯如对待神算子一样，接见这些人。到了最后，他的名气在整个血溪宗竟更大了些，甚至还有不少人对他心怀感激，意欲追随。

白小纯很满意，他觉得自己将这一次的事情处理得很完美。

七天后，血子继任仪式开始。

这一天，血溪宗的修士基本都出现了，无论是太上长老还是血擘，就连老祖也出现了四位。

在万众瞩目之下，白小纯继任中峰血子！

当身为大长老的宋君婉送出中峰的血子袍时，白小纯一伸手，将血子袍穿在身上。

那一刻，白小纯充满了威严。

中峰修士，包括宋君婉在内，全部跪拜下来。

“拜见血子！”

这声音回荡四方的同时，中峰爆发出了阵阵血气，这血气迅速扩散，如同一根柱子撑天而起。

这一刻，夜葬的名字被记录在了血溪宗的典籍里，成了这一代的中峰血子。

其他山峰的修士也在这一刻拜见，虽不用行跪拜大礼，因为他们不是中峰的修士，但血子身份尊贵，任何对其不敬者，都会犯下宗门大罪。

白小纯望着跪拜在那里的弟子，心里感慨万千，思绪连连。

中峰的血子殿许多年都没有人居住，从这一天开始，那里有了主人，那是白小纯的洞府，外人不经传唤，不可踏入半步。

就算是大长老宋君婉，也是如此。

这场继任仪式，进行了半天才结束，随后其他三座山峰的大长老与血子陆续来拜访，在中峰血子殿内举行了一场宴会。

谈笑间，白小纯给人的感觉，没有丝毫不妥之处，宋君婉在一旁辅佐，时而看向白小纯，眼神不再复杂，有的只是鼓励。

只是从始至终，白小纯都没有看到血梅，也没有看到无极子老祖，直至宴会结束后，曲终人散时，白小纯一个人坐在血子殿内，遥望远方，第一次有了手握重权的感觉。

“中峰所有人的生死，在我一念之间。”

白小纯轻声喃喃，望着夕阳落下，他所在的中峰，无时无刻不在传出波动，与他的身体共鸣。

这是身为血子才具备的能力。

白小纯若是想，甚至可以瞬间代替其他峰的血子，压制其他人。

“杜凌菲不愿与我相见，可我的问题已经有了答案。”

白小纯暗道。他能成为血子，就说明血溪宗内至今没有人察觉他的真正身份，杜凌菲并未出卖他。

这就说明了一切，白小纯心底释然。

“每个人的选择不同，或许，你有你自己的选择。”

白小纯沉默片刻，在心底真正将这一切放了下来。

只是白小纯已不愿在血溪宗久留，大战即将爆发，他不能继续留在这里。

“到了该离去的时候了……”

白小纯轻叹一声，看向大长老宋君婉的洞府。

身为血子，白小纯有太多的办法，支开宋君婉和洞府外的童子，进入宋君婉的洞府。一切禁制他都可以轻易解决。

只不过，白小纯没有随意选择一个任务，而是用权力，单独为宋君婉安排了一个任务。

他安排宋君婉去了血溪宗内的传承秘境，那里有历代血子结丹后的感悟。对于处于筑基大圆满，即将结丹的宋君婉而言，进入传承秘境，她的收获将极大。

这种秘境，唯独血子可以进入，就算是老祖也不好直接送人进去，除非是当代血子主动将这种权利送给别人。

宋君婉听到这个事情后，看向白小纯时，眼神柔和得似乎可以融化一切，让白小纯有些承受不住，暗呼妖孽。

好不容易送走了宋君婉，同一天，宋君婉洞府外的童子也被一些事情支开，使得宋君婉的洞府无人守护。

此事也没什么，毕竟在血溪宗，几乎没有人胆子大到敢闯大长老的洞府，况且也没有意义。

安排好一切之后，白小纯平静地走出血子殿，走在中峰上。此刻正是黄昏，天边一片橘黄，有微风吹来，四周没有人，白小纯一个人默默地走到了宋君婉的洞府外。

走过湖，在洞府的大门前，他抬起右手一挥，整个中峰的阵法都在他的掌控之内，洞府大门无声无息地开启。

随着大门的开启，白小纯心跳微微加速，十分期待。他来血溪宗时间不短，从默默无闻直至如日中天，这一切都是为了永恒不灭之物。

眼下，此物就在他的面前，唾手可得！

“永恒不灭之物……到底是什么？”

白小纯深吸一口气，走入宋君婉的洞府。此地他熟悉，如今缓步走来，很快就到了宋君婉的闺房中。

看着四周的女性装饰，白小纯干咳一声，有些不好意思。

白小纯在闺房内安定了一下心神，右手掐诀，向着地面一指，一道血气化剑，直射地面，地面瞬间出现了一个大坑。

剑气不断深入，最终在碰到某物之后，立马消散。

白小纯的灵识无法探察到坑内的物品，那东西就像不存在一样。

白小纯轻咦一声，迈入大坑内，看到坑底有黑褐色的铁片，这铁片极大，盖住了整个坑底。

“就是这里！”

白小纯右手触摸了一下，立刻感受到了刺骨的寒冷。那些寒气如尖针，钻入白小纯体内，他用了数种方法，试图化解，效果都一般，直至运转不死长生功，才将不适感抹去。

顺着铁片所在的地方，白小纯右手掐诀，再次一指，血气化剑，不断将坑挖大，直至坑底露出更多的铁片。

坑底甚至还露出了一个符文，这符文被刻在铁片上，十分复杂，白小纯看不懂其含义，但能看到，在符文的中心有一个凹陷的位置，似乎可以放置一枚灵药。

他没有立刻拿出在灵溪宗炼制的那枚灵药，而是先研究了一下依旧没有看到边缘的铁片，半晌之后，他忽然深吸一口气。

“这中峰，实际上就是血祖右手的中指，那么这铁片，或许就是一个铁环，如同戒指一样，戴在血祖的右手中指上！”

白小纯回忆自己在血祖体内获得传承，仿佛化身成为血祖的一幕，仔细想了想，在那一刻，血祖的右手中指的的确确戴着一个戒指！

“储物的法器有很多种，这戒指莫非是一个储物法宝？”

白小纯沉吟片刻，右手一拍储物袋，拿出那枚灵药，谨慎地放置在符文中心的凹陷处。

灵药放置进去之后，瞬间融化，符文骤然闪烁，发出刺目的光芒，好在还有屋顶，否则的话，外人隔得很远就可以看到这里的光芒。

白小纯心跳加速，后退几步，盯着符文所在之地，许久，这光芒慢慢消散，有咔咔之声传出，符文缓缓改变，如同解开了某种封印，慢慢地，竟出现了一扇光门。

白小纯呼吸急促，看着光门，迟疑片刻后一咬牙。

“都到了这一步，怎么也不能停下，我倒要去看看这永恒不灭之物是个什么物件！”

白小纯深吸一口气，向前一步走出，直接踏入光门内，身影消失。

再次出现时，他到了一个模糊的空间中。这里一片漆黑，不知范围有多大，放眼看去，四周空无一物，唯独正中间放着一个巴掌大小的龟壳。

在这龟壳上，摆着一片金色的叶子！

除此，再没有其他物品。

第 264 章

延时的意外

白小纯愣了一下，上前一把拿起金叶子，仔细地看了看后，发现这叶子除了颜色特殊之外，其他地方都很寻常，看不出什么端倪。

至于那龟壳，更是一片死寂，虽充满了岁月沧桑之感，但不像是永恒不灭之物。

“永恒不灭之物呢？”

白小纯有些抓狂，他不甘心地四下寻找，可找了半晌，除了那龟壳与金叶子外，再没有什么物品了。

他甚至还将那金叶子咬了一口，牙齿都差点咬崩了，也咬不断金叶子。显然此物是不能吃的，白小纯双眼赤红，觉得自己被耍了，恼怒之下直接将假夜葬的魂拎了出来。

“该死的，说好的永恒不灭之物呢！”

“这里除了一片叶子与一个龟壳，什么都没有！”白小纯怒道。

假夜葬也呆了，四下乱看，一样蒙了。

“不能啊，那神秘的宗门的确告诉我在这里啊……”

白小纯感觉自己完完全全被耍了，一想到自己辛辛苦苦，不惜冒着生命危险来到这里，却没有太多收获，他真的好委屈。

他又在这个空间内找了好久，最终，他绝望了，呆呆地看着那个龟壳，尽管他很喜欢乌龟，可这龟壳太小了，比龟纹锅小了太多。

“莫非永恒不灭之物是这龟壳？可我要个龟壳有什么用啊……”

白小纯长吁短叹一番，愁眉苦脸地拿着龟壳与金叶子，走出光门，看着被自己挖出的大坑，哭丧着脸，又一点点地将其填埋起来，直至将洞府的地面恢复原样，才无精打采地离去。

走出洞府后，他长叹一声，抬头看着天空，觉得这个世界和自己开了一个玩笑。

“我辛辛苦苦啊……我真是九死一生，冒着生命危险啊……”

白小纯悲愤欲绝，回到血子殿后，不甘心地拿出金叶子与龟壳，又仔细研究了一番，这一次有了一些收获，他发现那片金叶子异常坚韧，怎么都撕不碎。

除此之外，没别的了，他开始怀疑金叶子上面藏了一些功法，可是，哪怕他开启了通天法眼，也没看出金叶子上有字。

至于那龟壳，更像死物一样，仿佛都风干了。

这一夜，白小纯没休息好。第二天清晨，他眼睛红红的，终于放弃了研究，长叹一声，满心悲哀。

假夜葬已经吓得不敢出声，生怕白小纯一怒之下将自己给灭了，可他也委屈，他是真的没有说谎。

绝望中的白小纯再也不想继续留在血溪宗，他连连叹息，正琢磨着找个理由离开血溪宗，回灵溪宗。

忽然，其他三座山峰之上，分别有一道长虹呼啸而来。

这三道长虹内，分别是三峰的血子，三人神色轻松，临近后，与他寒暄起来，白小纯心底诧异，不知道这三人来此的目的是什么，于是也笑谈几句。

一旁的少泽峰血子有些不耐烦，看向白小纯时，忽然开口。

“夜葬，我三人得到密报，灵溪宗的天道筑基之人白小纯，这些年并未在灵溪宗内闭关，而是外出历练，疑似进入了我血溪宗的范围。此消息真假难辨，不过，只要有一丝可能，我们也不能放过，毕竟这是我等斩杀白小纯的良机！”

白小纯一听这句话，内心咯噔一下，神色却保持不变。

“我等身为血子，当年曾在老祖面前立下军令状，誓必斩杀白小纯，灭了灵溪宗这位天道筑基的苗子！斩杀这样的天骄，灭其生机，夺其气运，成就我等自身大道！这是血子之约，如今你身为血子，自然要与我等共进退，军令状上有我们三人的名字，也要有你的名字！”少泽峰血子凝望白小纯，严肃地说道。

一旁的尸峰血子与无名峰血子肃然地点了点头，纷纷看向白小纯，一副你若不答应，我们就不离开的样子。

白小纯听得胆战心惊，他算是看出来了，这些人是当年立下了军令状却没有完成，如今要拉着自己一起上贼船……

他有心拒绝，可眼见这三人不达目的绝不罢休的样子，正迟疑时，一旁的尸峰血子竟从储物袋内直接拿出了一枚玉简。

“这就是我们与老祖立下的军令状，我特意从老祖那里请来，你在上面留下一道印记就可以了。”

说着，尸峰血子将玉简递给了白小纯。

白小纯睁大了眼，对方居然准备到了这种程度，心底暗骂这些人太过分，这是逼着他立军令状……

一想到这里，白小纯就觉得特别别扭，尤其是看了眼玉简后，发现里面除了击杀白小纯会获得大量的奖赏外，还有失败的惩罚，惩罚是要在血溪宗的地裂禁地修行一年。

白小纯听说过地裂禁地，里面有超强的风和火，在其内修行，如同承受千刀万剐，非常人可以忍受。

他内心狂跳，觉得自己没得罪这三人啊，这三人为什么和自己过不去？竟然宁可承受这样的惩罚，也要灭了白小纯！

眼看三人目光渐渐冷厉，白小纯一咬牙，拿过玉简，直接留下印记，心底冷笑，想着你们三人，这辈子都休想成功，既然拉我上贼船，你们就等着吧！

三人一看白小纯也签了军令状，顿时笑了，心底也松了口气。实际上，他们三人也很头痛，当年一时冲动签下这个军令状，却至今没有完成任务，如今看到中峰有了新的血子，他们三人合计一番，琢磨着这种事情，无论如何也要四个血子共同进退，多拉一个人进来总是好的。

“我夜葬虽然晋升血子时间还短，但此事义不容辞，既然得到了线索，白小纯疑似出现在我血溪宗范围内，那我就立刻外出寻找，若有收获，就给诸位传信，我们一起出手，击杀白小纯！”

白小纯肃然开口，心底想的则是赶紧离开这里。

三人一听，更为惊喜，相互看了看，也表示要出宗门，在血溪宗范围内搜寻白小纯，约定有所收获后彼此传信，这才心满意足地离去。

白小纯看着三人离去，冷笑一声，转身赶紧收拾行装，离开血溪宗。

临走前，他在山门外，回头看了一眼血溪宗，内心感慨，神色复杂。

对于血溪宗，白小纯也分不清自己到底是一种怎样的心态。

“若是能不开战，该多好……”

白小纯遥遥地看向祖峰，似乎能看到祖峰上血梅的洞府。

“选择权在你的手中。”

白小纯轻叹，转身一晃，化作长虹远去。

没飞出多远，白小纯就有些舍不得，在血溪宗的一幕幕浮现心头。他忍不住回头，想再看一眼血溪宗。

“或许，这一辈子都没有机会再回来了……”

白小纯在半空中回头，遥望血溪宗时，忽然睁大了眼，万分吃惊。

在这一瞬，他看到血溪宗的无名峰上竟有一道黑色的雾柱，蓦然间冲天而起，那黑色的雾柱由无数的魔头组成。此刻，这些魔头全部爆发，传出惊天动地的嘶吼声。

“打倒血溪宗，我们要翻身做主人！”

“无名峰的修士，你们欺辱我等魔头，我们绝不屈服，今日定要叛出你血溪宗！”

那些魔头纷纷尖叫，全面爆发，轰动了整个血溪宗。无名峰的修士骇然发现原本属于自己的魔头，居然都不听从命令了。

那些魔头中，还存在一些老魔头，气焰熏天；更有一个魔头，在众魔之中，地位似乎最高，众魔居然以其为中心。

此刻，那个魔头正耀武扬威，发出一声尖叫。

“诸位魔友，大家冲出去！你们放心，我的主人是当今血子，威震四海，大家不用怕！今天，就是我们魔族崛起之日，我们要摆脱无名峰的镇压，这是为自由而战！”

白小纯倒吸一口凉气，一眼就认出尖叫的魔头，居然是自己在无名峰培养出的吞噬了无数废丹的小黑。在白小纯的记忆里，小黑十分乖巧，完全不像现在这样嚣张，说出的话，震得白小纯浑身一抖。

白小纯咽下一口唾沫，额头冒汗，赶紧转身，再没有丝毫不舍，急速远去，生怕那些魔头被镇压后，自己被血溪宗秋后算账。

“该死，之前我自己都在诧异，为何在无名峰炼药时，没有出现什么意外，原来这意外还可以延时……”

白小纯欲哭无泪，在血溪宗内传出无数怒吼以及老祖的冷哼时，玩命狂奔。

第 265 章

啪啪

离开血溪宗后，白小纯在半空中化作一道长虹，急速远去。苍穹无边，云层飘渺，那种身在天地之间，纵横八方、豪气万丈的感觉，让白小纯无比轻松。

在血溪宗的势力范围内，放眼看去，就连丛林都近乎血色，有很多地方散发出阵阵凶气。

只是这些凶气，在白小纯身上的血气扩散后，仿佛受到了惊吓，顿时收缩，不敢露出半点。

血溪宗势力范围内的所有东西，可以说都与血祖有些关联，白小纯一出现，就对这片大地上的生物产生了巨大影响。一些强悍的凶兽，在察觉白小纯身上的血气后，也纷纷避开，不愿招惹。

即便是遇到血溪宗范围内的修真家族，白小纯也毫不在意。他在血溪宗内身份极为尊贵，血子外出，哪怕只是一人，依旧有足够的威慑力，所过之处，畅通无阻。

这一路上，白小纯一边看风景，一边飞行，倒也轻松愉快。途中，他还会修炼，感受到离开血溪宗后，自己的不死长生功提升速度逐渐变慢。

虽然无奈，但是也没有别的办法，好在白小纯有血祖的传承，只要他把不死卷融会贯通，即便不死长生功的提升速度慢了下来，对他也没多大的影响。

至于紫气通天诀，白小纯想了想后，没有在血溪宗势力范围内修炼，觉得这种标志性的术法，还是翻过落星山脉之后再练习比较好。

不过，他好久没练过驭人大法了，有些心痒，在赶路的时候，尝试了几次，虽进步不大，但随着修为的提高，这驭人大法也多了几分巧妙之处。

还有就是引力与斥力之术，白小纯已研究多年，不甘心放弃，在赶路时，再次分析。

一路上，若是累了，白小纯就找一个修真家族打打秋风。每次离去时，那些修真家族都热情相待，小心翼翼地将他送走。

这一路，白小纯很感慨，对于血子的身份越发有些舍不得，觉得自己这是放弃了天大的富贵与荣耀。

“唉，我白小纯实在太正直了，太有原则了，我为了灵溪宗，放弃了这么多。”白小纯越想越觉得自己这么做，非常了不起。

“还有宋君婉……”

白小纯一想起宋君婉，心头就微热，脑海中浮现出宋君婉那绝世的容颜，叹了口气。

“婉儿，正邪不两立啊……”

白小纯一副正气凛然的样子，心中却有些失落，回头看了眼血溪宗的方向，更加失落了。

越是远离血溪宗，白小纯就越发频繁地想起在血溪宗的一幕幕，到了最后，他狠狠一咬牙，加速飞行。

终于，他遥遥地看到了一条山脉，这山脉纵横无边，似一条巨龙卧在大地上。

看似不远，实际上若是飞行，按照白小纯的估计，至少还需要半日。

“翻过山脉，就进入灵溪宗范围了……”

白小纯深吸一口气，目露果断之色，正要继续飞行，忽然，远处的天空上，有三道长虹飞过。

这三道长虹内，一老两少，老者为筑基修为，另两人则是凝气七八层，依靠法器勉强飞行。此刻，那老者正皱着眉头，呵斥身边两个少年。

“大战在即，你们是我水月家族的未来，可若是你们飞行得这么慢，岂能在大战中保命！操控法宝飞行，虽需灵力支撑，但技巧也很重要！”

那两个少年咬牙，全力操控身下的法器，可还是摇摇晃晃，其中一个更是不稳，直接从法器上摔落下来。

“废物，家族花费资源培养你，莫非全白费了！”

老者袖子一甩，接住摔落的少年，面色阴沉，忽然察觉到了天边的白小纯。

“哼，哪个不开眼的修士，不知道此地属于我水月家族，严禁他人飞行，还不给我滚下来！”

老者正心烦，此刻，袖子一甩，打算出手。

白小纯逐渐靠近，之前，他就注意到了这三人，原本没打算理会，没想到，那老者不知发了什么神经，居然呵斥自己。

“你说什么？”

白小纯眼睛一瞪，看向老者。

老者睁大眼，仔细地看了看白小纯，顿时倒吸一口凉气，面色大变，身体都颤抖起来。

“那是……中峰血子，瘟魔夜葬！”

老者面色苍白，一想到自己竟然呵斥了血子，顿时心惊肉跳，暗自叫苦，赶紧抱拳，向着白小纯，深深一拜。

“拜见血子大人！”

白小纯冷哼一声，到了三人面前，目光在三人身上一扫。

“你们如何知道我的去向？”白小纯冷冷地开口。

这三人被白小纯目光扫过，顿时紧张起来，两个少年低下头，无比惊恐，就算是那个筑基老者，也头皮发麻，呼吸急促，想到了自己听到的消息，这位中峰血子可是狠辣无比的人啊！

“我们不知道血子大人的去向，我……我水月家族居住在这附近，留意一切过往修士，方才察觉血子大人到来，赶紧过来拜见，请血子大人去鄙族歇息……”

白小纯傲然地点了点头，他觉得以自己现在的身份，做事情就要嚣张一些，才不会露馅，于是袖子一甩，缓缓开口。

“也好，带本血子去你们家族。”

老者心底颤抖，不敢不从，甚至脸上还挤出了笑容，赶紧带着白小纯到了水月家族。

这水月家族在血溪宗范围内，虽不算什么大修真家族，但也比那些小家族强许多，算是中等，占据三座山，山上种着翠绿的果树，与附近的赤色地区比较，很显眼。

尤其是那些果树的果子，颜色虽黑，却散发出阵阵奇异的香气，这香气扩散至整个水月家族，竟产生了一种朦胧之感。

白小纯刚靠近，就察觉了这些果子的奇异之处，轻咦一声。

“血子大人，这些果子并非我水月家族种植，而是此地野生的。血溪宗曾经取走一些，发现此果有毒，不可吞食，也难以入药，唯一的作用，就是可以散发出一丝丝气味，驱散一些凶兽的同时，产生类似幻境的朦胧之感……”

一旁的老者见怪不怪，任何人第一次来到水月家族都会被这些果树吸引，多少年来，这些果树不知被人研究了多少次，最终也没什么结果，只能说对修士无用。

白小纯没说别的，一闪身，直奔水月家族，踏在第一座山峰上后，整个水月家族都惊动了，纷纷走出拜见。

白小纯没有理会，而是来到一棵果树下，摘下果实，仔细地看了后，确定老者所说为真。

“草木万物，千奇百怪，这种果实的气味居然可以形成幻境……”

白小纯好奇地看了眼树木，发现这里的果树大都生长了很久，顺着这些果树，白小纯甚至在第三座山上找到了一棵分辨不出年龄的老树。

这棵老树极大，需十多人环抱，一半已经枯萎，余下的一半生机也不多，渐渐开始干枯。

在这里，果实散出的香气格外浓郁，白小纯闻了一口，略微有些恍惚，随着灵力运转，恍惚感瞬间消失。

“可惜了，若运转灵力，人不能立马清醒，哪怕只是延缓一个呼吸的时间，这果树的价值也将不同。”

白小纯摇头，正要离去，忽然神色一变，低头看向自己的储物袋。

他方才察觉储物袋内似有一丝气息变化，灵识一扫后，他的神色变得古怪，支走水月家族族人后，他从储物袋内取出一个巴掌大小的龟壳。

这龟壳正是他在宋君婉洞府下找到的疑似永恒不灭之物，原本这龟壳虽是实心，但里面都枯死了，如今在老树的香气的影响下，似乎起了某种特殊的变化。

一截绿色的尾巴露了出来，白小纯睁大了眼，很快就看到绿色的四肢从龟壳内慢慢伸出，直至连头颅都伸了出来……

“这……活了？”

白小纯倒吸一口凉气，仔细一看，头颅与四肢虽出现了，但是软绵绵地耷拉在那里，没有丝毫生机，如同一个布偶。

白小纯看了半晌，觉得奇异，却没看出太多端倪，顺手一摇，乌龟的头颅、四肢以及尾巴摇摆起来，敲在龟壳上，发出啪啪之声……

第 266 章

我回来了

白小纯没有在水月家族停留太久，当天黄昏，水月家族送出了大礼，恭敬地送走了他。

白小纯大摇大摆地走出，在半空飞行，几个时辰后，就靠近了落星山脉。

到了这里，白小纯已是归心似箭，深吸一口气，降临在落星山脉中，急速而去。一路上，他十分谨慎，灵识散开，随着前行，渐渐发现落星山脉与自己曾经看到的有些不同。

有一股惊人的气息隐藏在山脉内，虽没有爆发，但依旧让白小纯心惊肉跳。

“怎么回事？”

白小纯深吸一口气，更为小心，直至深夜，终于到了落星山脉的一个缺口处，他被眼前这一幕震撼了。

一道在远处看不到，唯有近距离才可以看到的透明光幕，出现在落星山脉之上，仿佛通天一样，形成一面巨大无比的光墙！

落星山脉有多长，光墙就有多长。它将灵溪宗与血溪宗分隔开，这种光幕，白小纯不需要去测试，就可以猜出其威力有多大，若是自己强行去闯，必定形神俱灭，魂飞魄散。

白小纯仔细辨认后，感受到了光幕上灵溪宗功法的波动。

“落星山脉设下了灵溪宗对抗血溪宗的最强防线！”

白小纯心神震动，想起了在灵溪宗时听到的那些关于落星山脉的传闻。

传闻，这条山脉就是一道防线，是灵溪宗万年来打造出来的……

“我在血溪宗内，感受不到太多外界的变化，实际上，血溪宗与灵溪宗的大战迫在眉睫，光幕的出现就证明了这一点。”

白小纯沉默片刻后，站在缺口处回头看了一眼血溪宗的方向。

半晌后，确定周围没有什么人，他深吸一口气，缓缓抬起右手，放在自己脸上，摘下面具，露出了属于他的真正面孔！

白小纯收起面具后，袖子一甩，运转不死长生功，血溪宗的一切血气都被压下，不露在外。与此同时，紫气通天诀骤然爆发，传出阵阵波动，白小纯向着光幕走出一步。

在碰触光幕的瞬间，一股惊人的意志瞬间降临到白小纯身上，仿佛一个波动就可以将白小纯抹去，白小纯一动不动，心底也紧张起来。

好在几个呼吸之后，那冰冷的意志扫过白小纯全身，无声无息地消散，白小纯继续行动，一步落下，走出了光幕。

“那应该不是某个老祖的神识，而是这阵法本身的阵灵！”

白小纯心有余悸，回头看了看身后的光幕，深深地吸了口气，看向四周，这里的一切，不再是赤色的，而是翠绿无边。

那是与血溪宗完全不同的世界，那是灵溪宗的气息！

“我白小纯……回来了！”

白小纯喃喃低语，一闪身，化作长虹，呼啸远去，紫气通天诀全力运转，耀眼的紫色光芒从他身上爆发出来。

尤其是他的眉心中央，通天法眼瞬间睁开，整个天地在他眼前变得多姿多彩。他不需要再隐藏，掐诀一指，紫气化鼎，惊天动地。他袖子一挥，无边水汽扩散，使得八方朦胧，水泽国度骤然降临。

白小纯仰天大笑，这种无所顾忌的感觉让他身心愉悦。压下对血溪宗的回忆，他的脑海里浮现出所有关于灵溪宗的记忆。

“李叔、张大胖、侯小妹、侯云飞、许宝财、掌门师兄、铁蛋……我回来了！！”

白小纯精神抖擞，速度更快，划破长空，急速远去。

他甚至取出了龟纹锅，看着这口大锅，感慨万千。

“在血溪宗时我不敢用，现在终于可以炼灵了！”

白小纯精神振奋，他早就搜集了大量的四色火，此刻再没有迟疑，立刻开始炼灵。

很快，他就把所有的法宝都炼灵了四次，尤其是他的招牌法宝小木剑，在四次炼灵之后，看起来不再是木质的，而成了金色的！

至于金乌剑，也是这样，光芒刺目，剑气凌厉，让白小纯十分心惊。还有其他法宝，都被白小纯炼灵了。

至于宋家老祖给的灯笼，白小纯也没放过，此物炼灵后，银纹闪耀。白小纯将其拿在手中，有种惊心动魄之感，察觉到灯笼内有种让人头皮发麻的恐怖波动。

“我现在太强了……连我自己都害怕自己。”

白小纯挑了挑眉毛，将这灯笼小心翼翼地收起，美滋滋地向着灵溪宗飞去。

途中，他想起从血溪宗得到的小乌龟，于是将其从储物袋内取出，用力摇晃了几下，看着小乌龟的四肢与头颅，不断甩来甩去。

他拽住小乌龟的尾巴，向外使劲一拉，顿时就发现了奇异之处，这尾巴居然可以拉很长，一松手，就砰的一声弹了回去。

“还可以这样？”

白小纯诧异，抓住四肢拉伸，最终索性抓着乌龟的头，发现居然也能拉很长。

白小纯甚至发现小乌龟可以被当成武器，还找了一块山石尝试，只听一声轰鸣，那看似坚硬的山石寸寸碎裂，小乌龟却毫发无损。

白小纯觉得小乌龟不简单，于是在回灵溪宗的途中，经常把它拿出来摇一摇，拉一拉，甩一甩。

数日后，他在摇晃小乌龟时，隐隐闻到了一丝清香。

这香气虽淡，但是白小纯闻了一口后，体内的灵力居然在这一瞬活跃起来，他刚运转灵力，四周就有大量灵气被他吸来，融入体内，灵海传出惊人的波动。

“嗯？”

白小纯一愣，想要再次感受时，体内灵力又恢复如常，他查看了一下，却发现方才运转了一次，居然堪比平日里打坐一个月。

白小纯倒吸一口凉气，猛地看向手中的小乌龟。

“莫非它就是那永恒不灭之物？”

白小纯想起关于小乌龟的奇异之事后，赶紧使劲摇晃起来。

可无论白小纯怎么摇晃，都没有清香传出。他不甘心，这一路不断地摇晃，终于在第三天时，小乌龟体内再次释放出清香。

白小纯赶紧深吸一口，灵力再次爆发，四周的灵气好似被吸引，疯狂涌来，甚至在白小纯四周形成了一个巨大的旋涡。

有些修真家族的人目睹了这一幕，目瞪口呆。

白小纯狂喜，仰天大笑。

“哈哈，还是我白小纯聪明啊，这一次没有白费力气，这小乌龟是个宝贝，居然可以加快我的修炼速度。”

白小纯十分激动，他打定主意，每天都要去摇一摇小乌龟。

又过去了数日，终于，白小纯遥望远方，看到了灵溪宗的山门，更看到了南岸三山、北岸四山，还有中间跨越通天河的种道山。山顶位置有光芒散出，仿佛正在蓄势……

一股威压以灵溪宗为中心，正向着四周扩散开来。

白小纯激动万分，拿着小乌龟使劲地摇了摇。

“终于回来了，还记得我当年离去的时候，那么多人舍不得我……”

“我有些日子没回来了，那些人一定都想我了……还有李叔，不知道闭关得怎么样……”白小纯内心振奋，更有对李青候的挂念。

白小纯用力地摇了下小乌龟后，速度更快，化作一道长虹直奔灵溪宗山门。

刚靠近，立即有四道长虹从山门内骤然飞出，更有低喝传来。

“来者止步！”

四个修士中，一人修为达到凝气大圆满，其他三人都是凝气五六层。四人目光炯炯，看到白小纯后，皆是一愣。

尤其是其中一人，眼睛睁得老大，身子颤了几下，此人正是陈飞……

“白小……白师叔！”

陈飞失声惊呼。好在他反应快，连忙改口，赶紧抱拳，其他三人也愣了一下，在看清白小纯后，连忙拜见。

“不错不错，大家要好好修行。”

白小纯得意非凡，觉得这才是自己的家，于是摆出前辈的样子，赞赏地点了点头，拉着四人，直接踏入山门。

至于灵溪宗的阵法，对白小纯不起任何阻拦作用。刹那间，白小纯就飞入灵溪宗。看着熟悉的南岸，半空中一道道长虹飞来飞去，白小纯感觉无比亲切。他觉得有必要让所有人知道，他们舍不得的白小纯归来了。

“诸位同门，我白小纯……回来了！！”

白小纯站在半空中，仰天喊道。声音如雷霆，传遍整个南岸……

听到白小纯的声音，陈飞同情地看着整个南岸。

第 267 章

你们一定很想我

“灵溪宗的兄弟姐妹，我白小纯回来了！”

白小纯的声音回荡在灵溪宗南岸，甚至北岸也隐约能听到……

原本十分热闹、人声鼎沸的灵溪宗，在这一刻，竟诡异地瞬间安静了……天空中那些凤鸟，身体一抖，几乎忘了怎么飞行。

香云山上，自从李青候闭关，周长老代一山掌座之职，此刻他正打坐，突然听到如雷霆般的话，愣了一下。

周心琪原本在种道山修行，此刻刚刚结束了打坐，正要外出时，听到外面天雷滚滚，面色瞬间一变。

此刻，许宝财正在青峰山上拜访几位好友，正在吹嘘自己无所不知时，忽然被白小纯的声音打断，不禁睁大了眼。

张大胖正愁眉苦脸地在许媚香面前听她训斥，听到白小纯的呼喊之后，猛地抬头。

整个南岸，曾经被白小纯无意中连累的弟子，在听到这句话后，全部呆住……

香云山上，一位长老正在为弟子讲解术法，白小纯的声音传来，打断了长老讲课。长老面色大变，这些弟子也心神震动。

种道山上，郑远东正拿着一枚玉简，面色阴沉，玉简内的消息让他很头痛。此刻，他正要发布一道任务出去，听到外面的声音后，脚步一顿，脸上表情立刻变了。

种道山上还有两位太上长老，同样神色微变，他们正是当初被白小纯凝聚的珠子撕裂了衣服的人。

白小纯发现自己一吼之后，整个南岸都安静了，就连天空中的鸟也不飞了，那些原本正在飞行的修士也停住了，他十分感动。

“大家都还记得我。他们一定非常想念我，没有我的日子，恐怕就连修行都是枯燥的。陈飞，你说是不是？”白小纯扭头对着身边的陈飞，感慨地开口。

陈飞不知道自己该说些什么，只能硬着头皮恭维起来。

“白师叔神功盖世，声名赫奕，回来后一吼，灵溪宗内内外外全部振奋！”

陈飞这么一开口，他四周那三人都傻眼了。之前，他们听到白小纯的话，就已经呆了一下；看到宗门中人反应这么大，又呆了一下；此刻，再听到在他们心目中一向冷酷的陈飞师兄，居然说出这种话，更是倒吸一口凉气。

他们三人进入宗门较晚，对于白小纯的诸多事情，只是听说，没有亲身经历，此刻只能面面相觑。

“哈哈，那是，大家非常想我啊，你看我只是喊了一声，大家都激动得呆住了。你们放心，我回来了，再也不走了……”

白小纯十分感动，正要继续大喊几声，忽然，阵阵尖叫声从南岸三山中轰然爆发。

“苍天无眼啊，白小纯回来了！”

“该死，他不是出去历练了吗，这才几年啊，怎么这么快就回来了？”

“不好，灵尾鸡刚刚多了一些……”

“炼药狂魔归来！”

无数的尖叫声骤然回荡，天空中的那些凤鸟惨叫着瞬间飞走，那些在半空的修士，想起当日广场上那恐怖的撕衣大法，一个个头皮发麻，急速远去。

还有南岸三座山峰上的那些弟子，想起曾经的事情，一个个无比悲愤。

周心琪听到白小纯的话后，心头暗恨，冷哼一声，索性继续闭关……

许宝财哭丧着脸，有心不出去，可一想到白小纯的身份，不得不赶紧飞出来接驾。

白小纯眨了眨眼，听着四周那些尖叫，他干咳一声，摸了摸鼻子，看向身边的陈飞四人。

“哈哈，你们看大家多热情……”

陈飞额头冒汗，他绞尽脑汁也想不出如何接话，其他三人看向白小纯时，敬畏他如天人，他们无法相信，居然有人能用一句话就让南岸之人近乎崩溃……

白小纯也觉得有些尴尬，心底不服气，暗道自己在血溪宗可是血子，走在哪里，那些人都会恭恭敬敬的，谁要是敢说半个不字，自己一瞪眼，对方立刻就会吓得发抖。

白小纯心里正不平衡时，张大胖仰天长啸，化作长虹飞出紫鼎山。

侯小妹原本正在打坐，知道白小纯回来后，欢呼雀跃，急速冲出……

还有黑三胖、侯云飞以及其他一些跟白小纯有交情的人，都开心地飞出。

郑远东干咳一声，不好不出面，于是也在种道山上遥望了一下白小纯。想起对方之前的调皮捣蛋，他哑然一笑。

这个时候，一声嘶吼从北岸传来，身体已长到了十丈大小的铁蛋，如同一座小山，从北岸直接冲来，吼声震天动地，更引起了北岸的万兽咆哮。

这嘶吼声让北岸的人惊呆了，不少北岸弟子不知道发生了什么，也跟着飞出，到了南岸后，遥遥地看了一下白小纯，立刻愣了，随后面色大变，倒吸一口凉气，失声惊呼。

“白小纯！”

“他回来了！”

在这惊呼中，不少北岸弟子尖叫，急速退走，想要赶紧将这个消息告诉北岸同门，很快，北岸轰动……

白小纯大笑，快走几步。铁蛋在白小纯面前停下，睁着大眼睛，一脸喜悦，身子竟缓缓缩小，变成了刚出生时的模样，咬着白小纯的裤腿，说什么也不松口，似乎在担心白小纯再把它扔下，独自出去玩耍。

白小纯内心喜悦，抱起铁蛋，又一把抱住飞来的张大胖。张大胖十分激动，有太多话想要说，可看到侯小妹来临，便向着白小纯挤眉弄眼，慢慢让开。

白小纯哈哈一笑，他再不像当初那样懵懂，经历了血溪宗的一切后，白小纯成熟了不少。此刻，他主动上前，一把抱住侯小妹。

侯小妹俏脸通红。

很快，侯云飞、许宝财，还有之前在陨剑深渊内承了白小纯大恩的弟子，纷纷出现。他们簇拥着白小纯，一边说着白小纯不在的这些年宗门内发生的事情，一边向着种道山飞去。

白小纯问了问众人关于李青候的事情，众人都表示不大清楚，可也没有听到什么不好的传闻，白小纯这才放心。

那些没有被白小纯折腾过的弟子，看到白小纯被人簇拥着离去，觉得不可思议。

他们无法想象，在宗门内居然会有一个这样的人，让很多人无奈的同时，也让很多人真心相待。

“我听说过白师叔的很多传闻……”

“白师叔到底是一个什么样的人？”

“我隐隐觉得，似乎从白师叔踏入宗门的那一刻起，灵溪宗就与往常不大一样了，平日里虽热闹，但是难免有些大战即将爆发的压抑感。现在，这压抑感居然没了！”

陈飞身边的三人，彼此低声交谈。

陈飞没有跟随白小纯，而是在山门旁望着一群人远去，他情绪复杂，听到身边三人的话语后，沉默片刻，轻声开口。

“他，就是白小纯，我灵溪宗的准传承序列，天道筑基之人，一个人的光芒就压过了所有人，让所有人又爱又恨，心服口服！”

三人不再开口，看向白小纯的背影时，更多了一些敬意。

在整个灵溪宗因白小纯的归来而轰动之时，北岸的鸾尾峰上，有一个人走出了洞府，遥望南岸。

这是一个女子，轻风吹起她的秀发，露出她那绝美的侧颜。她眼含秋水，身材凹凸有致，拥有无穷魅力。虽然装束保守，但眉目中的风情，使得她整个人如同一团火，让人忍不住想要靠近……

“哥哥，你终于回来了……”

女子掩口轻笑，似乎很期待与白小纯相见。

第 268 章

我们相信

灵溪宗南岸，无数人看着白小纯无比威风地飞向种道山。

他的笑声时而传出，透出一股得意。

“我和你们说，我历练的这些年，那可是惊天动地。我从众人手中抢过筑基丹，还崩过一座圣山，一剑飞出，击杀十多个筑基修士，惊天动地，神机妙算，法力无边啊！多少强者在我面前都颤抖着低头，多少凝气弟子在我瞪眼时，立刻面色苍白地求饶……”白小纯声音很大，带着炫耀的意味，传遍四周。

他身边的那些人都笑着起哄，对于白小纯的话，他们怎么也不相信。不过，看向白小纯时，他们脸上都带着真诚的笑容。

对他们来说，白小纯不仅是同门，更是可以交付性命的朋友！

他虽顽劣爱捣蛋，但在关键时刻，往往能扭转乾坤，让人放心！

身为天道筑基之人，更是准传承序列，在白小纯身上，他们看不到丝毫狂傲，反倒十分亲切，曾经发生的那些让人哭笑不得的种种琐事，拉近了白小纯与他们的距离，让他们觉得，白小纯是可以交心的、实实在在的朋友。

尤其是侯云飞，这种感觉更为强烈。他看着白小纯，看着白小纯身边的侯小妹，脸上带着笑容，心中更有祝福。

侯小妹脸上红扑扑的，此刻，心脏还在加速跳动，满脑子都是方才白小纯一把抱住自己的一幕，目光时而落在白小纯身上，饱含感情。

这神采，与宋君婉很相似……

白小纯既振奋又激动，看着身边的人那一张张熟悉的面孔，他想起曾经在灵溪宗的一切。

这种回家的感觉，让白小纯深受感动，至于方才自己大吼一声，引来无数尖叫，早就被他自动忽略了。

“你们不信？我白小纯老厉害了。曾经有个元婴老怪，对我赞誉有加，还有一个元婴老怪，看到我后要收我为义子！”白小纯一拍胸口，傲然地说道。

“我们相信……”侯云飞笑着说道。张大胖等人神色古怪，眼看白小纯望向自己，连连称相信。

众人纷纷大笑，白小纯眼看如此，有些郁闷，他很想告诉所有人，自己在血溪宗内炼过药，在血祖体内争过锋，更是大名鼎鼎的中峰血子。

可这一切他都不能说，这让他觉得气恼。

“我说的是真的，我在外面历练，辈分老大了，还有个绝美的妖孽，非我不嫁……”

白小纯正说到这里，一旁的侯小妹眼睛眯成了月牙儿，在旁边开口。

“哪个绝美的妖孽呀？小纯哥哥，你详细说说。”

“呃……”

白小纯立刻警惕，感觉一股若有若无的杀气从侯小妹身上散出。他觉得自己经历了血溪宗的一切后，对于杀气很敏感。

他正要想个办法引开话题，突然，一道巨大的光柱从种道山上轰然射出，直接升空，冲入云霄。

这一瞬，地动山摇，苍穹轰鸣，仿佛整个世界都震动起来，厚厚的云层出现在半空中，凝聚在一起后，形成了一个巨大的旋涡，这旋涡轰隆隆地转动，中间似有一轮白色的太阳！

这太阳若隐若现，仔细一看，太阳里似乎还有一只黑色的乌鸦！

这乌鸦始终闭着眼，没有睁开，哪怕如此，在其出现的一瞬，一股惊天动地的威压蓦然间向着四周扩散开来，让所有人心神一震，呼吸急促。

灵溪宗南北两岸，瞬间寂静。

白小纯身边的人，一个个面色变化，后来，似乎猜到了什么，纷纷神色肃然，看向光柱。

白小纯心惊肉跳，看着天空上的旋涡以及其内的白色太阳，还有那只闭眼的乌鸦，不知道发生了什么事情。

“这个……我虽地位很高，但归来时，也没必要这么隆重吧……”白小纯疑惑地低语。

他身边的许宝财咽下一口唾沫，神色紧张，可听到了白小纯的话后，还是没忍住翻了白眼，低声开口：“之前，听说第一批人离去的时间，就是这几天，现在一看，估计就是今天了。”

“怎么回事，什么第一批人离去，去哪儿？”白小纯有些摸不着头脑，抓住许宝财问道。

“去落星山脉！”许宝财神色肃然，低声说道。

“小纯，就算你许久未归，也该听说过血溪宗与我灵溪宗的事情。两大宗门之间即将爆发大战，这一战不能在我灵溪宗宗门内展开，所以宗门早就决定，在落星山脉，依靠落星山脉的大阵，与血溪宗决战！”侯云飞开口说。他地脉筑基后，在宗门内的地位与之前大不一样，更是拜了一位太上长老为师，知晓的消息最多。

白小纯心神一震，大战距离自己更近了。

“如今，就是宗门在蓄势之后，开始的第一轮传送，今天将送出第一批修士，去落星山脉！”

侯云飞刚说完，一个威严沧桑的声音，蓦然从种道山上传出，回荡在整个灵溪宗。

“第一批传送的弟子，即刻前来！”

这声音如天雷滚滚，传遍四周。白小纯看到，一道道长虹立刻从南岸三山以及北岸四山中呼啸而出，直奔种道山而去。

这些长虹内，有的是筑基修士，有的是凝气大圆满修士，还有更多的弟子难以飞行，于是飞奔向种道山。

白小纯甚至还看到了鬼牙、北寒烈，这二人的气势超出寻常修士，如同流星，瞬间临近种道山山顶。

粗略看去，第一批人足有两千多修士。队伍中甚至还有一些太上长老的气息，在这一刻爆发出来。

直至最终，一个模糊的身影，在天空的旋涡中缓缓凝聚，化作了一个男子，这男子刚出现，就让天地失色。

白小纯立刻认出，对方就是当年帮助铁蛋，被宋家老祖称为李子墨的灵溪宗五大老祖之一！

"三代老祖！！"白小纯身边立刻有人惊呼。

很快，当第一批修士聚集在种道山山顶之后，李子墨右手抬起，猛地一挥，种道山上的光柱蓦然爆发，瞬间变得无比刺目，光芒扩散，笼罩那两千多人，接着一闪，两千多人消失了。

之后，一切恢复如常，唯独种道山上的光柱依旧与苍穹连接，不断轰鸣。而其他几座山峰，即便没有光柱升空，山顶之上也发出了耀眼的光芒，似乎很快就要爆发出光柱的样子。

侯云飞的声音传入白小纯的耳中。

"他们是第一批，用不了几天，第二批也会被传送走，人数将更多，而我……也在第二批的名单里。"

白小纯心头一震，看向侯云飞。

侯云飞脸上露出温和的笑容，四周的这些朋友，也有不少笑着开口，说出了自己所在的批次。

听着众人的话，白小纯发现，这里的每一个人，哪怕是凝气修士，甚至侯小妹，也在参战之列。

这场即将展开的战争，从这里就可以看出，将是灵溪宗的背水一战！！

"我听师父说过，落星山脉有我灵溪宗早年布置的大阵，为的就是防止血溪宗入侵，是我灵溪宗的倚仗。大阵集合了数代人的力量，非比寻常。血溪宗虽强，但是这一战的结果还未可知！"张大胖察觉到氛围有些压抑，于是赶紧开口。

"的确，血溪宗欺人太甚，列出的那些条件，我灵溪宗若答应，无疑是屈从。这样卑躬屈膝地活着，不如站着去拼杀！"

"从拜入灵溪宗的那一刻起，这里就是我的家园，我生是灵溪宗的人，死也是灵溪宗的鬼！"

"这一战，无法避免，无论胜败，都要血战到底！"

白小纯身边的人，此刻纷纷开口，目中露出坚毅。

第 269 章

誓杀夜葬

不单单是他们如此，这一刻，整个灵溪宗内，所有人的心中几乎都升起了腾腾杀意，有的将其压在心底，有的宣之于口。无论怎样，一股惊天动地的气势从灵溪宗爆发出来。

白小纯回来得晚，没有亲眼看到灵溪宗这段时间是如何备战的，但是他想象得出，大家是如何努力的。

在这一刻，看到灵溪宗上下一心，准备倾力一战，他很感动！

“说起血溪宗，小纯，你这段时间在外历练，不知有没有听说，那血溪宗内出了一个惊人的天骄，名为夜葬。那个夜葬晋升成了中峰血子！”侯云飞在一旁说道。

“啊？”

白小纯正愁两宗开战之事，听到侯云飞的话，他眯了下眼。

“这一次，我与北寒烈以及鬼牙、上官天佑有约定，若是在战场上看到夜葬，便直接联手，争取将夜葬击杀在阵前。小纯，到时候你也加入进来吧！”

侯云飞目中有杀意闪过。地脉筑基之后，侯云飞整个人的气质都发生了变化，他已有了属于自己的天地，不过对于友情，还是看得很重。

白小纯心惊肉跳，他舔了舔嘴唇，正要开口，众人听到“夜葬”这个名字，纷纷起了杀心，就连许宝财也咬牙切齿。

尤其是张大胖，更是目中喷火，唯独侯小妹，一副恐惧的样子。

“那夜葬凶残无比，杀人无数。我有可靠消息，此人喜吸人血，每天若不吞噬足量的鲜血，就会变得十分暴躁，传闻与其修行的功法有关。”其中一人冷哼着说道。

“喜吸人血？”

白小纯睁大了眼，觉得不可思议，他仔细回想，不记得有这种事情。

“我还听说夜葬性格扭曲，是一个好色之徒，在血溪宗内声名狼藉，只不过手段狠辣凶残，别人才不敢反抗。”众人中一个青年咬牙开口。

“好色之徒？性格扭曲……”

白小纯倒吸一口凉气，他怎么听都觉得这不是自己……

“这些算什么，我还听说这夜葬有炼尸癖，令人发指！”许宝财在一旁恨恨开口。

白小纯目瞪口呆。

“不过，此人也的确是天骄，原本默默无闻，只修到了凡道筑基，没想到生生压过了血梅与中峰大长老，成为血子！”

“听说血溪宗的一位老祖，要收此人为义子……”

“这夜葬的药道也很魔性，有瘟魔之称……”

众人你一言我一语，还提到了药道与瘟魔，有几个人看向白小纯，吓得白小纯心里有些没底。

“那个夜葬真的这么坏？都是传闻吧。”

白小纯下意识地想要辩解一下，可他话刚说完，一旁的张大胖就狠狠地握住了拳头。

“小纯你不知道啊，那夜葬最恐怖的地方，不是他手段凶残，而是他会推衍之法，他几乎无所不知，什么事情，他只要掐指一算，天上地下，尽在心中。还有关于你的事情，他算得那叫一个准啊，此人必须除去！”张大胖生怕白小纯轻敌，赶紧说道。

众人深以为然。

白小纯看着张大胖，想起了自己当初以夜葬的身份回来时的一幕幕……

“没错，这个家伙不能留。我许宝财若能学会这种神通，死也无憾了。据我所知，咱们宗门内组织的要击杀夜葬的队伍，有十多队。而且就连传承序列也放出话来，大战时，要杀血子立威，就连太上长老也有所筹划。我还听说，掌门曾言，杀血子者，重赏！所以一旦开战，夜葬必死无疑！”许宝财在一旁咬牙说道。

此刻，众人已靠近种道山，白小纯听得额头直冒冷汗，他心底委屈，觉得自己假扮夜葬时，没得罪这些人，为何他们都要来杀自己？

尤其是听到传承序列以及太上长老都在筹划，甚至掌门师兄也要杀夜葬，白小纯很害怕，刚要开口表态，忽然，掌门郑远东的声音传了过来。

“白小纯，速来见我！”

“啊！”

白小纯正紧张，突然听到郑远东的话语，惊得险些跳起来，面色大变，下意识地抬手摸了摸自己的脸，确定自己没有戴面具后，才在众人的注视下，忐忑不安地飞向郑远东所在的大殿。

白小纯小心翼翼地到了大殿外，深吸一口气，才走入殿内，一眼就看到了背对自己站着的郑远东。

大殿内灯火昏暗，一股压抑感隐隐存在，白小纯本就心虚，此刻看到这一幕，更是心底颤抖，眼巴巴地望着郑远东。

“掌门师兄……”

“白小纯，你好大的胆子！”

郑远东蓦然转身，目光如电，声音如雷霆炸开，全身灵力爆发，隐隐散发出一丝结丹境的气息。

白小纯本来对郑远东的威压没什么感觉，可他对郑远东以及李青候本就敬畏，此刻对方这么一喝，白小纯心头狂震，开始猜测难道掌门师兄知道自己就是夜葬?

“掌门师兄，我错了……”

白小纯哭丧着脸，不管对方知不知道他夜葬的身份，反正先认错，总是好的。

“胆大妄为，肆意胡闹，你出去历练也就罢了，居然还隐藏了气息，你可知晓，有多少心怀恶意的人在找你，就连血溪宗的四大血子都立下誓言必定杀你，一旦他们找到你，你将陷入万劫不复之境！宗门只能对外说你在闭关，暗中也在派人找你，几乎把整个东林洲都翻遍了！”郑远东怒道。

白小纯眨了眨眼，松了口气的同时，还有些感动，连忙低头，乖乖认错。

郑远东又训斥了一番，看白小纯一副乖乖的样子，重重地哼了一声，又发现白小纯的修为居然到了筑基中期，神色才缓和了一下，可还是板着脸。

“行了，我也不问你为何隐藏气息，又去了哪里，你也不小了，做事情要有分寸，让你过来，是要交给你一个任务！”

白小纯擅长察言观色，知道自己隐藏气息的事算是过去了，此刻一拍胸口，摆出一副刚毅的神色，沉声开口：“师兄请说，无论是上刀山还是下油锅，只要师兄一句话，师弟我绝对不皱一下眉头！”

白小纯觉得自己要表现一下，可又琢磨着不能把话说死，于是看似豪气的话里，一句没提自己保证完成任务。

“灵溪宗与血溪宗即将开战，你的任务，就是在战场上，击杀血溪宗四大血子中最弱的夜葬！”郑远东袖子一甩，沉声开口。

“啊？”

白小纯暗中叫苦，他觉得要抓狂了，血溪宗让他杀白小纯，灵溪宗让他杀夜葬……

他要怎么自己杀自己？

白小纯真的不知道该怎么做了，此刻，不由得发愁。

郑远东看到白小纯脸色不对，疑惑地看了白小纯一眼。

“你怎么了？血溪宗的任何一个血子都该杀！”

白小纯紧张，连忙狠狠拍着胸口。

“掌门师兄放心，夜葬性格扭曲，喜吸人血，无恶不作，丧心病狂，人人得而诛之。我还听说他勾引中峰大长老，甚至颇受血溪宗几个老祖看重，这种人，我一定要灭了他！”白小纯一副正气凛然的样子，大声开口，心底越发愁苦。

“你对夜葬了解的居然还不少。”郑远东有些诧异地说了一句。

白小纯心底哀嚎，觉得自己今天总是失言，更加紧张，连忙弥补。

“我白小纯一身正气，在外游历时也听说了这个丧心病狂的夜葬，掌门师兄放心，我白小纯保证一定完成任务！”

郑远东望着白小纯，神色慢慢柔和下来。

“以你的修为，定可将夜葬斩杀在阵前。我会安排其他人配合你，甚至几个太上长老与传承序列，也会给你创造机会！切记，一定要完成击杀血子的任务，一旦做到这一点，哪怕你没有结丹，也能凭借此大功，加入传承序列！而传承序列才是我灵溪宗的根本所在，那是哪怕到了万劫不复的境地，整个宗门集合全部资源，也要保全的人！”

郑远东缓缓开口，大有深意地看了白小纯一眼。他所说的话让白小纯心神震动的同时，又感到无限的温暖。

第 270 章

若有所思

他听出来了，掌门师兄这是在告诉他，哪怕灵溪宗战败，他依旧可以活下去。

或许凭天道筑基，也可让白小纯进入被保全的名单，可若加上斩杀血子的战功，则可让白小纯在那份名单里名列前茅！

“你刚刚回来，去拜一下师尊他老人家，然后就休息吧。至于战场的安排，你是第四批传送者。”郑远东缓缓开口。

白小纯深吸一口气，向着郑远东一拜，没有立刻离去，而是问了一下李青候的状态。李青候闭关时，没有告诉他太多，白小纯也以为是寻常的闭关，如今回想起来，却觉得李青候这次闭关冲击结丹境，绝非那么简单。

“你李叔已顺利结丹，列为传承序列，算算时间，他很快就会出关。”郑远东笑着说道。

白小纯精神振奋，激动地抱拳离去。

白小纯离开大殿之后，先去拜了拜师尊的画像，然后才回到自己的洞府。

铁蛋趴在那里，看到白小纯回来后，立刻上前与白小纯玩耍。

“上次认出我了？”

白小纯拍了铁蛋几下。

铁蛋连忙点头，又叫唤几声。

“怎么样，你爹我厉害吧，在血溪宗内横行，哪个敢惹？”

白小纯十分得意，正要吹嘘几句，忽然发现铁蛋的变化非常大，仔细一看，才发现铁蛋的修为居然快要到筑基后期了，看得他心里有些酸酸的。

“你这进步速度也太快了吧！”

白小纯觉得不公平，想到自己辛辛苦苦，一心修行，如今才达到筑基中期，铁蛋天天不干正事，居然进步这么快。

铁蛋十分得意，向着白小纯叫唤几声，别人听不懂它的意思，可白小纯把它从小养大，岂能不懂。

此刻，他睁大了眼，倒吸一口凉气。

“鸾尾峰的掌座天天喂你吃灵药？一代老祖经常给你疏通体内经脉？那条老龙经常给你喝它的生命之血？啊！你还去了秘境？你你你……”

白小纯觉得自己都有些嫉妒了，便瞪了得意的铁蛋一眼。

“说，这段时间有没有偷肚兜？”

铁蛋吼了几声。

一人一兽就这样交谈起来，直至天色渐晚，白小纯想到铁蛋的修为，担心自己有一天被铁蛋超过，这才结束交谈，带着紧迫感开始打坐，修炼紫气通天诀。

之后的几天，陆续有人来拜访，直至数日后，才逐渐安静下来。

这些天，白小纯一直在与宗门的人叙旧，他也看出了整个灵溪宗与之前的不同。

当年，他离开时，灵溪宗整体氛围很轻松，虽然弟子们彼此之间有竞争，但并无大碍，各个地方都能听到笑声，可如今大部分人心情很沉重，使得整个灵溪宗有些压抑。

如今算是山雨欲来，每一个弟子都在为大战做准备。

好在弟子们都有信心，有坚强的意志，那种与宗门共存亡的信念使得弟子们坚持下来，现在压抑得有多深，大战时爆发得就有多狠。

这一刻的灵溪宗，前所未有的强悍！

除此之外，山下坊市内的所有物品几乎都脱销了，甚至连物价都翻了数倍。

灵药、符纸这两种消耗品供不应求，还有法宝，更是有市无价，而紫鼎山的人则越发忙碌，前来炼灵的人络绎不绝。

这些天，来找白小纯炼药的人也很多，明知白小纯的灵药十分恐怖，他们依旧渴望。

随着对现况的了解越加深入，白小纯的心情越发沉重起来。他眉头紧锁，坐在洞府外的山石上，遥望山下。在这个位置，他可以看到灵溪宗的全貌。

望着这片熟悉的山峦，望着那条奔腾的通天河，白小纯想起了这场大战的起因……

“中游区域，空河院……”

白小纯喃喃低语，一个代替空河院的资格，对于下游宗门而言，有着极大的诱惑。

“值得吗？”

白小纯轻叹，他不希望两宗开战，或许在别人眼中，血溪宗是凶残狠辣的魔宗，可在白小纯看来，他觉得血溪宗的人对自己挺好的。

“一个空河院，或许不值得，但若是加上老祖突破的希望，加上宗门能够壮大的无限可能，再加上所有弟子适应了中游的灵气后，只需花数十年，修为自会提升，一切就不同了！”

白小纯轻叹时，一道温和的声音从其身后传来。

白小纯一愣，回头时，立刻看到了在自己的身后，穿着一身青色长袍、气色很好、面带微笑的李青候。

现在的李青候，与白小纯记忆里的有一些不同之处，整个人似乎内敛了好多，就连威严都少了一些。白小纯却感受到了李青候的体内，似藏着一个巨大的旋涡，深不可测，一旦散开，可以惊天动地。

这种感觉，白小纯在面对一些太上长老时都没有如此强烈。他睁大了眼，半晌之后欢呼一声。

“李叔！！”

白小纯好久没有看到李青候了，此刻，他十分激动，赶紧站起来，上前一把抱住李青候。

李青候哈哈一笑，摸了摸白小纯的头。

“嗯，长高了不少。”

在李青候的眼中，白小纯永远都是那个点了十三次香，被他带上山的少年。

简简单单的一句话，让白小纯的眼圈有些发红。在血溪宗时，他需要隐藏身份，对李青候的思念也只能埋在心底。

回到灵溪宗后，他觉得李青候闭关不对劲，这时，亲眼看到李青候成功达到结丹境，白小纯万分高兴。

“小纯，大战没你想的那么简单。”

李青候坐了下来，望着白小纯。白小纯也坐在旁边。

“除了我之前说的那些，还有对于下游资源的掌控，甚至名利之争。玄溪宗与丹溪宗的战争已到了尾声，丹溪宗大败，近半弟子并入玄溪宗内。玄溪宗在大战中虽消耗不少，但在丹溪宗大败后得到了快速补充，眼下正在攻打丹溪宗最后的山门，此后，玄溪宗只需一段时间整合资源，实力将会大增。如今，玄溪宗外要灭丹溪宗山门，内要整合矛盾，可以说是它最薄弱的时候，而血溪宗之所以拖延到现在才出手，为的就是逼灵溪宗接受他们提的条件，进而封宗。”

李青候缓缓开口，说着他对这场即将爆发的大战的理解。

“一定要战？就没有别的办法了吗？”

白小纯迟疑了一下，想要说些什么。

“不用想太多，这场大战不可避免，无论谁想升到中游，迟早都会一战，此刻若不战，一旦妥协，日后祸患无穷。与其苟延残喘千年再灭亡，不如全力争夺那一线曙光！”李青候轻声开口。

“这场大战是无奈的，血溪宗无奈，我们也无奈，可又不能不战，即便我们放弃这个晋升的资格也没用，别人不会信，一切誓言在宗门之间都是苍白的，除非能有什么办法，让两个宗门在生死大事上选择相信彼此。不过，这是不可能的。”李青候摇头，看向白小纯。

“你不要想那么多了，记得在战场上，跟在我的后面，这一次怕是要死很多很多人……”

李青候叹了口气，起身时，看到白小纯在发呆，若有所思，于是抬手在白小纯肩膀上拍了一下。

“走吧，我带你去见一个长辈，我的师尊！”

白小纯一怔，这还是他第一次听到李青候提起其师尊。在白小纯看来，能成为李青候的师尊，至少也是太上长老，甚至极有可能是灵溪宗五位老祖中的一位。

白小纯跟随在李青候身后，离开种道山，飞在半空。

白小纯有些诧异，发现李青候去的地方，居然是种道山后的空旷地带。

那里什么都没有，只能看到通天河的河水奔流而去。

第 271 章

真空妙有

"非有之有曰妙有，非空之空曰真空……"

李青候没有回头，淡淡开口，依旧前行。白小纯心神一震，觉得这句话似乎蕴含了某种哲理，他想了半天，还是很懵懂，却感觉李青候在说出这句话后，整个人都变高大了。

很快，他们就到了种道山后面。刚靠近这里，白小纯还是什么都没察觉，过一会儿，他突然睁开通天法眼，猛地看去。

前方的李青候有所察觉，回头看了他一眼，目中露出赞赏之色，没有继续前行，而是站在那里，想看看他能否看出端倪。

白小纯看向四周，依旧什么都没有。他心思一动，索性利用三层灵海，磅礴的灵力轰然爆发，涌入通天法眼，更有天道筑基的气息散出，一样融入通天法眼。

瞬间，通天法眼刺痛，眼前的世界突然扭曲，他竟隐隐地看到了一座比种道山还要大的山，屹立在自己面前。

"山……"

白小纯惊呼，通天法眼闭合后，他气喘吁吁，觉得不可思议。

"你看到的，是我灵溪宗掌门、传承序列、太上长老才知晓的第九山！"

一个苍老的声音蓦然传出，一个身穿藏蓝色长袍，白发苍苍的老者从虚无中缓缓走出。

老者面色红润，眉心有一颗红色的痣，足有指甲盖大小，很明显。尽管有一头白发，可老者脸上皱纹不多，只是眼神过于冷厉，满身都带着煞气，右手拿着一块四色玉佩，光彩四溢。

老者刚出现，天空之上的云层轰鸣起来，一股惊人的波动从老者身上散出，让白小纯感觉站在自己面前的不是一个老者，而是一尊远古凶兽！

“见过师尊。”李青候抱拳，向着老者一拜，轻声开口。

“白小纯拜见老祖！”

尽管以前没见过这个老者，可老者的气势以及身上的煞气，让白小纯倒吸一口凉气，立刻猜到了对方的身份，于是赶忙拜见。

老者看着白小纯，脸上露出一丝笑容，只是他身上的煞气使得这笑容看起来很狰狞。

“非传承序列看到了不该看到的东西，小娃娃，你可知罪？”

此话一出，一股煞气骤然罩向白小纯。

白小纯身体一抖，面色苍白，好似置身杀场，只是一瞬，就让他胆战心惊。

“师尊，你吓到小纯了。”李青候在一旁尴尬地说道。

白小纯的确被吓到了，老者一笑，煞气四散，让他全身汗毛竖起，体内的血气险些控制不住，要爆发出来，欲与老者的煞气一较高下。

老者微微一笑，右手抬起一挥，他的四周立刻出现了一层薄雾，将自己笼罩在内，身影越来越模糊。

“也罢，此事先记下，日后若有过错，一并惩罚！”

薄雾内，传出老者的声音。

白小纯眨了眨眼，抬起下巴，摆出一副乖巧的模样，心底却很是不屑，想着这老家伙一定是故意吓唬他的，借此考验他。这种手段，他在血溪宗当血子的时候也遇到过。

“您老人家是我叔的师尊，那就是我的师祖啊，师祖在上，请受晚辈一拜。”

白小纯有些不服气，于是眼珠一转，赶紧恭恭敬敬地一拜，抬头时一拍储物袋，取出一个丹瓶，双手奉上。

“师祖，初次见面，这是晚辈储物袋内最珍贵的灵药，但凡吃过的都赞不绝口，妙用无穷，晚辈愿送给师祖。这是晚辈的一片孝心，请师祖一定要收下……”

白小纯说着，眼巴巴地望着雾气内的老者，看向对方右手上的四色玉佩，白小纯方才就留意那玉佩了，觉得是个宝贝。

李青候有些头痛。这种给长辈送礼物的事情，若是发生在别人身上，不算什么，可在白小纯这里，就有些不对劲，怎么看都感觉怪怪的，尤其是白小纯的眼神。李青候苦笑起来，觉得自己猜到了白小纯的想法。

这哪里是给长辈送礼物，这分明是在要见面礼……

雾气内的老祖愣了一下，多看了白小纯几眼后，猜到了白小纯的想法，于是大笑起来。

“这是找老夫要见面礼？灵药老夫收了，这玉佩你拿去，给你了！”

话音刚落，四色玉佩就飞出了雾气，直奔白小纯而来，飘浮在他面前，至于丹瓶，也飞入了雾气。

白小纯反倒觉得有些不好意思了，却没有迟疑，一把抓住四色玉佩，心中振奋。他美滋滋地拿着玉佩把玩一番，发现玉佩极为不俗，竟与宋家老祖送出的灯笼有些相似。

“这是一件结丹境修士使用的灵宝，你修为尚浅，不过利用天道筑基之力，倒也能提前使用。”雾气内的老者笑道，又看了白小纯几眼，这才转身走向虚无。

“青候，这小娃不错，草木皆兵诀，你可以传授给他。”

“多谢师尊！”

李青候抱拳一拜，他带白小纯来此的目的，就是要获得其师尊许可，将草木皆兵诀传授给白小纯。

毕竟，白小纯并非他的弟子，师承另一脉。

此刻，得到了老祖的允许，李青候瞪了白小纯一眼，带着他回到了种道山，在白小纯的洞府外，李青候将草木皆兵诀传授给了他。

“草木皆兵，并非驭力，而是将草木化作战力的一种手段。天地之间，一草一木皆有灵性，运用这股灵性，可将其化作战力！若能将不同的草木进行组合，进而摆出类似的阵法，战力将更强。草木皆兵诀，一阵化一兵！那些类似的阵法，实际上并非阵法，而是丹方，是可以爆发出草木战力的丹兵之方！”

施展此术需一定的草木造诣，以白小纯的实力，只听了一遍，就立刻懂了，不需要李青候指点太多，有玉简在，李青候只需在关键的地方提一提，白小纯便可以自行修炼了。

最重要的是李青候给的玉简内，记录了前人总结归纳出的十八种丹兵之方！

黄昏时，李青候离去，临走前，他想起了白小纯给其师尊的灵药，于是问了一句：“你给铁木老祖的丹瓶里，装着什么灵药？”

“铁木老祖？啊……给他老人家的，当然是我储物袋内最珍贵的灵药呀，那是我自创的，在灵溪宗内声名赫奕的灵药！”

白小纯眨了下眼，有些心虚，但没办法，只能抬起下巴，傲然开口。

李青候听到这里，面色大变，瞪大了眼，难以置信地看着白小纯。半晌后，他有些迟疑地开口：“雄香丹？”

白小纯心虚，点了点头，眼看李青候面色铁青，白小纯有些紧张，连忙解释。

“那可是个好东西，我没说谎，真的是用了的都说好，北岸的那条老龙都赞不绝口，我琢磨着老祖年纪大了……”

李青候抬起头，脑子里嗡嗡的，半晌后狠狠瞪了白小纯一眼，赶紧飞向第九山……

白小纯嘀咕了几句，觉得自己没说假话，那灵药的确是珍贵无比啊！

“谁让那老祖吓唬人啊，我白小纯什么没经历过，岂能被吓倒？”

白小纯有些害怕，想了想后，不敢留在原地，于是喊上铁蛋，离开了洞府，飞向北岸。

此刻，天色渐晚，白小纯与铁蛋悄无声息到了北岸，去了百兽院，这才放下心来。

“有铁蛋在，有老龙在，那铁木老祖就算过来教训我，我也有帮手！”

白小纯叹了口气，觉得要是在血溪宗该多好，他是血魔，哪个老祖敢来教训他？他一指头过去，就可以压制其一半修为。

第 272 章

铁蛋在手，灵溪我有

白小纯感慨一番，压下对血溪宗的思念，叹了口气，盘膝坐在百兽院的阁楼中，想要召唤铁蛋，却发现铁蛋到北岸后就跑了出去，不见踪影。

“铁蛋一定又去干坏事了！”

白小纯一想到铁蛋整天无所事事的，修为居然和自己差不多，就感觉有些不公平，更有一股紧迫感。

“不行，我要抓紧时间修炼，争取早日突破筑基中期，踏入筑基后期！”白小纯深吸一口气，赶紧取出小乌龟，拿在手中使劲摇了起来。

小乌龟的头与四肢，还有尾巴，不断敲打在龟壳上，如布偶一样。

可摇了半天，那股清香还没有出现，白小纯不乐意了。

“我千辛万苦，冒着生命危险才将小乌龟拿到手，骗我说是什么永恒不灭之物也就罢了，居然连点好处都不给！给我出香气！”

白小纯瞪眼，使劲摇晃，直至他摇晃了整整一炷香的时间后，才有一丝丝清香从龟壳内散发出来。

白小纯振奋精神，深吸一口气，将香气吸入体内，运转紫气通天诀，四周的灵气轰然爆发，以他为中心，骤然聚集过来。

白小纯体内形成了一个看不见的旋涡，更有浪涛之声传出。

他体内的九层灵海，前三层已化晶，第四层竟也渐渐出现了要化晶的迹象。

与此同时，被他吸入体内的通天河水不断被第四层灵海吸收，配合四周被吸来的天地灵气，使得他精神无比振奋。

“有效果，哈哈，这小乌龟总算不是一无是处。”

白小纯定气凝神，全身心地沉浸其中，使得第四层灵海化晶，越发稳定。

一夜过去，也才完成了两成左右，白小纯虽有些着急，却没有办法，只能耐着性子，慢慢推动第四层灵海的变化。

很快，三天过去，铁蛋晃晃悠悠地归来，叼着五颜六色的肚兜，本想扑到白小纯身上，却察觉到白小纯正在修行，于是收起玩心，趴在白小纯的房间外，警惕地看着四周。

对它而言，整个灵溪宗，所有人，所有兽，甚至这天地内的一切，与白小纯比起来，都不重要。白小纯是它的天！

这个时候，若有人敢来打扰白小纯，又或者起了歹意，那么，铁蛋就算豁出性命，也要守护白小纯！

整个北岸的战兽似乎也感受到了一丝不同，这几天里，大都安静下来，它们的主人发现，这些战兽经常会自行飞到百兽院四周，保持着警惕。

尤其是百兽院内的战兽，更是如此。

在北岸不少人感到诧异时，这一天黄昏，白小纯的第四层灵海已经化晶近乎九成。突然，北岸的鬼牙峰，南岸的青峰山，两座山的山顶发出的光芒似乎达到了饱和状态，在这一刻，与种道山一样，轰然爆发，形成巨大的光柱，冲天而起。

轰轰轰！

震耳欲聋的声响让大地颤抖，让苍穹翻滚，这两道巨大的光柱，直接冲入云霄，使得灵溪宗上空云雾中的旋涡，更为磅礴。

同一时间，所有灵溪宗的弟子都看到了这一幕，他们抬头看向光柱，目露精芒的同时，开始议论纷纷。

“第二批传送要开始了！”

两座山峰的光柱冲天而起，这正是灵溪宗开始第二批传送的标志！不少人瞬间冲出，直奔青峰山或是鬼牙峰！

数日前，第一批人，由李子墨老祖带领，已去了落星山脉。眼下，这第二批人才开始传送，人数远远超过第一批，有近五千人。

徐嵩、公孙云、侯云飞，还有一些天骄都在其中，此刻，他们正向着山峰飞去。

不少外门弟子也和内门弟子一起，加入了第二批的行列。

每个人都神色肃然，心中充满战意，在这两座山峰的光柱爆发到极致时，一道道长虹蓦然临近，里面正是灵溪宗的太上长老。

在太上长老出现后，还有几道金色身影瞬间走出，看不清那些金色身影的样子，可他们的修为竟超越了太上长老，虽不如老祖，但还是让灵溪宗修士心神一震。

“那些金色的身影……莫非就是……”

“传承序列！”

阵阵惊呼声传出，那几道金色的身影立刻成了焦点，更有不少人立刻看出，那几个金色的身影似乎背负了整个灵溪宗的气运。

那种一举一动似乎都能撼动灵溪宗山门的样子，让所有人无比激动。

他们正是传承序列。此刻，出现的这些金色身影不是全部。任何一个传承序列，在其所在的年代，都是绝世天骄。

在几个传承序列出现后，一位老祖蓦然走出，此人看起来只是一个青年，可满目沧桑，让人清晰地感受到，岁月确确实实从他身上流逝过。

“老夫赤月！”

赤月老祖神色凛然。

“为了灵溪宗……”

他话虽只说了一半，但很快，无数灵溪宗弟子的声音响起。

“战！！”

赤月老祖仰天一笑，袖子一甩，轰的一声，传送之力骤然爆发，卷着近五千人，瞬间消失！

余下之人还战意高昂，无法自拔，纷纷看向没有爆出光柱的其他五座山峰。

可以想象，当再有光柱爆发时，就代表第三批传送开始。

与此同时，百兽院内，白小纯依旧在闭关，他体内的第四层灵海正在进行最终的化晶。

一个时辰后，白小纯猛地睁开双眼，目中的精芒一闪而过，体内轰鸣声回荡，第四层灵海在这一瞬终于化晶！

在他睁眼的瞬间，房间外的铁蛋有所察觉，立刻扑开房门，看到白小纯后，十分喜悦，发出了一声低吼。

白小纯脸上露出笑容，正要开口，就在这时，整个百兽院内的战兽齐齐抬头咆哮起来。

不仅如此，那些常在此地徘徊的战兽，也发出了咆哮，似乎铁蛋的一声吼，可以引起它们强烈的情绪变化。

吼声传遍整个北岸，好似在为白小纯庆祝……

这突然的吼声，让北岸修士心神震动，好在吼声没有持续多久，可白小纯被深深地震撼了。

“只是一个小突破而已，没必要这么恭贺吧……”

白小纯喃喃低语，挑了挑眉毛后，看向铁蛋。

铁蛋有些不好意思，赶紧低头。

“铁蛋，你能操控那些战兽？”

白小纯迟疑了一下，心跳加速，问了一句。

当看到铁蛋点头后，白小纯脑子里轰的一声，觉得难以置信。

实际上，当初他假扮夜葬回到灵溪宗时，就隐隐察觉到铁蛋似乎可以号令所有战兽。

只不过，当时他不便暴露身份，无法详查，如今回到灵溪宗，就没那么多顾虑了。

得到了答案之后，白小纯脑子里嗡嗡的，好半晌才接受这个事实。

“这就是王兽吗？”

白小纯忽然又得意起来，两眼冒光，他觉得只要铁蛋在手，岂不是半个灵溪宗都掌握在自己手中？

想到这里，白小纯激动得仰天大笑，他终于找回了一些在血溪宗的感觉，那种手握权力的满足感与安全感。

第 273 章

白某送你一场缘法

白小纯才得意了一会儿，心里又有些不是滋味，心底充满了矛盾，一方面为铁蛋强大起来高兴，另一方面，还是觉得自己不能被铁蛋比下去。

“我家铁蛋强，我要更强才对！”

白小纯咬牙，发了狠，拿起小乌龟，再次摇晃，要继续修行……

只不过，这一次，他摇晃了足有半个时辰，连手都有些酸了，可那如布偶一般的小乌龟，依旧没有散出一点香气。

白小纯有些无奈，觉得小乌龟太没用了，只能暂时放弃。

他撑着下巴，冥思苦想，一旁的铁蛋虽然聪明，但是不明白白小纯那矛盾的心理，看到白小纯没有理会自己，索性跑出去玩耍。

这几天，为了守护白小纯，它都没有出去溜达，此刻一跑出阁楼，立刻大吼一声，飞奔着远去……

白小纯眼看铁蛋离去，长叹一声，皱着眉头继续思索。

“一定还有办法可以让我快速提高修为，只能从灵药方面下手了……到底什么灵药能做到这一点呢……”

白小纯想着自己掌握的药方，可想来想去，就是找不到合适的，大都是缓慢提升修为的药方。

就在白小纯快要认命时，忽然，他猛地抬头，一拍大腿，双眼冒光。

“逆河丹！

“对啊，还有逆河丹！”

白小纯振奋精神，赶紧从储物袋内取出记载逆河丹的玉简，又翻出了寒门药卷，在领悟圣丹残壁之前，这药卷他看不懂。

此刻，他又拿出玉简，苦苦思索。

“不需要任何草药，而是以通天河水炼制，也不需要任何丹炉，而是以身体为炉……”

白小纯喃喃低语。当年，他觉得这药方很古怪，此刻，随着药道造诣提升，并且慢慢炼化了通天河水，白小纯渐渐有所明悟。

虽然不是完全理解，可多少懂了一些。

思索良久后，白小纯决定外出，去靠近北岸的通天河旁。

通天河两岸算是宗门的禁地，就算是内门弟子，若没有允许，一般也不能轻易到这里来，只有筑基之后，成为宗门的长老，每年才可以来几次。通天河旁，灵气浓郁，会使人修炼的速度加快。

只是，这里的灵气太浓，就算是筑基修士，若是待的时间久了，也无法承受，体内的灵力很有可能变得紊乱，最终导致爆体而亡。

白小纯刚来，就看到不远处盘膝坐着一男一女，这二人距离不远，都在吸纳通天河的灵气，借此修行。那女子穿着一身水蓝色的长袍，模样美丽，闭目时睫毛微颤，肌肤吹弹可破。

白小纯看了后，立刻乐了。

“我说怎么这次回来后，总觉得少了一些什么，原来是没看到周心琪，她居然跑这里来了。”

这女子正是周心琪。

白小纯打量了周心琪几眼，看向其身边的男子时，白小纯眉头一皱，觉得心里有些不舒服，那男子正是上官天佑！

上官天佑不知修炼了什么功法，一头黑发居然变成了金色的，披散在肩膀上，加上他那俊美的容颜，使得本就让人嫉妒的面孔，更具男性的魅力。气质似乎也与曾经不同了，若与他站在一起，不说名字的话，一定会有很多人直接忽略白小纯，认为上官天佑才是绝世天骄。

更让白小纯不舒服的是，上官天佑的眉心之上竟有一道竖纹，与白小纯的通天法眼相似，只不过此纹非眼，而是一个竖着的剑印！

一丝丝剑气从那剑印上散出，使得上官天佑整个人如同一把凌厉的剑！

“当年，听说上官天佑有大气运，不但资质惊人，更有某个剑修大拿的影子，此刻来看，似乎并非空穴来风。”

白小纯若有所思，看了看上官天佑与周心琪，觉得很可能是自己不在灵溪宗时，这两个人有一些暧昧。

想到这里，白小纯更不舒服了，抬起下巴，哼了一声，觉得自己有必要找个机会，让周心琪知道上官天佑的真正面目。

此刻，他收回目光，没有理会二人，而是在岸边凝望通天河。

没有修炼紫气通天诀的时候，若是不利用一些特殊的法器，白小纯很难吸取金色的通天河水。

可眼下，修炼了紫气通天诀，一切就不一样了。

白小纯在通天河旁，屏气凝神，准备抽取一些河水，尝试炼制逆河丹。

远处的上官天佑，双眼微微睁开，看了白小纯一眼，眼神里藏着一丝怨毒。白小纯始终是他心中的一根刺，无论是筑基前的南北之战，还是陨剑深渊的事情，还有白小纯的撕衣大法，都让他对白小纯恨之入骨。

一旁的周心琪，看似在打坐，实际上并没有完全封闭灵识。白小纯来的那一刻，她就有所察觉，秀眉微微皱起，双眼缓缓睁开，扫了他一眼。

对于白小纯，她的感觉很复杂，从刚开始觉得白小纯很热心，到他炼出那些奇奇怪怪的丹药，再就是偷鸡狂魔的真相，这一切，让周心琪很难说出对白小纯的准确看法。

最重要的是，这么多年过去，当年香云山神秘的小乌龟到底是谁，已经不需要答案了，她早已明白，那小乌龟就是白小纯。不然，一个人不可能平白无故地在丹道上崛起。

还有，白小纯喜欢让人叫他师叔，也让周心琪十分头痛，虽然现在辈分相同了，但还是会觉得烦人。

眼看白小纯站在通天河岸边，似要抽取河水，周心琪索性不再理会，正要闭目修炼，忽然，她猛地睁大眼睛。

她看到白小纯没有以法器抽取河水，而是抬起右手，似要直接触碰通天河水。

“白小纯，你要干什么？那河水岂是你能触碰之物，我等筑基修士一碰此水，就会立刻……”

周心琪立即开口阻止，无论如何，两人也是同门，周心琪不能眼睁睁地看着对方被河水所伤。

上官天佑也看到了这一幕，心底冷笑，目露嘲讽，很是期待白小纯整只手都被河水溶化，对于周心琪的提醒，他有些不悦。

可就在他不悦的瞬间，白小纯的手已经探入河水内，捞出了大约半盅金色河水。

白小纯侧头得意地看了周心琪一眼。

“就会怎么样？”

白小纯干咳一声，这种当着上官天佑的面炫耀的感觉，还挺不错。开口时，他还冲着周心琪耸了耸肩。

周心琪呆呆地看着白小纯的右手，此刻，还有几滴通天河水顺着白小纯的指缝流下，滴入河中。

上官天佑也睁大了眼，心神一震。对于通天河水，他知晓其恐怖程度，可眼下，白小纯居然将其直接捞起。

“你……”

周心琪觉得不可思议。

白小纯一看二人的表情，尤其是上官天佑的那副样子，心底更是舒爽，一高兴，索性将手心的河水放在嘴边吸了一滴，这才抬起下巴，淡淡开口。

“非有之有曰妙有，非空之空曰真空……”

这句话，他是前几天听李青候说的，当时觉得这句话听起来很玄奥，虽然不知道是什么意思，但想来一定足以震慑人。此刻，终于找到机会开口，说完这句话后，他整个人显得高深了许多。

听到这句话，周心琪身体猛地一震，呼吸一滞，隐隐明白了什么，可仔细一想，又什么都没有。无论如何，这一刻，白小纯在她眼中，突然高大起来。

上官天佑死死地盯着白小纯，一脸难以置信，他听不懂这句话，却感受到了一丝飘渺真意蕴含在内。

无论如何，上官天佑也无法相信，这种充满深意的话语，居然是从白小纯口中说出的，而且说得那么自然……

“周心琪，你心善，既提醒我，白某就送你这句话，你若能参悟，也是一场机缘……”

白小纯摆出一副超然的样子，笑着远去，他的声音带着一丝沧桑，回荡在通天河岸边。

“非有之有曰妙有，非空之空曰真空……此乃……真空妙有。”

周心琪怔怔地望着白小纯的背影，这一刻，白小纯在她心中的形象再次改变……

没有人注意到，远处的河边，一只老猴正站在那里，身边跟随着一个老者，老者正是灵溪宗的一代老祖。

“这臭小子……他自己都不知道是什么意思，就乱用一通！”

一代老祖哑然一笑。

老猴眼中藏着一丝深意。

第 274 章

也曾年少轻狂

直至离开通天河岸边，白小纯都精神抖擞，心里美滋滋的。他将那句话牢牢记在心中，因为他觉得这句话非常实用。

“哼哼，以后遇到那些看不顺眼的人，我就说出这句话，吓唬他们，一定能把他们直接镇住！”

白小纯回到百兽院内，琢磨了关于逆河丹的炼制方法，迟疑一番，最后一咬牙，开始炼制逆河丹。

炼制逆河丹需要以自身为炉，白小纯在开始炼药的第二天，就发出了一声惨叫，更有砰砰之声不断从身体里传出，他立刻飞奔出了房间。

在跑出时，他的身体还不断传出砰砰之声。

“怎么会这样……”

白小纯感受着肚子内的气流，控制不住气流从体内爆出，吓得铁蛋赶紧跑了出去。

很快，整个百兽院的阁楼之上都充满了臭气。

白小纯欲哭无泪，这种状态持续了一整天，才慢慢改善，吓得他再也不敢轻易炼药了。

“这玩意儿不是人炼的，太可怕了，我炼药的时候丹炉会爆炸，炼逆河丹是以自己的身体为炉，若是炸了……”

想到这里，白小纯更觉得恐怖，很担心这么下去，自己会把小命给丢了，于是赶紧放弃。

“不炼了！”

白小纯一想起这一天有多凄惨，就觉得后怕，同时也深刻体会到了自己炼药时外人的感受。

北岸，百兽院外，数道长虹呼啸而来，张大胖、黑三胖、许宝财等人一同出现，刚踏入百兽院的阁楼，就闻到了残留在这里的臭气。

“什么味道？”

张大胖一愣。

“这……这是……”

许宝财也吃了一惊，隐隐猜到了什么，觉得不可思议。

一旁的黑三胖如今已出落得亭亭玉立，虽皮肤略黑，但整个人也算英姿飒爽。她闻到臭气之后，也不由得皱起眉头。

白小纯有些脸红，干咳一声。

“那个……铁蛋这几天吃坏了肚子。”

铁蛋在远处，听到这句话正要低吼，却被白小纯瞪了一眼，只能委屈地趴在那里，看着众人。

白小纯眼看张大胖等人有些怀疑，连忙绕开话题。

“不说这个了。你们怎么来了？”

“我们来这里，是向你告辞的。明天就是第三批传送开始的日子，我们三人是同一批。”张大胖没追问臭气的来源，望着白小纯，沉声开口。

白小纯听到这句话，内心一震，张大胖、许宝财和黑三胖在他外出期间，修为提升很快，都成了内门弟子。

此刻，三人虽还没有筑基，但也到了凝气大圆满，在战场上团结在一起，催动阵法，同样可以释放出惊人的力量。

白小纯沉默片刻，不知道该说些什么，氛围有些压抑。

“这一战，我们未必会输，既然一定要开战，那么大家就在战场上，一起奋勇杀敌！”

黑三胖淡淡开口，话语一出，张大胖与许宝财也都打起精神。

白小纯望着张大胖三人，眼前浮现出陨剑深渊内，死去的那些同门的样子，他无法想象，若是张大胖等人战死，自己会怎么样……

他不希望任何人死去，不希望有战争，希望大家都可以开开心心地活下去。

“小纯，不要这个表情，我们又不一定真的会死。来来来，我们好久没喝酒了，这一次，我们一起醉一场！”

张大胖哈哈一笑，从储物袋内拿出几个酒壶，分给众人。

四人坐了下来，大口喝着酒。

渐渐地，四人话多了起来，张大胖笑着说起白小纯入宗门的那些事，还讲到了灵尾鸡。

“别说，还挺想念灵尾鸡的滋味。”

“都怪你们！”

黑三胖有些脸红，她也参与了当年的偷鸡之事，事后被师尊教训得很惨。

许宝财也拉着白小纯说当年的事情，四人越喝越多，不知是谁提议尝尝灵尾鸡，于是他们四个风风火火地去了南岸，拎着几只灵尾鸡，大笑着将其烤了。

直至黄昏，在张大胖的建议下，四人又去了火灶房。

看到几人归来，火灶房的人十分激动，尤其是当年的几个胖子，立刻准备了大量食物，与四人一起喝酒。

就连侯小妹也来了，被白小纯拉到身边，喝了酒后，她那红扑扑的小脸越发娇艳起来。

很快，陈飞不请自来，加入了众人。

这一夜，白小纯醉了。

“三妞，你这家伙，当年我还以为你是个爷们，没想到你居然是个女的！”白小纯醉眼蒙眬，指着黑三胖吼道。

黑三胖瞪了白小纯一眼，哼了一声，继续喝酒。

“大胖，当年那个一脸麻子的师姐，就是把我送来这里的那位，你特别倾慕的那个师姐，你还记得吧，怎么样，去表白一下啊？

“许宝财，你那份血书，当年把白师叔都吓到了！

“陈飞，你竟然要去伏击我，哼哼！”

“白小纯，每次我们分赃，你吃得最多！”

“是啊，那碗底厚一点的事，如今都成为火灶房的传统了！”

“哈哈，我还记得咱们一起去堵门……”

“白师叔……我错了……”

张大胖兴奋了，一把拿出自己的大锅，放在一旁，高声喊道："宁在火灶饿死……"

"不去外门争锋！"白小纯扯着嗓子，大声说道。

黑三胖也激动起来，其他几个胖子都抬头大吼。

许宝财虽不是火灶房的人，但一样吼着。

陈飞内心感慨，放下了一切，喊得嗓子都嘶哑了。

众人的声音回荡八方。

平日里，众人是不会这么放纵的，如今就要上战场，谁都不知道自己会不会死，既然如此，索性在这一夜，放下心事，大口喝酒，大口吃肉。

更多的人也闻讯赶来，在火灶房内开始了一场狂欢。

侯小妹始终陪在白小纯的身边，最后实在架不住灵酒之力，慢慢醉倒。

直至三更，火灶房才安静下来，白小纯勉强睁开眼，看着四周的一切，感受着那种寂静，他的双眼渐渐充满神采。

他拿起一旁的酒壶，狠狠喝下一大口后，仔细看向歪倒的众人，似要记住这些面孔，他把手中的酒壶攥得越来越紧，像是有一种要改变天地的坚定信念……

随后，他脚下一软，倒在一旁便沉睡起来，手中还紧紧攥着酒壶，手上青筋暴起。

第二天清晨，鸢尾峰、紫鼎山山顶的光芒冲天而起，轰鸣之声回荡，大量修士飞出，直奔山顶而去。

随着光柱的爆发，宗门的阵法正全方位地开启。

张大胖、黑三胖、许宝财、陈飞都在其内，更有传承序列以及老祖出现。他们将带着第三批人离去，这一次要传送近三万人。

白小纯躺在火灶房的地上，睁着眼，望着张大胖等人离去。

"小纯哥哥……我是第四批。"侯小妹在一旁轻声开口。

白小纯握住侯小妹的手，说道："一切有我！"

他的声音低沉，却十分坚定。

随着第三批弟子的离去，整个灵溪宗已空了一半。

数日后，灵溪宗内，落日峰、穹顶峰、香云山这三座山峰骤然爆发出了惊天动地的光柱，光柱冲天而起。

灵溪宗内的阵法彻底开启，形成了封锁。

铁木老祖出现，余下的几位传承序列、太上长老，甚至郑远东，都出现了，李青候、许媚香等人也在其中。

几乎所有长老、内门弟子、外门弟子都出现了，他们中大部分人，都在第四批传送之列。

至于第五批人，则是传送的最后一批人，这第四批是宗门弟子最多的一批，近五万人……

白小纯望着光柱，深吸一口气，缓缓走出百兽院。铁蛋跟随在他的身后，不再那么调皮，似乎也知道马上就要展开一场大战，与白小纯一起，化作长虹，靠近了光柱。

山顶人很多，密密麻麻的，不少人看到白小纯后，都下意识地朝他靠过去。

即便白小纯十分顽劣，但陨剑深渊的事情已经证明了，越危险的时候，待在白小纯身边就越安全，他值得信任！

灵溪宗之所以选择在落星山脉与血溪宗展开大战，甚至在落星山脉与灵溪宗山脉之间布置了七八道防线，就是因为一旦战事失利，他们还可以后退，依靠下一道防线继续交战。

这场大战，不需要什么阴谋诡计，需要的就是一股铁血意志，要誓死抗争，让血溪宗的人知难而退，让他们知道，想拿下灵溪宗，绝对没有那么简单！

很快，随着众人的到来，传送开始！

光芒冲天，如一只大手托着三座山峰上的一切生命，将他们送到灵溪宗与血溪宗的交界处，那里是落星山脉！

第 275 章

落陈大阵

落星山脉处在灵溪宗与血溪宗的交界处，这条山脉太长，肉眼看不到尽头，高耸如一面城墙，其内有阵法。如今阵法早已开启，那道原本看不见的光幕此刻清晰无比，与苍穹连接，足以让所有看到的人心神震颤。

这无边无际的光幕有一些地方时而会扭曲，出现涟漪的同时，传出啪啪之声，释放毁灭之力，封锁一切。

这就是灵溪宗布置的落陈大阵！

天空上的每一个人，修为都超越了筑基境，他们在散开神识观察四方的同时，也警惕着血溪宗的人。

地面上，之前来到这里的三批弟子，已经在安营扎寨了。

外门弟子人数最多，他们被安排在一起，正在演练某种阵法，时而传出阵阵低吼，强悍的波动扩散开来。

放眼看去，外门弟子形成的阵法，足有数十个之多，而这还只是前三批的人数，可以想象，若是加上第四批，外门弟子组成的阵法将会更多。

至于那些内门弟子，此刻按照各自所属的山峰，聚集在一起，也在演练阵法。

只不过内门弟子的阵法比外门弟子的强悍太多，传出的波动震撼人心。

不仅如此，还有一排排战车被摆在落星山脉上，这些战车都是铁石打造的，每一个战车上都有一根黑色的，足有十丈长、三尺粗的柱子，上面镶嵌着大量上品灵石，每辆战车旁边都有数人守护。

山上足有数百辆战车，排列得十分整齐。

远处还有无数巨石，被数名长老操控着，正慢慢地组合在一起，形成一个又一个足有百丈高的巨石傀儡。

已形成的傀儡就足有上百个，奔走在落星山脉中，使得地面不断传出轰隆之声。

大量来自北岸的巨大战兽，时而嘶吼，时而飞出，在天空中盘旋。

而远方，落星山脉外，血溪宗范围内，灵溪宗早就安插了大量斥候进去，搜寻一切消息。在血溪宗范围内的暗探也出动了。

一面面巨大的盾牌刺入山石中，此刻虽然放置得十分散乱，但可以想象，一旦这些盾牌排列在一起，必定可以阻挡惊人的一击。

所有人都在忙碌。

落星山脉有一个区域被开辟出来，足以容纳数万人，其中刻画着一个巨大的阵法。

阵法四周有上千人守护，很快，阵法内光芒刺目，更有轰隆隆的巨响震天回荡。

大地震动，落星山脉上的所有灵溪宗弟子，一个个抬头看去，很快，他们就看到三道巨大的光柱，从苍穹之上降临下来，轰在阵法内。

整个落星山脉都在震动，与苍穹连接的光幕也扭曲了。

当那三道光柱消失后，阵法内赫然出现了数万人！

白小纯就在其内！

他们正是第四批被传送者！

刚刚经历传送，很多人都有些不适应，白小纯面色有些苍白，却没有大碍。

他没有立刻查看落星山脉的情况，而是找到侯小妹，快步走过去。

以他的身份，在人群内飞速穿梭也无人阻拦。

很快，他就到了侯小妹身边。

侯小妹面色苍白，身体摇摇晃晃，被身边的周心琪扶着。白小纯上前接过侯小妹，体内灵力涌出，帮其缓解不适。

“没事了，传送时都会这样。”

白小纯看着侯小妹苍白的面孔，有些心痛。他也不知为什么，经历了血溪宗的事情后，在情感方面，似乎有些开窍了……

周心琪看了白小纯一眼，退后几步，不再扶着侯小妹。

上官天佑冷眼看着白小纯，心底冷哼。

几个呼吸后，侯小妹才恢复过来。她望着白小纯，心底有些不安。她已经很努力地修行了，担心自己跟不上白小纯的脚步。在她的心里，白小纯似乎离她很远，只要稍微一松手，就摸不到了。

此刻，她正死死地抓着白小纯的手。

眼看侯小妹恢复过来，白小纯才看向落星山脉。这里变化太大了，与他当日归来时看到的景象完全不同，许是他当日归来时，大战的序幕还没有拉开，使他身在山中，却看不到真实的样子。

而眼下，则完全不同！

他看着天空中那些人，看着光幕，看着那些正在演练阵法的同门，看着那些战车、巨石傀儡、盾牌。他看到了一些熟悉的面孔，只是落星山脉太大了，白小纯一时半会儿找不到张大胖等人。

此刻，第四批被传送的人正在同门的引导下，陆续走出阵法，每个人的去处早就安排好了，他们将会被送到落星山脉的各个区域。

人太多了，这样引导与安排，需要一定的时间，更多人在耐心等待。他们与白小纯一样，也在观察四周，被这里的一切所震撼。

显然，这里的布置还没完成，白小纯无法想象，等一切都完成后，展现在自己面前的将是怎样一幅壮阔景象！

白小纯看到这一幕后，心神震动，感觉窥见了灵溪宗平日里不为外人所知的秘密。

那些外门弟子演练的阵法，白小纯一眼就看出，与紫气驭鼎功、通天驭象诀有很大的关联，可以说只要修炼了这两种功法，就可以没有障碍地操控阵法。

唯独有些难度的，就是需要多人配合，不过白小纯隐隐觉得，外门弟子的阵法，似乎还有许多变化。

内门弟子的阵法一样如此。可以推测，整个灵溪宗实际上并没有那么温和，而是一个战宗才对！

也只有战宗，才会在弱于血溪宗的时候，依旧有骨气，不屈不挠，哪怕这一战胜算极小，仍然选择血战到底！

至于落星山脉，更是巧妙，可为灵溪宗增强战力。

与此同时，白小纯隐隐有种感觉，山脉内部有什么东西。他睁开通天法眼，只看了一眼，就无比心惊。

这落星山脉内部赫然存在一个阵法，白小纯仔细观察之后，头皮发麻地发现，居然是崩爆！

这是阳谋，是明明白白地告诉血溪宗的人：你敢来战，哪怕最终你胜了，落星山脉也可以让你痛到骨子里！

白小纯深吸一口气，正心惊时，侯小妹身体颤抖了一下，明显也被四周的一切震撼了。

她看向血溪宗，站在这里，能看到的是一片赤色的天地。

“小纯哥哥，听说血溪宗内所有人都与中峰血子夜葬相似，残忍无比，杀人如麻。平日里他们在宗门内也会自相残杀，稍有不慎，就会死去。你与他们交手时，一定要小心。”

侯小妹轻声呢喃。对于她而言，血溪宗的一切都充满了死亡气息，尤其是关于夜葬的传闻在前段时间轰动八方，她自然而然会拿夜葬举例。

白小纯有些郁闷，方才生出的心惊感也消散了一些。他一拍胸口：“小妹放心，我白小纯在的地方，那夜葬绝对不敢出现！”

白小纯抬起下巴，沉声开口。他没有撒谎，这的确是实话。

侯小妹听到白小纯这么说，脸上立刻露出笑容，不管心底信不信，白小纯既然说了，她自然要摆出一副相信的模样，眼中满是崇拜。

白小纯心底十分舒坦，目光一扫，看到了一旁的周心琪，于是说了一句。

“心琪，你也别怕，我会保护你的。”

“唉，到了这里，你还在吹嘘，有意义吗？”

周心琪无法将眼前这个白小纯与之前通天河岸边离去的身影重叠在一起，只能轻叹一声。

“白小纯，夜葬是我的，我定会将其首级斩下！”

上官天佑盯着白小纯，一字一顿、冷冷地开口。

白小纯一听这话，顿时不高兴了，瞪着上官天佑，正要开口，忽然心神一震，一股冰寒之感瞬间让他全身汗毛竖立，猛地转头，只见不远处，一个女子正望着自己。

这女子一头披肩秀发，容颜秀美，正是公孙婉儿。

公孙婉儿察觉到白小纯在看自己，二人对望，掩嘴一笑。

虽然她的笑声没有传出太远，但还是让白小纯生出一种危机感。他知道，眼前这女子极度危险！

第 276 章

种道第九阵

白小纯眯起双眼，这是他回到灵溪宗后，头一次看到公孙婉儿，可现在的公孙婉儿与他记忆里的公孙婉儿完全不同！

以前的公孙婉儿，虽相貌秀美，但没什么妩媚之意。现在，他看到的女子，从骨子里不经意间流露出来的妩媚，会让所有人心神一震。

哪怕相貌一样，可白小纯觉得公孙婉儿真的不一样了，就连修为的波动都很隐秘，白小纯的目光瞬间冷厉起来，体内的血气也蠢蠢欲动。

“不对劲！！”

白小纯心神震动。公孙婉儿掩口一笑，转身走向远处，身影被人群遮挡，使得白小纯一时之间竟找不到她了。

直至此刻，那种心悸之感才消失，可方才的一幕，白小纯很确定自己的感觉不会出错。

“公孙婉儿怎么变化这么大？”

白小纯呼吸急促，仔细回想公孙婉儿方才的目光，还有那笑声，有一种说不出的熟悉感。

可偏偏他对公孙婉儿本就熟悉，如此一来，他反倒不好判断自己这种感觉是怎么回事。

就在白小纯心神震动时，侯小妹似有所察觉，也顺着白小纯的目光看去，却没有看到公孙婉儿。

“小纯哥哥，你怎么了？”侯小妹问道。

白小纯摇头，没有多说，站在那里思索起来。阵法内的数万人在外面的修士的引导下，逐渐被接走，很快就轮到了上官天佑。

“上官师叔，按照宗门的规定，您将作为青峰山三大筑基阵法中第三阵的主导者。青峰第三阵将以您的意志为主，还请随晚辈过去，熟悉阵法。”

北岸的一个内门弟子向着上官天佑抱拳，此话一出，引来不少人的注意。

之前那些人，大都根据所在山峰，被送到所属的山峰阵法内，成为阵法内的一员，可到了上官天佑竟成了主导者，这种变化，顿时引来不少人关注，更有不少人开始低语。

“不愧是上官师叔，被宗门寄予厚望，成为青峰第三阵的主导……”

“我刚才观察得很仔细，差不多每座山峰都有数十个外门弟子的阵法、数十个内门弟子的阵法，再就是掌座之阵，多位长老之阵，眼下上官天佑所去的，应该是天骄之阵……”

“上官师叔自从陨剑深渊归来后，闭关多日，听说曾出关一次，去挑战鬼牙，可惜不知胜负如何……”

白小纯撇了撇嘴，有些不服气。

在众人议论时，上官天佑神色如常，迈步走出。他早已习惯那种万众瞩目的感觉。

上官天佑看了一眼北岸的内门弟子，淡淡开口：“第二阵以及第一阵，你可知晓是由谁主导的？”

“回上官师叔的话，第二阵听说是其他几个青峰山长老主导，至于第一阵，则是青峰山掌座。”在那个北岸内门弟子恭敬地回答时，上官天佑点了点头，目光一扫，看了白小纯一眼，冷哼一声。

此刻，另有一人来到了周心琪面前，恭敬拜见。

“周师叔，弟子为您带路，您是香云山第三阵的主导者。”

周心琪默默点头，与上官天佑分别被带离阵法。白小纯目光扫过，他不在意周心琪，可怎么看上官天佑，都觉得不顺眼。

“这家伙居然也能成为主导？不过看这意思，每座山峰都有三个筑基阵法？那么我呢？我去哪儿？”

白小纯正好奇，远处一个南岸的内门弟子，化作长虹，飞奔而来，刚临近，就立刻高呼："白师叔在不在？"

他声音很大，额头上还有汗水，此话一出，四周的人都听到了，就连上官天佑与周心琪也脚步一顿，看了过去。

白小纯眼神明亮，走出几步，跟那个内门弟子招了招手。

这内门弟子一眼就看到了白小纯，赶紧飞奔而来，没等临近，就立刻抱拳深深一拜，眼中有着深深的崇敬与狂热。

"拜见白师叔！掌门有令，白师叔不参与南北两岸七座山峰的所有阵法，而是去主导种道山的筑基之阵！"

这个内门弟子一开口，就让众人吃惊不已，不少人纷纷看向白小纯。

"主持种道山的筑基之阵？"

"本应如此。白师叔天道筑基，放在任何一峰，都是大材小用，唯有种道山的筑基之阵，才适合白师叔！"

旁人看向白小纯的目光中，不仅带着崇拜，更有羡慕。很显然，在宗门内，白小纯已凌驾在上官天佑与周心琪之上。

周心琪看了白小纯一眼，收回目光，随着引领她的弟子而去。

上官天佑面色如常，右手却死死地握成拳，这种生生被比下去的感觉，令他心生恨意，袖子一甩，立马飞走了。

白小纯觉得十分舒坦，临走前，他交代下去，侯小妹被送到了南岸外门弟子的聚集地。有白小纯以及侯云飞照顾，侯小妹将无性命之忧。

做完这些，白小纯才随着南岸内门弟子一同离去，穿过外围，到了中心区域。此地有九个巨大的阵法烙印在地面上，每个阵法都有千丈大小，如今正散发着惊人的波动与光芒，似与整个落星山脉的大阵相呼应。

数百个弟子在这九个阵法外，让这九个阵法越发惊人。

阵法内，已有不少人在盘膝打坐，他们分散在九个阵法中，每个人的打坐之处都是固定的，不可改变。

仔细一看，阵法内的座位排列成八卦形状，除了外围的八个位置外，中间还有三个主导之位，似组成了内三才外八卦之法。

放眼看去，这些坐在阵法内的修士，白小纯大都眼熟，里面有不少人在看到白小纯后，点了点头。

白小纯所在的阵法是此地的第九阵，不过与其他八个阵法不同，这第九阵的主导位只有一个。

“掌门有命，这种道山的第九阵，白师叔一人主导！”

那个引路的弟子抱拳一拜，恭敬离去。白小纯观察了一番，这才走入阵法内，盘膝坐在八卦中心的唯一主导位。

此刻，白小纯的四周还没有筑基长老，他索性闭目，散开灵力，感受阵法。

灵力散开，立刻就与阵法融合，此阵与紫气通天诀似有很强的共鸣，刹那间，白小纯就有种强烈的感觉，仿佛自己与阵法融合了。

脑海轰鸣，隐隐地，白小纯有种化身巨人的感觉，似乎只要他站起来后，就可以成为一个巨人。

这种感觉极为强烈，让白小纯心神一震，念头顿起。瞬间，耀眼的光芒从他所在的第九阵射出。

这一动静引起了另外八个阵法内的筑基长老的注意，其他修士也有所察觉，即便是远处正被一一安排去处的第四批修士，一样被惊动，齐齐看来。

很快，只见白小纯所在的第九阵中，出现了一个足有二百丈高的巨人，虽然只是轮廓，但还是能辨认出，这巨人的面孔是白小纯的！

张大胖、黑三胖、许宝财、侯云飞等人也在落星山脉中，此刻，看到巨人后，都大吃一惊。

鬼牙盘膝坐在鬼牙峰的第三阵内，双眼猛地睁开，看向巨人，目露精光。

北寒烈、徐嵩，还有刚刚落座的上官天佑、周心琪，都齐齐看去。公孙婉儿也很吃惊。

白小纯有些茫然，此刻，他清晰地感受到，自己化作了一个巨人，他的意志就是巨人的意志，仿佛这巨人就是他的化身！

一种前所未有的强大感，让他忍不住仰天发出一声长啸，这啸声如天雷，轰隆隆传遍八方，引起无数回音。

白小纯尝试挥舞了一下双臂，有些不太适应。他一动，这巨人的身体就有些不稳，随后逐渐消失了。

这一刻，所有人都极不平静。

就连天空中的太上长老与传承序列也注意到了白小纯，纷纷凝望着。

“他就是白小纯……”

“第一次主导阵法，居然可以激发阵法之力……”

“白小纯的功法与我灵溪宗的阵法竟有如此共鸣！”

“难怪掌门要安排他一个人主导第九阵，原本还需要其他三位修士才可以凝聚的化身，他一个人就凝聚出来了，确实厉害！”

第 277 章

阵法完成

随着巨人消失，阵阵惊呼声传出，传遍整个落星山脉。

“那是白师叔！！”

“天啊！白师叔是刚刚才来吧？他居然直接激发了阵法……”

有人震撼，有人狂热，同样也有人不甘心，有人嫉妒！

上官天佑死死地握住双手，似乎没有痛觉。他咬牙平复了一下呼吸，立刻散开灵力，去熟悉所在的阵法。

不仅上官天佑如此，鬼牙、北寒烈、徐嵩、公孙云等人，也都与白小纯较上了劲儿。他们不断研究阵法，之后的几天，陆续有人凝聚出了巨人的身影。

第四批被传送过来的数万人，早就被分散开，加入各个级别的阵法之中。

白小纯身边属于种道山的其他八阵，如今人员都已到位，而配合白小纯布阵的八人也陆续赶来，居然都是在陨剑深渊承了他大恩的弟子。

知道自己被安排到与白小纯一起之后，这八人十分兴奋，做事情极为卖力。

经过磨合，众人对于凝聚出巨人越发熟练，整个落星山脉，随着第四批修士的到来，爆发出了惊人的气势。

一个个巨人被凝聚出来，无论是嘶吼还是施展术法，都让天地失色。那些外门弟子一样可以凝聚出巨人，发挥出凝气大圆满的战力。

至于内门弟子的阵法化身，则一举超越凝气弟子，尤其是有上官天佑等人的阵法，更是爆发出了筑基大圆满之力。

每座山峰的第一阵与第二阵都是各自山峰的最强化身，爆发出的气势堪比结丹修士！

南岸三山，北岸四峰，全都如此。

远远看去，这些巨人最矮的也有五十多丈高，身体从最初的半透明，可以看到内部修士打坐的身影，直至模糊起来，将内部修士的身影掩盖。

到了最后，几乎看不到内部修士的身影了，只能看到一个个巨人，在落星山脉的天地间叱咤风云！

而种道山的九大核心阵法更是远远强过其他山峰的阵法。

每一次巨人出现，都要集合数位筑基修士之力，形成的战力不是堪比结丹修士，而是能与结丹修士一战！

白小纯的第九阵凝聚出的巨人身影，居然散发出了阵阵天道气息，更有天雷滚滚，化作一道道弧形闪电扩散向四方。

白小纯偶尔会在凝聚出巨人后，直接飞向天空，飞入二百多丈高的巨人体内。白小纯所在的位置是巨人的丹田处，其他八人，分散在他四周，九个人既是整体，又各自分离。

白小纯一拳轰出，巨响震天，掐诀间，集合他以及另外八人的力量，幻化出紫气大鼎，战力极强，可以与结丹修士一战。

白小纯仰天一啸，震动八方。

又过去了三天。

这一天晌午，突然，苍穹变色，一道比第四批修士到来时还要庞大的光柱出现，降临在落星山脉。

大地震动时，此地所有弟子纷纷抬头看向天空。

很快，包括白小纯在内，立刻就看到了那刺目的光柱猛地收缩凝聚在一起，赫然化作一轮庞大无比的白色太阳！！

这白色太阳刚出现，就爆发出惊人的能量。

这白色太阳内有一只黑色乌鸦。它仿佛是白色太阳的核心，虽然闭着眼睛，但是给人的感觉强悍无比！

而在乌鸦下方慢慢浮现出了一座山峰！

正是灵溪宗的第九山！

威压降临，落星山脉都在震动。

数位传承序列骤然飞出，还有不少太上长老也出现了。一个看似不高，可让人感觉不可忽视的老者缓缓走出。

正是灵溪宗一代老祖！

“拜见老祖！”

“拜见老祖！”

落星山脉内外，所有灵溪宗修士抱拳一拜。

声音之大，震耳欲聋，甚至盖住了天雷。

还有四道身影从落星山脉走出，站在半空中，正是之前四批之中，陆续来到这里的灵溪宗四位老祖。

“血溪宗已全宗出动，很快就会到来！”

一代老祖目光扫过大地，缓缓开口，声音传遍落星山脉每一处角落，传入每一个修士耳中。

所有人都在听到这话后，心神一震。

“只要开战，必有死伤，即便是老夫也有陨落的可能，但无论如何，此战战死之人，都是我灵溪宗永世不忘的英灵！这一战，关乎我灵溪宗的生死存亡！这一战，决定我灵溪宗千年太平！这一战，要让整个修真界知晓，我灵溪宗宁愿站着死，也不愿屈辱地活！！最终布阵！让要来临的血溪宗之人看一看我们的气势与决心！”

一代老祖的声音回荡，每一个灵溪宗之人皆热血沸腾，发出惊天嘶吼。

“战！”

在这一刻，大战的序幕完全拉开，之前灵溪宗在落星山脉所做的布置也完完全全显露出来。

轰轰轰轰！

天空上，第九山屹立，似要以此山为中心，支撑苍穹。

第九山四周环绕着九个巨大的符文，这九个符文各自不同，每一个都有千丈大小，引来无数闪电，这些闪电彼此交错而过，映照苍穹的同时，竟化作拳头大小的符文，若隐若现，如水波般在空中荡漾，直接遮盖住了落星山脉原本的天空。

在这些闪电与符文中，还有近百个散发出惊人气息的身影，他们一个个白发苍苍，全都是灵溪宗的太上长老！

这些太上长老散出全部灵力，神色凝重，仙风道骨，让天地失色，风云倒卷。

而比他们还要瞩目的，则是灵溪宗仅剩的十七个传承序列，李青候赫然在内。

这十七人飞在天空中，每一个人身上都散发出光芒，远远一看，如同十七颗星辰！

在这十七颗星辰之上，就是灵溪宗的五位老祖，他们看上去高大无比，超越太上长老，压过星辰，震动天地，仿佛神祇。

其中一代老祖更为显眼，似与天地齐高，仿佛他一个人就拥有其他四位老祖的全部辉煌。

大地上，此刻，阵法全部开启，引出无数闪电，这些闪电顺着光幕攀升，很快扩散至四方，远远一看，赫然形成了一面雷霆之墙！

雷霆之墙上竟凸起了九张数百丈大小、闭着双眼的面孔，这九个面孔充满了威严，仔细一看，其中第九张面孔居然是白小纯！

白小纯呼吸略微停顿了一下。在阵法完全施展开的瞬间，他就察觉到自己的第九阵与整个落星山脉融合在了一起。

光幕下，落星山脉上，所有的战车都布置好了，足有数百排。这些战车上的黑色柱子都蕴含着恐怖的力量，似乎随时可能爆发。

还有一尊尊巨石傀儡，也站在落星山脉上，似在蓄势，只需一声令下，就可一跃跳下山脉，于战场上厮杀。

无数战兽，有大有小，在四方嘶吼，密密麻麻，铺天盖地。四大山兽赫然在内，成为众兽统领。

尤其是那些巨大的盾牌，早就排列在了一起，死死地守护着盾牌后的灵溪宗弟子。

而那些阵法内的灵溪宗弟子，此刻全都集中精力在运行阵法，随着轰鸣声不断回荡，陆续有巨人出现在天地之间。

七个山峰的外门弟子，组成了数十个阵法，数百个外门弟子凝聚出的身影，有的是巨人，有的是巨兽，咆哮之声致使天空中的符文掀起无穷波纹。

内门弟子的阵法也一样彻底展开，数量虽不如外门阵法那么多，可强悍的程度远远超越外门阵法，尤其是天骄阵，在出现后，掀起了更为强烈的波动。

还有核心区域的九大阵法，此刻一样爆发，九个全部由筑基修士组成的阵法的化身冲天而起。

还有数百个筑基修士分布在四周，一旦开战，将按照上级命令，要么冲锋陷阵，要么补充阵法所缺。

若仅仅如此也就罢了，落星山脉上，第九山下，赫然出现了两道无比耀眼的光芒！

这两道光芒内分别出现了一样法宝！

第一道光芒内出现的是紫色的沧桑无比的古鼎！

随着此鼎的出现，一股压抑之感，撼动天域。

第二道光芒内出现的是一把剑，一把闪动银光、被炼灵了十次的天角剑！

剑身上的十道银纹闪着光芒，让一切看到银纹的人心神震动。此剑一出，必能震裂苍穹！

第 278 章

血溪宗到来

一声嘶吼传来，一条全身漆黑无比的巨龙，伸出硕大的头颅，黑色的鳞片竖起，目中露出血色，看上去无比凶残与疯狂。

正是天角墨龙！

这一幕幕，都让灵溪宗弟子脑海嗡鸣。无论是第九山，或者是那白色的太阳，还是传承序列以及巨人，很多人从未见过。

这是底蕴！

一个宗门的底蕴！

就在所有人心神震撼的刹那，突然，第九山上方，那只黑色的乌鸦猛然间发出一声刺耳的鸣叫。

“哇！”

如同婴儿在哭泣，声音传出的瞬间，天地轰鸣，一股波动无声无息地从落星山脉传向血溪宗。

这股波动呈弧形，如同看不到的怒浪，横扫八方，在万丈外的天地内，与一层隔膜碰撞，传出轰鸣巨响。

浓郁的血云从碰撞处扩散开来。仿佛被撕开了面具，万丈外露出了真正的世界！

血云奔腾，在天空之上不断翻滚，连接了天与地，好似一片血雾，正滚滚而来。

那无边血云里面有无数扭曲的面孔，有男有女。

随着血云的翻滚，这些面孔向着灵溪宗发出天雷般的咆哮，将苍穹染成了血色，无边无际。

伴随着闪电一道道划过，雨水滴落，可以看到无数战船，正乘风破浪，呼啸而来。

与此同时，还有大量炼尸、魔头，不断嘶吼。

血溪宗到来！！

白小纯眯起双眼，望着远处的天空，看到落星山脉外，血溪宗的范围内，在那无边的血云下，除了战船，还有数不清的战车！

与灵溪宗的战车不同，血溪宗的战车是森森骨架组成的，看起来更为恐怖，更为诡异！

血色战车上，大量血溪宗外门弟子一个个杀意滔天，面露疯狂之色。

他们死死地盯着落星山脉上的灵溪宗弟子。被他们盯着看，不少灵溪宗弟子都心神一颤。

那眼神太可怕了。

与此同时，在战车与战船四周，还有不少血巨人。这些血巨人没有头发，每走出一步，似乎都可以驱赶血海，而这些血巨人身边，也簇拥着无数弟子。

千军万马，铺天盖地，气势如虹。

上有血云，下有血海，中间则是一片看不透的黑幕，无边无际。

唯有每次血云降下闪电轰击血海时，才可以借助雷光，看到黑幕内有许多充满沧桑感的巨人，穿着战甲，面无表情。这些巨人的头顶都坐着一个修士，这些修士一个个面色阴沉，竟都是结丹境的强者！他们身上的血气波动尤为强烈。

白小纯一眼就看出，那种血气超越了血子的血气，他更看出这数十个修士身上残留着曾经身为血子的气息！

白小纯眯起双眼，想起了血溪宗内，凌驾于太上长老之上、老祖之下，至今存在的……血擘！

血子结丹，就是血擘！

这数十个血擘就是黑幕的核心，在黑幕两边的才是血溪宗的太上长老。太上长老一个个施展神通，都在飞行。

而更外围则是上千个筑基修士，这些人在四周化作一道道长虹，拥着黑幕，使得黑幕内的血擘更为尊贵。

而黑幕前方的力量则分成了四股，第一股由无数魔头凝聚在一起，形成一个庞大的青色头颅，无名峰血子坐在头颅上，身边跟着无名峰大长老！

第二股则拥着一口巨大的棺椁，棺椁四周密密麻麻都是炼尸，尸峰血子与大长老面无表情地坐在棺椁上，冷眼看着天地。

第三股是一只断手，这断手有着强大的波动，少泽峰血子与少泽峰大长老正坐在手掌内。

而最后一股则是一把巨大无比的血剑，这血剑十分锋利，发出红色光芒，所过之处，发出阵阵尖锐之音。血剑上只坐着一个人。

此人穿着战袍，正是宋君婉。她面色难看，却十分冷艳，显然夜葬的失踪使得她心情不好，中峰的实力也无法与其他峰相比，如今开战，气势上弱了好多。

临近落星山脉之后，血溪宗弟子不再嘶吼，而是沉默着急速飞奔。

半空中，有不少筑基长老在飞行，他们时而甩袖，每一次甩袖，都会有狂风卷起，卷着血海内的弟子飞起。

这些弟子没有半点惊慌，而是按照特定的阵法，在半空中相互配合，形成一个肉球，被抛向远处。

数百个弟子落地后，传出轰轰巨响，将地面砸出一个大坑，又重新分散开，继续飞奔前行。

那肉球砸下来的力道不轻，让人触目惊心，这还是其次，可以想象，众多肉球砸落下来，而那些弟子又悍不畏死地继续冲出，必定势不可挡！

而这也正是血溪宗的战术之一！

白小纯看得头皮发麻。他身为中峰血子，虽对血溪宗很了解，但还是发现，血溪宗的秘密他知晓得太少了。

他也看到了孤零零的宋君婉，心底情绪复杂，更加焦急。

血溪宗刚刚表现出的实力明显强过灵溪宗，而这些还仅仅是血溪宗的常规力量，其老祖都在血云之中！

血云内虽藏着大量狰狞的面孔，但是这些面孔并不能将八个身影的光芒夺去，任何人都不能忽视那八个身影！

这八个身影周边有巨大的旋涡，恐怖无边，气势如虹。

可以看到一个旋涡内有一个庞大无比的青色魔头，魔头的头顶站着一个老者，老者目光如电，不怒自威。

还有一个旋涡里面有一具不化骨，正是当日被唤醒的恐怖炼尸，在不化骨肩膀上的正是血溪宗旱炎老祖。

另一个旋涡内，无极子站在那里，体外凝聚十万血剑，披荆斩棘。

宋家老祖也在一个旋涡里，脚下踏着一张幡。这张幡上有金色的符文闪耀，每一次符文闪耀，都释放出无数闪电。

血溪宗八位老祖全部出现，有一个人在最上方，化身巨人，尤其是右手，分明与血溪宗的大手极为相似。

此人，正是血溪宗如今的最强始祖！

血溪宗有八位老祖，而灵溪宗只有五位老祖！

在最强始祖的四周有一块巨木，这巨木正是血溪宗的至宝之一！还有一面镜子，镜子足有百丈大小，镜面内似有无数影子想要冲出，发出无声的嘶吼。

除此之外，血溪宗的第三样至宝，是由两块铁石组成的枷锁！

在至宝方面，血溪宗一样超越灵溪宗！

在血溪宗大军的最高处，老祖之上，血云之上，竟然有一个稻草人！

这稻草人看似寻常，可它左手上拿着一张枯萎的人皮，右手上拿着一杆秤，脸上露出邪恶的笑容，足以让人心生恐惧。

血溪宗来势汹汹，天空上的血云，大地上的血海以及中间的黑幕，形成了一股铺天盖地的气势，仿佛一头无形的凶兽，向着灵溪宗所在的落星山脉压来，一切阻挡在其面前的东西都将形神俱灭，不复存在！

灵溪宗所有修士在这一瞬心神震动，爆发出了最强战意！

众人合力让自己与落星山脉融合在一起，符文与闪电不断闪耀，隐隐与血溪宗相抗衡。

（本册完）

《一念永恒6》即将上市，敬请期待！